明將軍傳奇之
絕頂
上卷
時未寒——著

目錄

名人推薦

時未寒的《明將軍》系列，共同構建了一個以京城為中心的天下，它北至塞外，南至海南，西至吐蕃，成為朝廷和江湖的角力場。時未寒文氣縱橫，其小說的武功較量別具一格，自成一派，有「陽剛技擊」的美譽，在「新武俠」的諸多作品中獨樹一幟。

——《武俠小說史話》作者　林遙

破浪竊魂偷天換日碎絕頂，時光荏苒江湖再見二十年，山河永寂的那一刻，是一代讀者的記憶，時未寒加油！

——知名網紅　劍光俠影

時未寒把經典武俠小說向未來推進了一大步。少年的成長、浪子的情懷、俠客的熱血和將軍的野望是構成《明將軍傳奇》小說的基礎。

——知名網紅 Christopher Zhang

偷天煉鑄，換日凝鋒。碎空淬火，破浪驚夢。登絕頂而觀山河，卻道那一場無涯的生。

——知名網紅 華山一風

為什麼一個女生也這麼喜歡時未寒？我的回答是：我喜歡他作品裡猶如春日繁花那樣漫山遍野四季搖曳的美麗句子。

——知名網紅 沈愛君

文如其人，時未寒這個圍棋高手，以下棋的精巧構思編織故事，時而大氣磅礴時而溫婉細膩，還設有很多局，所以要小心他書中美麗的圈套，溫柔的陷阱……

——知名網紅 禾禾

「綜藝」武俠開新面——時未寒武俠小說序

師大教授
林保淳

在中國近代武俠小說發展的過程中，金庸與古龍可以說是兩座高不可攀的巍峨大山，橫絕在其發展的中路上，「後金古時期」的作者，如果未能克服障礙、超越其巔峰，勢都無法窺見其後一馬平川的坦途。因此，如何絞心盡力、整備藝能，以求超金邁古，就成為後起諸秀最大的考驗了。

武俠經過了大半個世紀的拓展，盛極而衰，雖是日薄崦嵫，而餘光普照，夕色之美，仍是不可勝收，卻也正是「後金古時期」的諸子，力揮魯陽之戈所呈顯的多姿多采的景象。於是，我們可以看到，無論台灣、香港，或是中國大陸，都有不少對武俠難以忘情的新銳作家，各逞其巧思妙手，從各個不同角度出發，為打造一個新的武俠世紀而盡心戮力。在這些作家當中，我對台灣的奇儒、蘇小歡、張草、孫曉，及香港的黃易、鄭丰都有所論列，也頗關注於喬靖夫，皆不無可圈可點，令人耳目一新的表現。但總體來說，時移世易，在中國大陸改革開放之後，由於人口上的絕對優勢，以通俗為主導方向的武俠小說之發展重心，無疑已轉向由大陸肩負起重新開疆闢土的重責大任，繁星點點，熠耀生光，雖未能有如金庸古龍之高懸日月，亦可為武俠天空綻現如希臘神話般的瑰麗色彩。

時未寒脫穎而出

大陸在改革開放後的武俠小說發展，韓雲波以「新武俠」名之，展現出大陸在禁絕武俠題材又重新予以重視後的強烈企圖，而其真正具有「開新」意義的轉捩點，無疑當以二〇〇一年武漢《今古傳奇．武俠版》的創刊為嚆矢，其間新秀輩出，滄月、步非烟、慕容無言、楊虛白、李亮、方白羽、盛顏、趙晨光、扶蘭、碎石等，皆頗有可觀，彬彬之盛，實不亞於前此的港台作家，尤其是王晴川、鳳歌、時未寒、小椴，號稱「四傑」，更是備受矚目。

時未寒（一九七三—），本名王帆，初期泛寫各類不同題材，二〇〇二年十一月始以時未寒為筆名，於《今古傳奇》發表《碎空刀》，遂開始專力於武俠創作，歷年來已有三百多萬字的創作量，而其中二百多萬字的《明將軍》系列：《偷天》、《換日》、《絕頂》、《山河》四正傳；《碎空刀》、《破浪錐》、《竊魂影》三外傳，可謂是嘔心瀝血之作，廣獲各方好評。

大陸「新武俠」興起較晚，基本上是奠築於前此舊派武俠及港台新武俠的基礎上發展起來的，平心而論，雖仍難以企及金庸、古龍的巔峰，但相較於其他多數的舊武俠作家，都已有長足的進步，蓋前此作家機杼已然略盡，後起新秀自不可能重蹈舊轍，而無寸進；反而能在其此的基礎上開新創發，這是文學史發展的慣例，也代表著武俠小說吐絲成繭之後，在繭蛹中默釀其新生命的階段，既有其或顯或隱的承襲，也蘊涵著未來破繭成蝶的新姿——儘管我們還很難斷定其會翩然化為何色何樣的蝴蝶。

葉洪生在論列台灣武俠小說流派時，將其心目中僅次於金庸、古龍的台灣名家司馬翎，歸為「綜藝俠情派」，所謂的「綜藝」，正如電視上的「綜藝節目」一般，有歌有唱、有演奏、有短劇，將所有能一博觀眾眼球的各項表演，盡情納入一個節目當中，而其間固是應有盡有，卻也有其自家節目的特色，司馬翎的小說，正復如此，在博取各家之長後，又別有開新的特色，故亦能成其一家之言。時未寒的小說，據我看來，正如同司馬翎一般，是妙於綜合，而又能夠從中化生出一己特色的新銳作家。

明將軍氣象萬千

在「新武俠」之前，金庸、古龍深入人心，恐怕沒有任何一位後起諸秀能擺脫其籠罩，時未寒儘管極力想突破金古的枷鎖，還是未能掙脫其束縛，這是無可避免的，《明將軍》系列中的「一個將軍，半個總管，三個掌門，四個公子，天花乍現，八方名動」，雖說人物眾多，又各有特色，但基本還是金庸在《射鵰》中的「東西南北中」的格局；而「英雄塚」的英雄碑，雖具巧思，也還是古龍百曉生「兵器譜」的故轍。扼要來說，時未寒在金古之間，於金庸取其宏大的格局及架構，參之以古龍的離奇變化，而以複雜的人物定位關係推動整個系列小說的進展；在武功摹寫上，不取古龍的乾淨俐落、迎風一刀，既欲從哲理上論武學境界的高低，又不忍放棄詳盡的互鬥描寫；文字的運用，又從舊派擷取泉源，委屈詳盡，對摹寫景物曲盡其雅致之能事，可謂是冶金庸、古龍、舊派，乃至溫瑞安於一爐，算是道道地地的「綜藝」了。

當然，此一「綜藝」，也包含了時未寒冶傳統文化於武俠小說之爐的企圖，琴、棋、書、畫、機關、法醫之學，莫不刻意藉書中的不同人物展現出來，雜學之豐富，更是其所長之一。但時未寒卻絕非簡單鋪排，如《換日》中的那場慘烈的

「人棋」之戰，摹寫得驚心動魄，儘管也曾有人寫過，但卻絕無如此毛骨聳然的效果，其中的悲壯、勇烈，幾乎令人窒息，這正是時未寒萬鈞的筆力。

不過，《明將軍》系列最足稱道的，還是整系列小說迴環聯結、變而有體的結構。在此，時未寒刻意隱伏的人物「定位」，起了莫大的功效。所謂「定位」，指的是人物之間的關係，有明有暗，不到最後關頭，無法呈現，而一旦呈現，卻又順理成章，有條不紊。

《明將軍》系列的故事，人物非常龐雜，但從源流說起，則可上溯至千年前的唐朝武周時期，這點顯然是有取於金庸《天龍八部》中的慕容世家。所不同的在於，當初欲扶持武周後代的五大家族水、花、景、物及御泠堂，觀念不合，故幾百年爭論不休，這又與金庸《雪山飛狐》中李自成的四大護衛有異曲同工之妙。明宗越是四大家族經數百年隱忍後終於培植出來有力可爭奪天下的「少主」，武功高強、智計優勝，且功業偉然，為手握權柄的大將軍。然此時朝廷乃屬異姓，又有泰親王、太子兩幫勢力與之抗衡，明爭暗鬥。三方勢力，各自培養親信，江湖諸大門派、勢力，皆各有依附，且各有隱間，局勢相當詭譎。

後現代綜合各家

故事是從明宗越征伐西北開始，由於欲建功業，故殺戮慘烈，激起冬歸劍客許漠洋的反抗。冬歸城陷，許漠洋得巧拙和尚之助，脫出重圍，帶引出「暗器王」林青，欲以「偷天弓」制伏明宗越，但不幸落敗。許漠洋隱居鄉野，以打鐵為生，收一養子許驚弦，其實正是當初巧拙和尚之所以救助許漠洋的原因，許驚弦無疑就是「換日箭」，弓箭合一，足以「換日偷天」，改變氣運，冥冥之中，就是足以克服明宗越的一股力量。少年許驚弦成長的過程，屢有機遇，而逐漸與相關的江湖人士取得飽含恩怨情仇的聯繫與接觸，作者處處作了奇巧而又不失情理的安排，波瀾起伏，可謂密合無間。

朝廷與江湖，在《明將軍》系列中是綰合為一的，故江湖恩怨、朝廷政爭、中外糾葛，聯成一氣，使此系列格局龐大、劇力萬鈞。明宗越、林青、許驚弦及御泠堂的宮滌塵無疑是其中最重要的角色，雖有複雜的恩怨關係，卻無明顯的所謂正邪的區分，林青的傲岸正直、許驚弦聰慧調皮，固是典型正派角色；而明宗越的坦朗氣度、宮滌塵的深謀遠慮，亦是自具特色，這足見時未寒在人物角色設計上的深沉功力。

《明將軍》系列也可視為「後現代」觀念凸出的一部武俠，後現代的特色，就是打破一切截然區畫的觀念，讓眾聲在喧嘩之際，各持己見，而自待定奪，故每個角色都自有其一段未必足以為外人道的心路歷程，是非善惡，實難一言而定，而其委曲的重重心思，則化作各種不同的智慧、謀略展現出來，這是時未寒最能引人矚目的特點。但除了前述我所提到的諸家影響外，我卻也從其「綜藝」的成效中，窺見其與司馬翎的共同特點。

司馬翎武俠的特色之一，在於他對整部小說的人物，無論或重或輕，都不會有所輕忽，能從人物自身的角度思量其應有的行動，智力與武力，交替而用，故呈顯出一個既鬥智而又鬥力的江湖爭鬥模式，而欲如此經營，則勢不得不針對多數的角色作內心思慮的詳盡刻劃，故推理、鬥智，層出不窮而詭譎多變，卻又縝密緊湊，條理分明。時未寒雖自謂其實對司馬翎所知不多，但天下文章的輾轉變化，往往是萬變難出其宗的，英雄所見，很難不有雷同；更何況，相信時未寒對取法於司馬翎甚多的黃易相當稔熟，故其蹊徑相同，也就不足為奇了。

看他廿年磨一劍

事實上，《明將軍》系列中的每一角色，都是饒具智慧的，只是在智計上有高下疏密之別，絕非只是但憑武功決勝的一勇之夫，這與朝廷上的勾心鬥角倒是相得而益彰，而如此也引帶出一個充滿智性的武俠世界，這與司馬翎特別強調「智慧」及借雜學凸顯智慧的構思，也是相當類似的，足以讓讀者費心去思量其智計角鬥的成與敗。至於人物的設計，具有一代梟雄氣度的明宗越，與《劍海鷹揚》中的嚴無畏相類，於驍勁之外，具有堂堂宗師的風範，與林青惺惺相惜，欲進窺「武道」，也暗合於司馬翎對「武道」的探索；至於女扮男裝的宮滌塵，在朝野各方智計的角量中，縱橫捭闔、步步為營，又與司馬翎小說中刻意凸顯女性，如《劍海鷹揚》中的端木芙、《金浮圖》中的紀香瓊，也是難分軒輊，而各有所長的。

許驚弦的設計，應是時未寒企圖別開生面的塑造與過去武俠小說那種英俊瀟灑、允文允武的主角不同的構想，刻意強調其面貌之醜。平心而論，如此的設計，功效並不顯著，但明顯受到古龍《絕代雙驕》中江小魚、金庸《鹿鼎記》中韋小寶的影響，是可以確定的，聰穎慧黠、機靈巧變，自是不在話下，例如許驚弦設計逃脫出「追捕王」監管的計略，渾然如江小魚與韋小寶的綜合體。但是，細究之下，卻又饒有司馬翎在《纖手馭龍》中裴淳的影子。裴淳在《纖手馭龍》中是武俠小說中少見的忠厚愨直的俠客，無論「南奸」商公直是如何的機詐多變，各種機關算盡的智謀，在裴淳身上都起不了任何作用；而「日哭鬼」與許驚弦的鬥智，結果也和商公直一樣，最終受到了許驚弦善念的感化，作家思致，有時竟是雷同若此，或許是「集體潛意識」的默化吧？

我對大陸「新武俠」涉獵不多，時未寒的《明將軍》系列的第一部也是二〇〇二年就出爐了，時隔十數年，其《山河》一書竟尚未完成，這使我在「後睹亦快」中，略有惋惜，但也頗為慶幸還是有緣得見。武俠夕色雖闌，時猶未寒，但願借此一序，能如金雞一啼，喚起猶在混沌朦朧中徬徨的時未寒，能及早跨過漫漫長夜，於晨曦之中，重綻光芒。是為序。

於庚子歲說劍齋

第一章

飛瓊刺殺

泰親王如何想得到自己隨口一句話竟然會引起宮滌塵這許多的聯想，
單手將望遠鏡執於眼前，亦朝那飛瓊大橋望去：
「不瞞宮先生，打探到這消息本身便足足花了本王十萬兩銀子。
但只要宮先生肯一觀，本王願意再奉上二十萬兩。」

凝秀峰位於京師東南三里處，因是皇室禁地，尋常百姓皆不得進入，所以雖有凝秀之名，卻一向頗為冷清，難有人跡。但此刻的峰腰處卻有數名帶刀侍衛守住唯一通往峰頂的山道，顯得極不尋常。

峰頂上有三個人。兩人於前，一人稍稍墜後幾步。前面的兩人一位紫服華袍，一位素淡青衣，並立於峰頂良久，俱無言語，只是望著山下被夜色緩緩覆蓋的京城中逐漸亮起了點點燈火。墜後那位身著黑衣的中年人則是倒背雙手，狀極悠閒，避嫌似地挪步去看林中風景，暗中留意前面兩人的說話。

蒼茫的霧靄中，隱隱傳來尚未歸營守兵的馬蹄聲與號角聲，透在薄寒的空氣裡，彷佛令那天地間的肅殺之氣，在新月如鉤的暮色中漸漸瀰漫開來。

遠山已蓋上了輕霜，曠野已罩上了蜃氣，潮濕的楓林緘默無聲。只有那斑斑點點爬上了樹幹的青苔，摻雜在漫天飄舞的血色楓葉間，彷佛是這深秋時節京師中所最後剩餘的綠色。

那華服男子已是近五十的年紀，卻是白面長鬚，濃眉亮目，潤細的皮膚不見絲毫老態，顯是素日保養得方。他手中拎著一根三尺餘長的管狀物事，一張闊大的國字臉上不怒自威，沉聲道：「此處名為凝秀峰，是京師方圓數里的最高處，由此可俯瞰整個京城之景，所有城守佈防亦皆入眼底，是以若非有王族引領，一向不准有外人進入。」

青衣人略一欠身：「八千歲月夜相約，想必不是為了看京城夜景吧。」

原來那華服男子便是當今皇上之胞弟、人稱八千歲的泰親王。他在皇族中雖是排行第八，卻是先帝正宮唯一所出的皇子，在皇室內權望極高，可謂僅次於當今聖上一人之下。

泰親王不置可否地微微一哂：「本王既然專程請宮先生走這麼一趟，想必不會虧待於你，宮先生難道不想知道此次凝秀峰之行會得到多少好處麼？」

青衣男子雪淨的面上似是閃過一絲揶揄的笑容：「滌塵隨國師精研佛法多年，人世間的繁華百象對我來說皆如過眼雲煙，恐怕很難再引起興趣了。」

泰親王面上不悅之色一閃而過，冷笑道：「既然宮先生已致無欲無求的大境界，又何需千里迢迢來到京師？」

這被泰親王稱為「宮先生」的青衣男子名叫宮滌塵，乃是吐蕃國師蒙泊的嫡傳大弟子。因吐蕃連年大旱，又遭瘟疫之變，此次來京師奉了吐蕃王之命奉貢求糧，卻不料才入京師第三日，尚未及進殿面君，便先被泰親王請來了凝秀峰。

宮滌塵看起來二十五、六歲的年紀，顴高眉淡，小口細齒，頭束金冠，長髮拂肩，相貌極為俊美，一身尋常布衣潔淨不沾一塵，舉手投足間更有一股從容不迫的味道。他的個頭並不高大，聲音纖細柔弱，瘦削的身材亦給人以相當文秀的感覺，但與京師中權勢滔天的泰親王並肩而立仍是絲毫不見拘束，一對修長入鬢的鳳目於開闔間隱露神光。美中不足的卻是他面色蠟黃，一臉病色，兩個眼角邊還各有一道甚不合其年紀的皺紋，乍見去就彷似是個久經滄桑的老人。

宮滌塵如何聽不出泰親王話語中的嘲弄之意，微微一笑：「千歲只怕是誤解了滌塵的意思。其實人生在世，誰又能真正做到無欲無求？文人寒窗十年盼題名高中；將士奮勇當先為金殿封侯；武者苦練名動江湖；僧道清修得窺天道；凡俗百姓奔波終日唯求一席溫飽，就算佛祖一心求渡眾生，亦可算是有所念……只不過每個人所欲之事各不相同，千歲既然想投人所好，便應該先知曉其所好為何？」

聽了宮滌塵不慌不忙的一番解釋，泰親王面色稍緩：「宮先生言之有理，剛才是本王莽撞了。卻不知宮先生最想要的東西是什麼？」

宮滌塵淡然一笑：「不過是一些荒謬的想法，千歲想必不會有興趣。」他口中隨意回答著，心頭卻是微微一凜：以泰親王堂堂千歲之尊，卻對自己如此和顏悅色，可見所圖之事必是重要至極。

泰親王自嘲般哈哈一笑：「區區俗禮自不會放在先生心上……」他臉現神秘之

色：「不過等到宮先生見過本王特地準備的這份大禮後，必會覺得不虛此行。」

宮滌塵點點頭：「千歲不妨明言。」看他臉上一副恬淡無波的樣子，似乎接受禮物反倒給了泰親王天大的面子一般。

泰親王亦不生氣，呵呵一笑，將手中那管長長的事物遞與宮滌塵：「此物名為望遠鏡，乃是波斯國前年拜朝的貢品，可令視力達百丈之外，宮先生要不要試試？」

宮滌塵卻不接那望遠鏡，略顯倨傲地一笑：「國師曾傳我天緣法眼，自信百丈內的距離無需借助任何工具，八千歲請自用。」

泰親王碰了一個軟釘子，面上卻不見絲毫不耐煩，手指凝秀峰下燈火明滅的京城：「宮先生不妨仔細看看那朝遠街前掛了四盞紅燈的飛瓊大橋。根據本王得到秘報的消息，待到了戌時末，那裡便會出現一幕難得一見的景觀。這就算是本王給蒙泊大國師準備的一份大禮吧。」

宮滌塵聞言凝目望去。他初來京師不久，本來並不熟悉京城內的街道建築，但那四盞紅燈在暗夜裡猶為醒目，不多時便已找到。他雖然年輕，心思卻極為靈敏，先見泰親王如此工於心計地請他來此，而且聲言這份大禮是送與蒙泊國師的，早已猜出必是泰親王早就使人安排好，所謂探聽到消息云云，無非是惑人耳目之語。雖不知道戌時末會看到什麼驚人的景象，只憑泰親王貴為皇室宗親卻不願直承其事，只怕必將在進行某種不可告人的行動，或是與其京師中的政敵有關……他心中盤算著，口中卻是不動聲色：「現在離戌時尚有些時刻，八千歲可否先稍稍透露一些內情？」

泰親王如何想得到自己隨口一句話竟然會引起宮滌塵這許多的聯想，單手將望遠鏡執於眼前，亦朝那飛瓊大橋望去：「不瞞宮先生，打探到這消息本身便足足花了本王十萬兩銀子。但只要宮先生肯一觀，本王願意再奉上二十萬兩。」他似是心疼銀子般又歎了一口氣，繼續道：「而等宮先生看完後，本王還要再出三十萬兩銀子請你辦一件事情。」

宮滌塵眉稍一動，沉聲問道：「千歲有何吩咐盡可明言。」

「等宮先生看過這份大禮後，本王只希望宮先生能將所看到的一切原原本本地告訴蒙泊大國師……」泰親王頓了頓，方才一字一句地續道：「你只須將眼中所見如實的告訴令師就行了，本王並不需要他的回答！」

宮滌塵長吸一口氣，喃喃道：「難道六十萬兩銀子，就只是為了讓滌塵傳幾句話麼？」

泰親王攬鬚、頷首，悠然道：「或許幾百句話也說不完。」

宮滌塵閉目良久，方才開口：「八千歲這個關子賣得好，現在滌塵實在是很有些興趣了。」

泰親王大笑：「有了宮先生這句話，可知不枉本王的一番破費。」

宮滌塵面上閃過一絲諷色：「比起這八千歲所費的心思來，這六十萬銀兩卻是微不足道了……」他當然知道這些銀子都會兌現為糧草運回吐蕃，左右皆是國庫所出，而泰親王只須在皇上面前為吐蕃國多多美言幾句罷了。

泰親王面上惱色一掠而過，掩飾般哈哈大笑起來：「既然宮先生是個明白人，本王亦不多廢話。不過本王可保證，若是宮先生見過了這份大禮，絕對不會後悔這筆彼此有利的交易。」

那原本袖手觀看風景的黑衣人不知何時已悄然站在泰親王與宮滌塵身後，輕聲道：「這個消息乃是小弟刑部手下秘密探出的，那十萬兩銀子的花費確是八千歲私下所出，絕無欺瞞。」他的聲音細弱，卻如尖針般直刺入耳膜中，令人聽在心中極不舒服，似是修習一種奇異的內力。

泰親王笑道：「高神捕是刑部中除洪總管外見識最為高明的一個，所以本王才特意請他來此，方便時對宮先生解說一二。」

那黑衣人謙遜道：「小弟偶爾打探到今日飛瓊大橋上將會發生驚人變故，這才特來稟報八千歲。不過宮先生身為吐蕃蒙泊大國師之首徒，眼光獨到，自不需多做解釋，小弟只負責講清一些來龍去脈罷了。」這黑衣人名叫高德言，供職於刑部。京師三大掌門中關睢門主洪修羅官拜刑部總管，他的五名得力手下被合稱為京師五大名捕，在六扇門中的聲望上僅次於「追捕王」梁辰，此位高德言便是其中之一。他年紀約莫四十左右，相貌普通，面白無鬚，生得十分瘦小。彷彿怕冷似地將衣領高高豎起，手上還拿著一方絲巾，不時揮動著。

宮滌塵歎道：「以八千歲的豐厚身家，區區數十萬兩銀子又算得了什麼？」他口中雖是如此說，心念卻是電閃不休：六十萬兩銀子並不是一筆小數目，幾近整個吐蕃國兩個月的收入，以泰親王之狡詐多計，又如何會甘心奉上？而泰親王與高德言一唱一和，擺明將要在飛瓊大橋上發生的事情與他們無關，更是欲蓋彌彰。不過饒是以他的敏捷心思，對這神秘的大禮亦是猜不出半分頭緒，只能確定即將在飛瓊大橋上發生的事情必是非常驚人！

泰親王滿意的點點頭，重又將右目湊近望遠鏡中，微笑道：「雖然時辰尚早，但以宮先生自誇的目力，大概已可看出一些蹊蹺了吧。」

宮滌塵暗吸一口長氣，運起神功，眼中景物剎時清晰了幾分。

飛瓊大橋架於流貫京師的內河之上，內接紫禁城皇宮御道，外連北城門。橋身長約十餘丈，端首末尾分置雙亭，亭上皆有御製藍底金字題額，一名「積雲」，一名「疊翠」。橋面以上等紅木所製，下設六翼青石橋墩，五劵拱形橋洞。因橋下洞孔玲瓏相連，至晴夜月滿時，每個橋洞內各銜一月，映著橋下流水金色晃漾，猶若瓊漿飛沫，故以得名。

泰親王悠然道：「前朝某帝三度揮軍北上拒敵，此橋乃出城必經之道。因其屢戰皆敗，轄軍傷亡慘重，士卒妻小皆夾於橋道邊折柳送別，至此黯然，故坊間又名黯然橋。本朝太祖有感於此，令文武百官行至此橋時皆須停輦下馬步行，以慰那些陣亡將士的在天之靈……」

宮滌塵心頭輕歎，像泰親王這般勢高位重的權貴，又如何能明瞭這「黯然」二字內所飽含的無奈離索之情。他心中所想當然不會表露出來，口中輕聲道：「待我回吐蕃後，定會對吐蕃王上諫。先以貴國前朝某帝窮兵黷武為鑑；再重用一批似千歲這般體恤下情的大臣，方可保國力隆盛，不懼外憂內患。」他雖尚不明白泰親王此舉的用意，但已漸漸猜到必是要借用蒙泊國師的力量助其打擊朝中政敵，不由心生鄙夷，忍不住出言譏諷。

泰親王心頭著惱。這個宮滌塵明明有求於己，卻不卑不亢，絲毫無視於自己的恩威並施，還冷嘲熱諷不休，令堂堂親王顏面無存？有心發作，只可恨對方身為吐蕃使者並非朝中屬下，偏偏奈何他不得。何況當朝親王私下邀約外國來使本就於理不合，若是被明將軍或太子一系知道了，小題大做一番，卻也麻煩不已。勉強壓住一腔怒火，悶哼一聲：「聽說宮先生在吐蕃朝中不過一介客卿，並無任何官職，想不到亦這般通達政事。」

「此次上京求糧原本無關滌塵之事，只是在國師力薦下方有此行。」宮滌塵如何聽不出泰親王的嘲諷之意，卻仍是絲毫不見動氣：「滌塵人輕言微，但國師對吐蕃王的影響力卻是不可估量。」

泰親王嘿嘿一笑：「若是宮先生此次求糧無功而歸，卻不知吐蕃王還有沒有心情聽國師的上諫之辭？」此言已是不折不扣地威脅了。

宮滌塵雙掌合什：「國師精擅天理，早就推算出滌塵此行的結果。」

泰親王撫掌大笑：「久聞蒙泊國師學究天人，精研佛理，想不到還會測算氣運？卻不知他如何說？」

宮滌塵聳聳肩：「滌塵臨行前，國師曾細細交代了一番。千歲想不想知道與自己有關的幾句話？」

泰親王眉尖上挑：「宮先生但說無妨。」

宮滌塵微微一笑，從容道：「國師曾告誡滌塵：此次京師之行一為吐蕃求糧，二來可見識一下中原風物。但結交各方權貴時卻要千萬小心，莫要陷身於貴朝的諸般爭鬥之中，不然輕則會有性命之憂，重則有亡國之慮。」

泰親王不快道：「國師未免太過危言聳聽。京師中將士歸心，朝臣用命，何來諸般爭鬥之說？」

宮滌塵拍額一歎：「千歲何必欺我？吐蕃雖地處偏遠，但對京師形勢亦略有耳聞。」他話題一轉：「國師有言：滌塵入京求糧，按慣例五日內進殿面君，成敗未知。但若此前有當朝親王重臣來訪，則必會是不虛此行。」

泰親王哼道：「本王找你不過是一時之興，莫非國師竟能提前預知麼？」

宮滌塵洞悉般釋然一笑：「即便千歲不來，豈知朝中其餘文臣武將又不會來？譬如太子殿下與明大將軍或許都想見見我這遠來之客。」此語一出，泰親王立知宮滌塵雖然來自偏遠吐蕃，卻對朝內幾大勢力瞭若指掌。宮滌塵不待泰親王答話，又續道：「不過國師亦說起：若是太子先要見我，可稱病婉拒之；若是明將軍先要見我，可推託虛應之；唯有千歲見我，方可誠心一見。」

泰親王動容：「這是什麼緣故？」

宮滌塵搖頭，言語間卻似是大有深意：「國師並沒有解說其中原委。我雖有百般猜想，卻也知道並不應該說出來。」

泰親王愣了半晌，大笑道：「不過蒙泊大國師千算萬算，怕也算不出本王會給他帶來什麼禮物！」

飛瓊大橋邊四盞紅燈中的第三盞驀然一亮，就似是騰起了一團紅霧，在夜色中猶為醒目。泰親王精神一振，將望遠鏡放於眼上，一面以指示意。宮滌塵早有感應，目光若電般射向峰下京城中。

但見從連接飛瓊大橋長達二十餘丈的御道上緩緩行來一隊車輦。那車輦轅長一丈五寸，輦座高三尺四寸，以四馬牽行，八衛跟隨。車輦外飾銀螭繡帶，金青縵帳，以黃木棉布包束，上施獸吻，紅髹柱竿高達丈許，竿首設彩裝蹲獅與繡著麒麟的氈頂。

宮滌塵心中一震，他雖來自於吐蕃番外，但自幼熟讀中原詩書，頗知禮儀。只看此車輦的派頭，便可大致推測出裡面乘坐的必是朝中重臣。

車輦行至橋頭積雲亭處停下。八名隨從垂手肅立，從車輦中走下一人，頭戴七梁金冠，身著丹礬大紅遮膝衫服，腰束玉帶，白絹襪，皁皮雲頭履鞋。由於宮滌塵居高臨下，被那人的金冠擋住視線，看不清此人的相貌，但那人雖僅僅踏出幾步，龍行虎步之姿卻隱帶起風起雲湧之勢，足以令人心生畏懼。他於亭邊負手站立良久，似在憑弔昔日陣亡將士，又似在默然沉思，驀然抬眼，遙遙往凝秀峰頂上望來。

雖是明知山頂上的樹木必會遮住那人的目光，但宮滌塵還是忍不住生出一種閃往旁邊樹後躲避他視線的感覺。同時他明顯發覺到泰親王與高德言的身形亦是一震，以眼角餘光掃去，但見兩人皆是一臉著緊之色，眨也不眨一眼地望著飛瓊橋上的那人，泰親王執著望遠鏡的右手亦在微微顫動著，口中似乎還喃喃有詞。到了此刻，他已對車輦中那人的身分確定無疑。

宮滌塵心底驀然泛起五分畏怖三分敬重與二分猶疑，有心用言語緩解一下緊張的氣氛：「想不到千歲叫我來此，竟是要看看天下第一高手的風采！」只看橋邊那位大臣的威嚴雄姿、激昂風範，普天之下捨明將軍其誰！

「宮先生身為吐蕃使者，遲早可見到明將軍。」聽到宮滌塵言語中對明將軍不無敬重之意，泰親王故作鎮靜的語音中似有一份枯澀之意：「如果本王僅僅奉上如此大禮，又憑什麼能讓宮先生動心？又有何資格妄請宮先生轉告令師？嘿嘿，天下第一高手，難道在宮先生心目中，明將軍的武功還在蒙泊大國師之上麼？」

宮滌塵微笑：「左右不過是一些虛名，豈會放在國師心裡。」他猜測著泰親王的語中含意，深吸一口氣，將天緣法眼運至十成，往飛瓊大橋周圍細細看去，越看越是心驚，神色漸漸凝重起來。

泰親王炯炯目光一直盯在宮滌塵的臉上，見他凝目良久，起初臉上露出詫異之色，卻又按住心潮，仍是一副萬事不縈於懷的模樣，心頭亦暗生警惕：這個年輕人如此沉得住氣，絕不簡單！

高德言乾笑一聲：「宮先生身為蒙泊國師的大弟子，必是目光如炬，不知可看出什麼蹊蹺麼？」

宮滌塵冷笑道：「此份大禮確是不同凡響，而高大人僅僅用了十萬兩銀子就能將這個驚人的消息探聽出來，神捕之名果不虛傳。」高德言聽宮滌塵的語氣，怎不明白他話中嘲諷之意，只是不知應該如何接口，訕笑一聲。

宮滌塵手指飛瓊大橋，緩緩道：「那橋亭邊樹頂上精光微動，橋洞底草木輕搖，行船凝立不前，水下波光斂湧，皆有殺手暗伏……」他忽長歎一聲：「滌塵有一事相求，還請千歲答應。」

泰親王以目相詢。宮滌塵淡然道：「千歲可知道滌塵跟隨國師十餘年，領悟最多的是什麼？」

泰親王與高德言互望一眼，都不明白宮滌塵為何會在這關頭說起這無關緊要的事情。泰親王沉吟道：「本王雖不通武學，但手下有不少能人異士皆提起過蒙泊大國師的『虛空大法』，卻不知宮先生所說是否亦與此有關？」

高德言接口道：「聽說吐蕃教法傳於天竺佛理，武功亦以瑜珈功為形，般若龍象功為基。久聞『虛空大法』盛名，卻是無緣一見，還請宮先生指教一二。」

宮滌塵不置可否，續道：「吐蕃教義分為黃、紅、白三支，三支教派各轄教眾，視己教為正途，各立活佛，亦因此不時會引起吐蕃民眾的爭鬥，以致難有一統。直至蒙泊大師橫空出世，識四諦、修五蘊、通十二因果而解大煩惱，以精湛佛理與白、紅兩教七名佛學大師舌辯九日而勝，方助吐蕃王一統全境，被拜為大國師。而蒙泊國師向以佛理自譽，無厚武學末技，雖自創『虛空大法』，卻謂之不過虛中凝空，應以識因辨果為重，養氣健體為輕，與人爭強更是末流。」他目視泰親王，面相端嚴：「諸業本不生，以無定性故；諸業亦不滅，以其不生故！」

泰親王聽得一頭霧水，喃喃道：「宮先生，你倒底想說什麼？」

宮滌塵緩緩道：「若是滌塵現在告別，千歲會否同意？」

泰親王面色一沉，高德言驚訝道：「宮先生何出此言？」

宮滌塵雙手先結法印，再做拈花狀，微笑道：「修習『虛空大法』之人，首先便須得了悟因果之間那種微妙的關係。而所謂識因辨果，即是我看到了明將軍的出現，便知道了千歲送的大禮是什麼！」他眼中驀然精光暴長，一字一句道：「千歲請恕滌塵不識抬舉，此份大禮實在太重，我吐蕃國不敢受之。」

泰親王何曾受過這等調侃，這一怒非同小可，直欲發作。但眼角看到飛瓊橋下明將軍沉穩如山的身影，終強壓下一口惡氣，低聲道：「宮先生如此不給本王面子，不怕走不下這凝秀峰麼？」

宮滌塵面上仍是一派微笑，朗朗念道：「無生戀、無死畏、無佛求、無魔怖。」他面對氣得鬚髮皆張的泰親王，仍是氣定神閑：「千歲身分尊貴，一人之下萬人之上，自不會將小小吐蕃使者放在眼底，何況滌塵就算有把握逃出重圍，卻也不忍見兩國子民毀於戰火，自甘俯首就戮。」

泰親王呆了一呆，驀然撫掌大笑起來：「宮先生為吐蕃國一片忠心，實令本王欽佩。不過聽宮先生之言，莫非懷疑是本王派人設伏刺殺明將軍麼？」

高德言連忙道：「宮先生不要誤會，此事絕對與千歲無關。何況宮先生身處峰頂猶可看得如此清楚，當局者又豈能不知？」

宮滌塵微微一震，稍加思索後，臉上現出一絲尷尬：「滌塵魯莽，讓千歲見笑了。」

泰親王釋然一笑：「宮先生無需自責，若是本王處於你的立場，只怕亦會誤會。」他知道宮滌塵剛剛看出了飛瓊大橋邊的暗伏，本以為泰親王欲殺明將軍，這才明哲保身不願牽涉到其中。而如今宮滌塵從震驚中恢復過來，立知自己判斷有誤：縱然泰親王真想殺了明將軍，也必會暗中從事，又怎會讓他這個吐蕃使者參與其中。不過看起來宮滌塵城府頗深，連泰親王也無法判斷出這個年輕人到底是真的沉不住氣、抑或僅是故做姿態。

高德言打個圓場：「其實聖上早對將軍府勢震朝野有所不滿，幾次欲下令削減明將軍兵權，卻都被千歲所勸阻，此事被朝中大臣知曉後，方明白千歲與明將軍失和之事實為謬傳。何況擅殺朝廷命官乃是誅九族的大罪，千歲又豈會明知故犯，派人伏擊明將軍？」

泰親王沉聲道：「不瞞宮先生，本王與明宗越雖同為朝臣，卻私交甚惡。不過本王深知其手握兵權，一旦有何意外必會引起京師大亂，所以才顧全大局力勸聖上緩削兵權之議。」

高德言躬身道：「千歲憂國憂民之心，實在令人讚歎。」

宮滌塵聽他兩人一唱一和，一副置身事外的模樣，縱然心知肚明是怎麼回事，面上卻裝出恍然大悟狀。

那飛瓊大橋長有十餘丈，橋闊達二丈五尺，可容四輦並行，乃是由皇城內出御道必經之地。白日上朝時橋兩邊皆有重重守衛，晚間便只在積雲亭與疊翠亭中各設兩名士卒。此刻明將軍一人靜立於橋頭積雲亭上，八名侍衛皆落在其身後，橋兩端的四名守衛更是遠遠觀望，不敢上前打擾。

高德言遙望飛瓊橋下默然佇立的明將軍，終於有些沉不住氣：「明將軍定然已發現了刺客，只是為何遲遲不動，莫非在等援兵？」

泰親王冷笑一聲：「若連此局都不敢闖，他又有何資格妄稱天下第一高手？」

宮滌塵截口道：「據我所想，明將軍所猶豫的，無非是否應該生擒下刺客罷了。」他微微一笑：「只看此次伏殺佈局能精確掌握到明將軍的行蹤，想必主使者定是謀定後動，縱然刺客被擒，亦不會露出什麼破綻。」

泰親王聽出宮滌塵話內暗含深意，有心再試探一下這個年輕人：「不過本王雖然知道了這個消息，卻沒有及時通知明將軍，宮先生可知其中緣故？」

宮滌塵沉吟道：「如此明目張膽的殺局怎可能傷到天下第一高手？何況普天之下習武之人誰不想看看明將軍的出手，若是千歲派人通知了明將軍，滌塵口中不說，心中必是要怪千歲多事了。」要知明將軍這些年來被武林中尊為天下第一高手，更是貴為朝中大將軍，已有許久未曾顯過武功。而縱然偶有不服其聲望的挑戰者，卻連將軍府大總管水知寒這一關也過不了。

泰親王大笑：「宮先生果是個聰明人，看來本王這份大禮果然沒有送錯。這幾十萬兩銀子嘛……」他壓低聲線，字字重若千斤：「買的是讓國師弟子親眼看看天下第一高手是如何殺人的！」

宮滌塵於剎那間掌握了泰親王的用意，眼角邊的皺紋仿似更深了，緩緩道：「滌塵明白千歲的意思，必將如實把戰況稟告國師。」泰親王雖然將事情推得乾乾淨淨，但明眼人一望即知行刺明將軍的殺手必是他暗中請來的，所謂打探消息花費的十萬兩銀子多半是用於買凶的款項，他設下這個局可謂用心良苦，如能一舉除去明將軍最好，就算暗殺失手，他亦可置身事外，反而給明將軍引來蒙泊國師這個大敵。

高德言道：「千歲查得到這個消息後立刻命人相請，可謂是極看重宮先生與蒙泊大國師了。」

宮滌塵淡然點點頭，輕聲道：「不過如此大禮，似乎不應該只送給國師一人。」

泰親王手撚長鬚，傲然道：「普天之下，有資格收此禮物的，又有幾人？」

宮滌塵神色凝重：「卻不知凌霄公子何其狂與蒹葭掌門駱清幽夠不夠資格？」

泰親王哧鼻道：「宮先生何出此言？凌霄公子驕狂過甚，駱掌門女流之輩，如何能與蒙泊大國師相提並論？」

宮滌塵搖搖頭：「何其狂驕狂於外，卻有真材實學；駱清幽斂蓄於內，更令人不敢輕視。」一轉話頭：「不過千歲自然知道我所指的人是誰，何必裝作糊塗？」

一旁不語的高德言心中暗驚，這個宮滌塵年紀雖輕，卻是心思極其敏銳，將此局面下的幾處關鍵都看得一清二楚。他見泰親王臉現尷尬之色，連忙接上宮滌塵的話題：「不知宮先生心目中還有誰人有資格？」

宮滌塵緩緩吐出三個字：「暗器王！」

泰親王哈哈大笑：「與宮先生說話真是痛快，一點也不用轉彎抹角。既然如此本王亦不妨明白告訴宮先生：暗器王林青這些年雖然聲名大噪，但在本王心目中，他的武功境界卻還是比不上號稱西域第一高手的蒙泊大國師。不知如此解釋可否能讓宮先生滿意？」

宮滌塵淡淡一笑，避開泰親王的目光，眼望山下，喃喃道：「滿意與否，只怕與武功高低無關吧?!」

泰親王輕咳一聲：「暗器王殺氣太重，難以服眾，在名望上比精擅佛法的蒙泊國師自然遜了不止一籌。就算為了天下蒼生著想，本王自然也會取國師而遠暗器王……」

高德言嘿然一笑：「何況蒙泊國師只怕早就有入京之願，八千歲此舉不過是投其所好，大家心知肚明罷了。宮先生又怎不體會千歲的一片苦心？」

宮滌塵聞言一歎，暗自搖頭。泰親王當然不是什麼善男信女，縱然嘴上說得好聽，所圖謀的只不過是如何扳倒明將軍得以獨攬朝政。至於天下百姓的命運，又如何能落在他的眼中？

他三人眼望遠處城中飛瓊大橋下劍拔弓張的戰局，口中卻是各蘊玄機。宮滌塵自然看出了泰親王以暗殺的方式逼明將軍出手，讓自己親眼目睹後轉告蒙泊大國師，乃是希望蒙泊大國師能藉此瞧出明將軍武功的弱點，伺機入京挑戰明將軍。若能借助蒙泊大國師的力量以武功擊敗明將軍，才是對這個朝中最大政敵最痛烈的打擊。

而他之所以提到凌霄公子何其狂與蒹葭掌門駱清幽，卻是從側面提醒泰親王目前最想與明將軍一戰的人乃是暗器王林青，與其讓遠在吐蕃的蒙泊大國師攪入中原，倒不若尋暗器王參與其事。而泰親王自是深知暗器王的桀驁不馴、又曾長駐京師，即便助林青擊敗了明將軍，只怕亦無力控制，反而又多出一個可怕的「政敵」，是以才捨近求遠找上了絕不肯蟄伏西域的蒙泊大國師。

飛瓊大橋上忽起一陣風，輦頂旌旗飄揚，一朵濃墨的烏雲由東方移來。遮在京城上空，大有風雨欲來之勢。而明將軍一直默立不動的身影就像隨著這陣風飄動起來。

高德言乾咳一聲：「宮先生可要看仔細了，我雖在京師近十年，卻還從未見過明將軍出手。」

「高神捕盡可放心，我現在只希望這一場價值六十萬兩銀子的盛宴不要讓人失望才好。」宮滌塵望著遠處明將軍緩緩前行的身影，悠然道：「看來明將軍也想清楚了：今晚遇上的一切與他人無關，不過是一場適逢其會的狙殺而已！」泰親王與高德言對望一眼，一齊不自然地輕笑起來。

宮滌塵問道：「高神捕可打探到刺客是什麼人？」

高德言望一眼泰親王，待泰親王不動聲色的略略點頭後方才回答道：「乃是江湖上名為『春花秋月何時了』的一個殺手組織。」

泰親王奇道：「這個殺手組織的名字倒風雅，卻不知是何來歷？」

宮滌塵將高德言的神情看在眼裡，心知泰親王明知故問。微笑道：「千歲可能對武林人物並不熟悉，像這等殺手組織名字雖然風雅，做的卻都是殘忍至極的事情。」

高德言恭謹道：「『春花秋月何時了』乃是近年來風頭最勁的殺手組織，出手十九次無一失手，被害者身分各異，既有武功極高的幫派掌門、江湖隱士、鏢局武師、綠林豪傑，亦有貪贓枉法的朝中官員、漁肉百姓的鄉紳惡霸，做案手法不一而足。經刑部細查，其組織中一共有五人，分別是袁采春、穆觀花、上官仲秋、鄭落月與了了大師，每一次刺殺行動無論對手強弱皆是五人合力出擊……」

宮滌塵歎道：「袁采春的雁齡刀、穆觀花的鐵流星、上官仲秋的亮銀槍、鄭落月的暗器各擅勝場，雖然每個人的武功皆算不上江湖一流，但這四人合在一起，再加上了了大師的謀略策劃，便組成了一個令人頭疼的超級殺手組織。只可惜他們遇見的是明將軍，從今日起恐已可在江湖上除名了……」言下之意認定今日刺殺之局必敗無疑。

高德言動容道：「想不到宮先生對中原武林人物亦如此熟悉。」

宮滌塵謙然一笑，住口不語。明將軍稱霸江湖近二十年，雖遠在幾里外，卻令每個人的心中都感覺到一種莫名的緊張，所以才不停用言語來緩解那份沉重的壓力。宮滌塵無意間露出鋒芒，心頭略生悔意。

泰親王從望遠鏡中遙視明將軍沉穩如山的身影：「他為何走得如此緩慢？」

高德言手心湧出汗水，舔了舔乾燥的嘴唇：「『春花秋月何時了』畢竟是江湖上超一流的殺手組織，縱然是天下第一高手亦不敢大意吧。」

眼見明將軍已越過亭邊一棵百年古樹，泰親王問道：「剛才宮先生不是說那樹頂上藏有殺手麼，為何不見異動？」

宮滌塵輕聲道：「做為一名殺手未必需要武功高明，殺人靠的是拿捏時機，乘隙一擊必中，若找不到最好的機會寧可隱忍不發。何況明將軍走得雖慢，全身卻不見絲毫破綻，對方自不敢貿然出招，以免徒勞無功，反被明將軍所趁。」

高德言喃喃道：「以明將軍之能，必早已覺察到隱伏之人，他為何不先發制人？」

宮滌塵不答，深吸一口氣，暗運起「虛空大法」，全部精神都集中在數里外的飛瓊大橋上。「虛空大法」乃是吐蕃黃教秘傳的佛門無上玄功，講究識因辨果，共分「幕密」、「疏影」、「覓空」、「陵虛」四重境界，修習者若無強大精神力，終其一生僅「幕密」而止，蒙泊十七年前修至「覓空」，已被吐蕃敬為天人，拜為大國師，而宮滌塵出身武學世家，自幼天賦稟異，雖師從蒙泊不過九年，卻是蒙泊門下唯一能將「虛空大法」練至「疏影」之境者。此刻宮滌塵與明將軍雖相隔數里，剎那間卻似與橋頭上的明將軍產生了一絲難以言述的感應，對方的一舉一動、微妙的心理變化都若感同身受。他喉間發出一道冷峻的聲音：「自然要等到對方全體發動後才一舉破之，方是天下第一高手的氣度！」

泰親王與高德言不知宮滌塵運起「虛空大法」，聽他這一句話不但語音變得低沉，更有一種威凌天下的豪氣，大違平時低調謙和的個性，互視一眼，微覺驚詫。

泰親王問道：「何處方是刺客最佳的出手時機？」這一句話本應高德言回答，但他卻不知不覺被宮滌塵的氣勢所懾，眼望宮滌塵，想聽聽他的意見。

宮滌塵沉聲吐出幾個字：「第三個橋洞黃旗處。」飛瓊大橋共有五孔，第三個橋洞乃是飛瓊大橋的正中，那艘行船亦正停於橋洞中。此處不但風勢最大，急湍的水流聲亦掩蓋了一切響動。那一方八尺寬的黃旗橫卷而過，猶如一條在橋面上起伏不休的黃龍。

明將軍步伐雖慢，再踏出五步便將行至第三橋洞的黃旗處。三人不由皆在心底默算：五、四、三、二……這一場殺局雖在數里外，卻猶比親身經歷更令人心底緊張。

明將軍踏出最後一步，黃色大旗驀然中裂，一道迅急的刀光從黃旗中飆出，直劈明將軍後頸。這一刀平實無奇，沒有任何花巧，既無風雷之勢，亦無炫目之光，但無論角度、力量、準確皆是無隙可乘，更是窺準了黃旗遮掩明將軍視線的那一剎稍瞬即逝的時機。刀光雖不明亮，但在三位觀戰者的心中，卻燦然如日。

與此同時，橋下行船中一條黑影旋轉著沖天而起。人在半空中，已有無數暗器往橋上的明將軍射去，暗器又細又密，在燈火掩映下散發著詭異的黑光，乍看去就似從橋底砰然綻開了一朵死亡之花。

明將軍仍是不急不徐地走著，對那刀光與暗器視若不見，而更令人驚訝的是，看似必中的刀光與暗器全都落在了他的身後，刀劈在一柄由橋底船中發出、透橋而上的銀槍槍尖上，暗器則全然擊在空處。而明將軍意態從容，頭也未回一下，彷彿面對的不是精妙殺局，而是一場早早排練好的表演。

泰親王與高德言齊齊發出一聲壓抑不住的低呼，渾然不解。宮滌塵卻是全身一震：只有他看出了在刺客出手的一剎，明將軍的步伐節奏驀然改變，一掠而過最危險的地方，所以方有如此局面。可怕的不是明將軍行動快捷，而是竟能提前預判對方的行動，在刺客已然出手無法變招的瞬間方才改變步頻。試問若換上自己在橋上，或出招抵擋，或閃避騰挪，卻萬萬不能如明將軍這般不露聲色地將刺客天衣無縫的行動化於無形。那電光石火的一刻，行動稍遲一步不免陷入包圍，而稍早一隙卻又令對方未出手前留有餘力變招，這種集料敵先知與後發制人於一體的武功，莫非就是名動天下的「流轉神功」？

橋頭積雲亭與橋尾疊翠亭上的四名守衛大呼「有刺客」，兩人執短刀厚盾，兩人執長槍，由橋兩端往橋中匯合。而明將軍手下那八名護衛卻仍是紋絲不動，亦不見絲毫驚慌失態，瞧來是曾得到過明將軍的命令。

「春花秋月何時了」見慣各等場面，一招受挫並不氣餒，反而激起凶性。袁采春一刀落空，彈身高高躍入半空，雁齡刀映著月華，撩起一道弧線，追襲明將軍的背影；旋身而上的鄭落月足尖點在橋欄上，身法由沖天之勢改為沿橋橫掠，數十道暗器再度如雨灑下；而那使槍的上官仲秋本是算準了明將軍的步伐，一槍透橋欲釘在明將軍的足尖上，不料十拿九穩的一槍刺空，長槍亦不收回，順橋面橫移，木屑紛飛中橋面上現出一道數丈長的槍痕，如一條張牙舞爪的青白色巨龍，直追明將軍腳步而去……

最先襲來的是鄭落月的暗器。悠悠前行的明將軍驟然駐足，雙掌抬於胸前，吐氣開聲，左右手如抱球般各劃出半個圓弧。剎那間，明將軍兩隻手掌宛似化成了千手千掌，組成一個圓圈，那無數襲來的暗器被他掌力所引，在空中微微一滯，盡皆改變方向聚在他胸前三尺之內，卻不落地，而是化為一團不停旋轉的黑光，場面詭異至極。

明將軍低喝一聲，右掌牽、左掌引，他的掌力中似含有極強大的黏力，那團暗器如一條黑帶般驀然飛出，直撞向袁采春的面門。袁采春大叫一聲，他處於空中根本無法閃避，雁齡刀徒勞地磕飛幾枚暗器，身上頓時被無數暗器釘滿，如斷線風箏般直墜入橋下。

峰頂三人瞧得目瞪口呆，只怕從古至今，亦從沒有人能以如此方式收發這許多的暗器。宮滌塵雖知明將軍乃是借取鄭落月發射暗器之力，但那些暗器或直射、或斜擊，明將軍竟能在剎那間將所有力道皆化為己用，其應變之迅速、施力之巧妙皆可謂是驚世駭俗，莫說自己萬萬做不到，縱是師父蒙泊國師與譽滿天下的暗器王林青親至，怕也不過如此！

說時遲那時快，上官仲秋的銀槍已至明將軍腳底。明將軍右足飛踢，看似閒庭信步，整個飛瓊大橋卻亦因這一腳而微微震動了一下。原本無堅不摧的銀槍霎時倒竄回橋底，一條銀線猶如電光般由明將軍腳底彈射而出，卻是明將軍一足踢斷銀槍的槍頭，反射向鄭落月。

鄭落月剛才全力發出七八十枚暗器，卻盡被明將軍變戲法般收入懷中射殺袁采春，心驚膽戰之餘，忽見銀光疾速襲來，尚不及決定應用何方法去接暗器，銀槍槍頭已瞬間穿顱而過。與此同時，橋底一條僵直的黑影斜斜落入水中，原來是上官仲秋受不起明將軍那一腳的反震之力，竟被銀槍由頭頂至會陰筆直穿入，他的身體尚在半空中，全身已似開了無數小洞般迸出萬千條血雨，那是因為槍上附有明將軍霸道至極的內力，將他全身經脈盡數炸開，江水頓時染成一片血紅。

泰親王與高德言皆是面色大變，一時說不出話來，他們雖然對此局面早有預想，但亦料不到明將軍的武功竟然霸道如斯，僅僅一個照面間，三位殺手盡皆送命！凝秀峰頂上一時靜聞針落，隔了良久，唯有宮滌塵低低一聲長歎：「流轉神功威凌天下，果是名不虛傳！」

泰親王勉強保持著鎮靜：「『春花秋月何時了』一共五人，還有兩人為何不出手？」

高德言道：「疊翠亭兩名守衛中右邊那人步伐故作虛浮，分明隱瞞了武功。應該是殺手所扮。而積雲亭樹頂那名殺手尚未有所行動，想必也會配合著再度出手。」

宮滌塵眼望戰局，沉聲道：「疊翠亭那名守衛是了了大師所扮，積雲亭邊樹頂上那名殺手想必是擅使流星的穆觀花，其人心志已散，並不足慮。」

高德言奇道：「刺客尚未出手，宮先生何以如此肯定他兩人的身分？」

宮滌塵淡然道：「因為我聞到了了大師身上的一股死氣。」泰親王半信半疑，惑然望了宮滌塵一眼，心中奇怪宮滌塵隔了數里之遠，卻何以能瞧出對方心志渙散，又聞到什麼死氣，莫非是危言聳聽？卻不知虛空大法最擅察知對方心態變化，感應到對方戰志渙散不過是牛刀小試。

「聽說了了大師來自苗疆，身懷異能，極精易容與下毒之術……」高德言微一皺眉：「不過既然連宮先生都可看破了了大師的易容，明將軍必然亦能察覺，他有所防範下，了了大師豈不是自投羅網？」

宮滌塵心中早有此疑問，眼望飛瓊大橋，靜觀其變。

疊翠與積雲亭四名守衛這時才奔到明將軍身邊，皆翻身拜倒請罪。

明將軍目光炯炯，看著那原本被鮮血染紅的江水漸漸轉淡，輕輕揮手令四人起身。疊翠亭兩名守衛中一人忽長身而起，大叫一聲，手中短刀直刺明將軍胸膛。與此同時，一團黑光從積雲亭邊那棵大樹頂上射來，撞向明將軍的後心，正是穆觀花的鐵流星。

泰親王與高德言皆不由暗歎了一聲，看「春花秋月何時了」的前三人出招氣勢凌烈，而剩餘兩人顯是銳氣已盡，這一刀一錘雖是配合得天衣無縫，卻如何傷得了天下第一高手？只有宮滌塵面色不變，料想刺客另有奇招。

明將軍果然對那執刀守衛早有防範，待短刀近身三寸時猛然一側身，不但避過短刀鋒芒，亦令擊往後心的流星錘收勢不及，直往執刀者撞去……

那使流星錘的穆觀花眼見將傷及同伴，卻不收力，砰的一聲，流星錘端然擊在執刀守衛的前胸上。那執刀守衛結結實實中了一錘，全身驀然一震，竟如木偶般四分五裂，黑紅色的血霧四濺，旁邊一名積雲亭的守衛正欲上前替明將軍擋招，一時閃避不及被那血霧沾上，頓時捂面慘叫，聲如夜狼長嗥，令人聞之心驚。

這一下變生不測，連明將軍亦未想到「春花秋月何時了」竟會以身體為武器，那團血霧中顯是蘊有巨毒，沾染不得。明將軍右手閃電般探出，食、中二指橫剪在流星錘的銀鏈上，銀鏈應指而斷。同時足尖點地，雙手提著餘下兩名守衛往後疾退。

另一名疊翠亭的守衛被明將軍提在右手中，忽轉過臉來面朝明將軍詭異一笑，隨著這一笑竟有一股青氣從他口中噴出，若如蛇信般舔向明將軍的面門。

原來，剛才那名守衛執刀攻擊明將軍不過是疑兵之計，此人方是真正的了了大師，而這一口毒氣，才是「春花秋月何時了」的真正殺招！此刻明將軍的雙手亦各提一人，根本不及格擋，加之相距如此之近，面門剎時已被那股青氣罩住！

眼見明將軍已避無可避，他卻驀然啟唇開口，大喝一聲「咄！」一道氣箭發出，將那一股青氣盡數迫入了了大師口中，同時右手疾拋，將了了大師遠遠擲了出去。

了了大師慘叫一聲，人在半空中已是鮮血狂噴，鮮血甫一出口，已盡化為黑色……他雖一生浸淫於毒物之中，但明將軍那一口純陽真氣何等霸道，不但將那一股巨毒的青氣盡數反迫入他的腹中，更將他五臟六腑全都震得粉碎，縱是沒有那一股倒竄入腹中的毒氣，亦難以活命。

積雲亭邊樹頂上的穆觀花眼見四名同夥盡皆喪命，心魂俱裂，他不敢往明將軍方向逃竄，反朝紫禁城中掠去。誰知身形方從樹間現出，明將軍八名護衛中的最末一人忽彈身而起，後發先至在半空中迎住穆觀花，兩人乍合即分，穆觀花一聲慘叫落在地上，而那人雙手箕張如虎爪，竟拎著一條血淋淋的胳膊。原來在那空中交匯的一剎，穆觀花的右臂已被此人硬生生地撕下來。幾名護衛上前將昏死過去的穆觀花縛牢。

峰頂三人看得真切，高德言臉色大變，低呼一聲：「鬼失驚！」想不到名懾黑白兩道的絕頂殺手鬼失驚竟化身為明將軍的護衛。明將軍於瞬息間擊斃四名殺手之舉固然令人動容，但相較之下，鬼失驚出手之狠辣更是令人瞠目結舌。

泰親王勉強按住心頭震驚，對宮滌塵呵呵一笑：「看到飛瓊橋上的這一幕，不知宮先生有何收穫？」

宮滌塵閉目沉思良久後，方長出一口氣歎道：「『春花秋月何時了』的武功比滌塵想像的更為犀利，也不知是何人請來這五位殺手，如若出現在飛瓊橋上的不是明將軍，換作是天下任何一人，面對如此精妙的佈局，只怕都會被他們得手。」

泰親王對宮滌塵的話半信半疑，反問道：「若是蒙泊大國師親來又如何？」

宮滌塵朗聲道：「國師必會事先察覺異況，絕不會令自己陷入如此窘境。」他的神情是如此堅決，語氣是如此斬釘截鐵，不由人不信蒙泊國師有未卜先知、避凶移禍之能。

泰親王沉吟道：「『春花秋月何時了』亦不過是江湖上一個尋常的殺手組織，名望尚不及鬼失驚與蟲大師，宮先生是否言過其實？」

宮滌塵歎道：「春、花、秋、月這四人亦還罷了，那了了大師不但身懷驅屍之術，以障眼之法瞞過了諸人的耳目，更修成了『青天重睹』的內息，假以時日，足有能力與黑白兩道的超級殺手蟲大師、鬼失驚一較長短。」泰親王與高德言互視一眼，神色頗有些不自然，宮滌塵立知自己判斷不差，這「春花秋月何時了」五人必是泰親王請來，甚至是泰親王手中的秘密武器，只是泰親王料定這五人絕非明將軍的對手，所以才寧可犧牲五人的性命激得蒙泊大國師出手，如今聽宮滌塵如此推崇了了大師的武功，不免有些悔意。

泰親王問道：「那驅屍之術是怎麼回事？『青天重睹』又是什麼？」

高德言解釋道：「所謂驅屍之術乃是苗疆秘傳的一種邪功，施術者並非有令死者回陽之術，而是先給被害者服用藥物，令其全身呼吸頓絕，不飲不食與死屍無異，更是力大無比，功力暴漲，並且只聽從驅屍者的命令。此法極為歹毒，為武林中人所不齒，剛才那疊翠亭守衛想必已被了了大師以藥物控制，不但故意暴露破綻吸引明將軍的注意力，更以碎屍毒血相攻……」說到此處，念及當時詭異莫名的情形，心頭不寒而慄。

泰親王嘖嘖而歎：「如此異術若能用於兩軍對壘，豈不是所向披靡。」

宮滌塵漠然道：「此法先傷己再害人，若是千歲捨得盔下子弟的性命，自可成就一支無敵之師。」

泰親王臉上一紅。高德言連忙轉開話題：「至於那『青天重睹』之氣，我卻知之不詳，還請宮先生解釋一二。」

宮滌塵道：「驅屍之術殘忍歹毒，被害者雖受控制，但冤魂不散，極易反噬施術者。而驅屍之術的最高境界便是將這無數冤氣化為己用，名為『青天重睹』。此氣極難修煉，一旦大成，可謂是見神殺神，遇佛殺佛。當時的情形下，明將軍只要內力再稍差半分，必然難逃此劫！」他輕輕一歎：「看似明將軍勝得輕鬆，其實亦僅高一線而已。若是早知『春花秋月何時了』有如此驚人的實力，鬼失驚必不會在最後時刻才出手。」

泰親王聞言精神一振：「看來宮先生已瞧出明將軍武功的弱點了？」

宮滌塵搖搖頭：「流轉神功名動天下，滌塵何敢妄言其強弱。不過我必會將這一戰的情形原原本本告訴國師，以國師的無上智慧，或能有所悟。」

泰親王點頭大笑：「宮先生能如此說，可知本王這份大禮果然沒有送錯人。本王明日便入宮面聖，吐蕃求糧之事絕無問題。不知宮先生打算幾時回吐蕃？」

宮滌塵微笑道：「滌塵在京師還有一些雜務，尚要耽擱十餘日。」

泰親王奇道：「不知宮先生有何事要辦，若需本王協助盡可開口。」

「不勞千歲費心。」宮滌塵欠身道：「不過是一些區區小事，滌塵自可處理。」

泰親王淡淡「哦」了一聲，面露不快。他見宮滌塵見識高明，本有心收買，不料卻被對方婉拒，顯然對堂堂親王的恩威齊施並未放在心上。

高德言轉轉眼珠：「聽宮先生之言，此戰明將軍僅是險勝而已。而那鬼失驚與蟲大師更在『春花秋月何時了』之上，若是由他們暗中出手行刺明將軍，可有勝望？」

宮滌塵心中暗忖：若非有泰親王的授意，高德言何敢問出此言？看來京師幾大派系果然已勢成水火。他注意到高德言提到蟲大師時神情稍有蹊蹺，卻也未放在心上，昂然答道：「鬼失驚與蟲大師雖被譽為近百年來不世出的天才殺手，卻絕非完美無缺，亦有各自的弱點。何況殺手行刺，天時、地利皆會增加許多不可預知的變數，滌塵不敢斷言。」

高德言略一思索，拱手道：「卻不知在宮先生眼中，鬼失驚與蟲大師有何破綻？」不知不覺他已對這個莫測高深、出語隱含深意的年輕人暗生佩服之感，態度上亦是十分恭敬。

宮滌塵淡淡一笑：「那無非是滌塵個人的一些看法，說出來貽笑大方，不提也罷。」

高德言聽宮滌塵賣個關子，雖是心癢難耐，但宮滌塵乃是吐蕃使者，難以如審犯人般追問個水落石出，只好悻悻作罷。

宮滌塵對泰親王深施一禮：「時辰不早，滌塵告辭。多謝千歲大禮。」轉身飄然而去。

待宮滌塵的身影消失在山道中後，泰親王沉聲問道：「穆觀花被將軍府擒下，可否會有什麼後患？」

高德言恭聲道：「屬下早已安排了左飛霆等在附近，一旦刺客失手，便由刑部之名義解押犯人。但……但就怕明將軍並不賣刑部的面子。」他口中的左飛霆亦是刑部五大名捕之一。見泰親王面色似乎不善，高德言小心翼翼地問道：「如果將軍府不肯放人，是否需要……」舉手做了一個刀劈的姿式。

泰親王沉聲道：「縱然明將軍知曉內情，也不敢把本王如何。何況此事如此機密，應該不會有何破綻，將軍府的內應不到萬不得已不要暴露。」目光炯炯盯住高德言，冷哼一聲：「不過本王卻不明白，鬼失驚為何會出現在這裡？」他這一問極是關鍵，要知鬼失驚身為將軍府僅次於明將軍與水知寒的第三號人物，出現在明將軍的護衛中實在太過不合情理，除非是今日的刺殺之局早被明將軍知悉。

高德言臉現尷尬，顯然無法回答。泰親王陰沉一笑，忽望著天邊一輪弦月歎道：「今晚的月色真好啊！」

高德言本以為泰親王必會嚴詞相責，不料泰親王卻忽然顧左右言他，看似已揭過此事。他雖在刑部任職，卻早已是泰親王的心腹，深知這位一人之下萬人之上的親王城府是何等之深，如果自己出了什麼差錯，只怕再也難見到明晚的月亮。想到這裡，一道冷汗已順著脊背涔涔流下。

泰親王卻是呵呵一笑，眼睛瞇成了一條線：「你可知本王為何會有心情賞月麼？」

高德言小心答道：「屬下不敢妄猜千歲所想。」

泰親王輕聲道：「看到剛才那個人，再看到這彎月亮，本王忽覺得兩者間竟是如此的相似……」

高德言把握不住泰親王的心意：「千歲是說明將軍？」

泰親王哈哈大笑，反問道：「你覺得明宗越像那纖秀明淨的月兒麼？」

高德言恍然有悟，回想宮滌塵看似纖細羸弱的身形、潔淨不染一塵的衣飾、清雅素淡的談吐，倒覺得泰親王這個比喻頗為恰當：「宮滌塵此人莫測高深，屬下以前卻從未聽說過這個名字，如此藏斂鋒芒恐有所圖。」

泰親王點點頭：「你回去後動用刑部的一切力量，務要查出宮滌塵的來龍去脈。」他手撚長鬚，喃喃道：「如此人物，若不能為本王所用，豈不是天大憾事……」

高德言垂首道：「千歲放心，德言必不辱使命。」他熟悉泰親王的行事風格，猜想語中含意：若是宮滌塵不肯為泰親王所用，只怕亦被他所不容。

泰親王冷冷一笑：「你退下吧。記住一切皆要在暗中行事，莫要讓他有所察覺。」高德言依言拜退。

「在未見到蒙泊國師之前，本王對這個人很有興趣。」泰親王眼望天穹，自言自語般又將最後幾個字重複了一遍：「很有興趣！」那半開半闔的眼光中，似燃起了一星火花。

這一場打鬥已將飛瓊大橋附近許多民眾引來，見是當朝重臣明大將軍，皆在遠處竊竊私語，不敢靠前圍觀。明將軍緩步走下飛瓊大橋，神情似倦似怠，若有所思。那八名護衛在鬼失驚的命令下將渾身鮮血、昏迷不醒的穆觀花放入車輦中，在明將軍十餘步後跟隨。

明將軍忽然停步，目光投射街道斜方幾條黑影身上。

一人越眾而出，上前對明將軍行禮：「刑部左飛霆見過明將軍。」左飛霆身長骨健，面相素淨，約莫二十七八歲，在刑部五大名捕中排名第四。

明將軍微笑道：「左神捕是來捉拿刺客的吧？」左飛霆聞言微微一愣，他本是奉命將刺客帶回刑部審問，但面對明將軍的威嚴，正尋思應該如何開口索要刺客，想不到明將軍先發制人，亦聽不出其言辭中是否有嘲諷刑部事後爭功之意，一時語塞。

明將軍一揮手：「五名刺客四人當場格斃，餘下一人重傷被擒，現在車輦中，請左神捕去拿人吧。」說罷側身讓開路。

左飛霆心中想好的許多說辭全然派不上用場，期期艾艾地謝過明將軍，正要上前，忽又聽明將軍冷聲道：「現場並未凌亂，左神捕可不要放過任何蛛絲馬跡，定要查出到底是何人敢大膽行刺本將軍。」

左飛霆來刑部不過兩三年的光景，但對將軍府與泰親王之間的種種明爭暗鬥早有所聞。雖然並非泰親王的心腹，不知這場行刺的幕後情形，但從高德言囑咐自己的言語中亦大致可猜出一些端倪。只好含糊應承道：「將軍盡可放心，卑職必會全力查出主使者。」

一名明將軍護衛上前稟報道：「刺客口中暗藏毒丸，現已被取出。」

明將軍微微一笑，盯著左飛霆：「左神捕聽明白了麼。」

左飛霆如何不知明將軍言外之意，躬身道：「卑職必會小心看管，絕不容刺客畏罪自盡。」

明將軍淡淡一笑，不再理會左飛霆，大步朝前走去。

左飛霆令手下將刺客擒回刑部，心中卻是暗暗叫苦。明將軍雖輕而易舉交出刺客，可三言兩語間無疑已給了他極大的壓力，非但迫得刑部勢必查個水落石出，而且亦無法將刺客滅口。這一個燙手山芋接在手中，只怕會令刑部總管洪修羅頭疼數日。」

一隊鐵騎從前方迎住明將軍，為首一人四十餘歲年紀，面容清臞，頷下三縷長鬚迎風飄揚，倒似一位飽學儒士。馬隊尚在十餘步，中年人的淳厚的聲音已如有質之物般傳來：「知寒來遲，請將軍恕罪。」來人正是將軍府的大總管，邪派六大宗師之一的水知寒。

水知寒到了明將軍面前，翻身下馬，作勢欲拜。明將軍右手疾出，探往水知寒的脅下：「總管無需多禮。」

只怕普天之下從沒有任何一雙手能如此接近水知寒的脅下要害，水知寒微微一愕，不敢出手格擋，任由明將軍的右手從胸前劃過，順勢起身。在外人的眼中似是明將軍扶起了水知寒，只有當局兩人心頭自明：水知寒起身之勢與明將軍抬起的右手配合得天衣無縫，自始至終明將軍右手離水知寒的脅下尚有一絲肉眼難辨的間隙，連水知寒的衣衫亦沒有碰到。

水知寒心頭暗凜，明將軍的右手雖沒有接觸到他，但仍有一分虛扶之力在脅下沉凝不去。試想明將軍若在剛才驟然發難，他空有名震天下的寒浸掌，只怕亦沒有半分把握避開。

水知寒臉色不變：「不知是何人行刺？」

明將軍淡然道：「左右不過是一些跳樑小丑，正好給本將軍舒活一下筋骨。」他的語氣是如此輕鬆，似乎根本未將這一場驚心動魄的刺殺放在眼裡。

水知寒正要再說話，明將軍右手輕擺，微微偏頭，似是在側耳傾聽什麼聲音。

水知寒暗運耳力，只聽到夜空中傳來一陣空茫的簫聲。

那簫聲甚奇，明明音調高昂，聽在耳中卻是低沉暗啞，忽斷忽續，若有若無，加之四周夜蟲長唧、秋蟬低鳴，若不用心傾聽，實難分辨。然而正是這一絲如若遊移於天外的簫音，反勾起了每個人心中最深處的欲望，令人不由想細聽其玄虛。

天空陰霾密佈，瑟瑟秋風夾雜著一絲寒涼，吹起滿街黃葉，給岑寂的京師平添一份淒傷。但那簫聲悠悠傳來，竟似令這殘秋肅殺之景乍然煥出生機。

簫音愈來愈響，大街上忽然靜了下來，每一名百姓與士卒皆是臉呈迷茫與歡愉之色，用心捕捉那似是蘊藏了天地間鐘靈秀氣的音符。縱是明將軍與水知寒尚保持著警覺，神情間亦流露出一分迷醉。

鬼失驚不通音律，被那簫聲攪得心煩意亂。他身為黑道絕頂殺手，藏形匿跡時須得保持一份心如止水的境界，此刻卻是前所未有的心神不寧，一腔內息隱隱躁動，可謂是平生大忌，忍不住揚聲道：「如此深夜，駱掌門還不睡麼？」他嘶啞的聲音才響了起來，立時惹來無數怪責的目光，自是埋怨他吵擾了簫聲。

簫音似是被鬼失驚言語所驚嚇，吹出一個長音，越拔越高，越來越細，幾欲斷絕。剎時每一名聽者的心都提在嗓子眼中，生怕那簫聲就此渺然無蹤。簫聲卻於高亢處輕輕幾個轉折後，履險若夷般延續下去。這情形就彷彿是一個少女正在荒野無人處曼歌輕舞，忽被一隻竄出的小動物驚擾，拍拍胸口後長吁一口氣，復又渾若無事地繼續自得其樂。

明將軍撫掌長吟：「雄雉於飛，泄泄其羽。我之懷矣，自詒伊阻。雄雉於飛，下上其音。展矣君子，實勞我心。瞻彼日月，悠悠我思。道之云遠，曷云能來？百爾君子，不知德行？不忮不求，何用不臧？」

此乃《詩經》中的一首《雄雉》，說的是一位在家女子望著窗外飛過的一隻雄雉，引發了對遠役在外丈夫的懷念。這首詩原是訴懷相思之作，被明將軍雄渾豪邁的嗓音吟來，那份纏綿緋惻全然不見，雖頗具迴腸盪氣之慼，卻也有些不倫不類。

明將軍暗運內力，曼聲長吟全城皆聞。簫聲起初卻並不因明將軍的吟聲而動，仍是悠悠傳來，節奏絲毫不亂，於詞句頓挫間偶露簫音，別有一番風情。待明將軍吟到中途，簫聲驀然一顫，連奏幾個高音，隱含嗔怒，隨即簫音如鳥鳴低徊，恍若小鳥受驚後在枝頭盤旋一番後方振羽而去，漸漸消失不聞。在場之人聽得如癡如醉，簫聲雖斂，卻似仍在回味那天籟之音。良久後，周圍的百姓與士卒方發出如雷掌聲。

明將軍望著鬼失驚輕輕一歎：「駱姑娘不喜兇殺，故以簫音化去血腥之氣，並非是針對於你。倒是你去年先被蟲大師與余收言所傷，三個月前又受挫於擒龍堡中，幾度受傷後功力大減，可要好生調養。」鬼失驚此刻方覺體內激蕩不安的內息緩緩平復，他一向不喜多言，面上感激之色一閃而逝，對明將軍拱手以謝。

撫簫者自然是京師中三大掌門之一，人稱「繡鞭綺陌，雨過明霞，細酌清泉，自語幽徑」的蒹葭門主駱清幽，她驚豔天下，簫藝猶佳，與八方名動中的琴瑟王水秀並稱京師雙姝。剛才那一曲簫聲乃是因看到飛瓊橋頭的一場刺殺後有意而奏，曲調雖然平常，其中卻暗含駱清幽師門所傳的「華音遝遝」的心法，可化去聽者心中戾氣。黑道殺手鬼失驚殺氣極重，加之傷勢未癒，所以對此簫聲感應極重，若非明將軍及時開口令駱清幽止簫，只怕鬼失驚日後的武功修為亦會受到一絲微妙的影響。

明將軍忽對水知寒與鬼失驚擠擠眼睛：「駱姑娘一向我行我素，卻最是臉嫩，我那一首《雄雉》道破她的心思，不怕她不肯停簫。」回想剛才情形，忍不住哈哈大笑起來，猶如一個頑皮的孩子剛剛做了一件極得意的事情。

水知寒從未見過一向神態威嚴的明將軍有如此孩子氣的舉動，不禁微覺驚訝。但他心思敏捷，立刻想通了明將軍話中的意思，眉頭一皺，難以覺察地歎了一聲：「知寒剛剛收到秘報，追捕王梁辰已從湘贛邊境處綴上了他，卻一直不下手。依我的判斷，只怕是奉了泰親王的命令，故意迫他入京。」他似乎有意沒有說出追捕王所跟蹤之人的名字，又覺得氣氛太過沉重，淡然一笑，故做輕鬆道：「看來駱掌門要等的人，或許不久後就會來了。」

明將軍收住笑聲，望著烏雲遮蓋的陰沉天空，面容忽變得凝重，眼神中流動著一層似是期盼、似是奮悅的光華，輕聲吐出幾個字：「她要等的人，我也在等！」

第二章

相見不歡

原來追捕王的輕身功夫名喚「相見不歡」，
鋭目神眼喚作「斷思量」，
那些逃亡天下的通緝要犯一旦被他躡上，
絕大多數皆是難逃法網，這兩個名目確是起得相當傳神。

岳陽府洞庭湖邊的一家酒樓上，一位三十餘歲面容英俊、氣宇軒昂的青衣男子在酒桌邊臨窗而立，似在遙望洞庭秋色，又似在想著什麼心事。最奇特的是他身後背著一個長形的包袱，略高過頭頂。

荊楚大地，幅員千里，凌然萬頃。洞庭湖近看碧波蕩漾，魚龍吹浪，湖面像一匹巨大的、光滑的綢緞覆蓋著數百里的土地；遠望水闊浪高，潮聲暗湧，猶若千軍萬馬駐營遠方，伺機奔騰而來。果不愧有「八百里洞庭」之稱。

由樓上望去，湖中金波瀲灩，舟葉如飛；沙堤上垂鞭信馬，重綠交枝。彷彿從天邊雲巒下鋪開了一片煙霞清波，那派浩瀚泱然之氣令人心奪。

酒桌上有一壺美酒，幾碟小菜，一個約莫十二三歲的小男孩坐在桌邊，癡癡望著青衣男子的背影，眼中滿是羨慕欽佩的神情。他身穿白色孝服，面容愁戚，模樣雖不俊俏，一雙閃動的大眼睛裡卻透著靈動之色。見青衣男子望一會窗外風景後轉過身來，連忙收斂目光，拿起筷子挾菜而食。

青衣男子目光落在小男孩身上，慈愛地伸手輕撫他的頭，歎了一口氣。

那小男孩小聲問道：「林叔叔為什麼歎氣？可有什麼心事？」

青衣男子微微一笑：「我哪有什麼心事，只是目睹這水色山光下的湖景秋意，胡亂歎一口氣罷了。」

小男孩眨眨眼睛：「其實我知道林叔叔想到的事情必然十分複雜難解，而我又不能幫你什麼忙，所以才不願意告訴我。」

青衣男子見小男孩說得一本正經，不禁莞爾：「你這小傢伙人小鬼大，倒是難纏得緊。」

小男孩嘟著嘴道：「我又沒有說錯話，若是蟲大師在，你必然早就拉著他說個不休了。」

青衣男子雙手一攤，大笑道：「怎麼聽起來倒似我平日很多嘴多舌一般……」見青衣男子笑得十分開懷，小男孩吐吐舌頭，臉上露出一絲頑皮的笑意，旋即又收起笑容，默然埋頭用飯。

青衣男子注意到小男孩的神態，柔聲道：「這一路上好不容易見你露出笑容，為何又板起了臉？」

男孩不作聲，只是望望自己一身孝服。青衣男子歎道：「男子漢大丈夫本應有真性情，我知道你懷念父親，卻無需因此而刻意壓抑自己。何況你父親的在天之靈，必也不願意看到你一天到晚愁眉苦臉的模樣，而是希望你能自強不息，有所作為。」小男孩聞言，垂頭良久不語。雖未出聲應允，眼中卻露出一份不合年紀的堅強，高高挺起了小胸膛。

青衣男子正是名動天下的暗器王林青，那小孩子自然便是小弦。

當日在萍鄉城中許漠洋重傷不治而亡，小弦雖從媚雲教右使馮破天口中得知他真正的親生父親竟是媚雲教昔日教主陸羽，但陸羽夫婦早死去多年，他對親生父母亦全無印象，遠不及與養父許漠洋之間情誼深厚。念及與許漠洋在營盤山清水小鎮相依為命的六年時光，雖然生活清苦，但兩人閒時談天說地，苦中作樂，倒也無憂無慮。

如今許漠洋撒手西去，陸羽夫婦又早早亡故，僅留他孑然一身，不由魂斷情傷，既傷心慈父身亡，又不知未來應該何去何從，而且許漠洋被御泠堂紅塵使寧徊風所害，可他偏偏被點睛閣主景成像廢去經脈，難以修習上乘武功，縱想親手報仇亦難以如願，心中悲憤難以自持，哭得幾度暈厥過去。

林青與許漠洋雖談不上相知多年，但兩人一見投緣，又同在塞外對抗明將軍的北征大軍，亦算是共生死的患難之交。想不到明將軍的十幾萬大軍都奈何他不得，卻死於寧徊風這小人的暗算中。回想在笑望山莊並肩作戰、引兵閣中煉製偷天弓、幽冥谷面對明將軍的種種往事，如今天人永訣，亦是覺得黯然神傷。按許漠洋的遺願將其火化，將骨灰細細包好後交給小弦，待日後有機會去塞外埋葬在冬歸城中。

等林青與蟲大師處理完許漠洋的後事，已是一個多月之後。林青與蟲大師告別後，與小弦往北行去，林青憐惜小弦的身世，一路上有意帶他遊山玩水，四處散心，不覺時光飛逝，等來到岳陽府時，已是晚秋時節。

此刻林青遙望遼闊無邊的洞庭湖，思緒萬千。他知道許漠洋的最大心願就是要助自己挑戰明將軍，但他雖已經過六年的臥薪嚐膽，目前卻仍然沒有擊敗明將軍的把握，若是此去京師無功而返，豈不是愧對故人，再看到小弦這一路上沉默寡言，食宿不安，雖然再不見他落淚哭泣，但不知不覺間已然消瘦了一圈，昔日活潑可愛的孩子如同換了一個人，念及亡友心頭感慨，不由發聲長歎。但這些想法卻不便對小弦提起，只好在言語間稍加安慰。

店小二送來一盤蒸蟹，林青對小弦笑道：「這一路上你隨我受了不少委屈，如今正是蟹肥之時，還不快快動手。」

小弦答應一聲，勉強吃了幾口又停了下來，呆呆地不知在想什麼。

林青柔聲道：「可是不合你口味麼？你想吃些什麼，林叔叔都想辦法給你弄來。」言語間十分關切。

小弦愣了半晌，忽低聲道：「我知道林叔叔說得很有道理，我不該總是想念爹爹，而應當有所作為。可是，我這個樣子又如何可以有所作為？」說到這裡，眼眶不由微微發紅。

林青知道小弦想起了武功被景成像所廢之事，正色道：「一個人是否有所作為與武功高強並無關係，那些名垂青史之人，又有幾位是武林高手呢？縱是手無縛雞之力，只要胸懷大志，心中便自有乾坤！」

小弦想了想，又搖搖頭：「但如果要完成心中大志，首先就需要有足夠的能力。」

林青問道：「你現在最想做的事情是什麼？」

小弦咬了咬嘴唇，毅然道：「給爹爹報仇！」說完飛快地瞅了林青一眼，又補上一句：「我希望自己能親手殺了寧徊風。」

林青一時語塞，莫說小弦經脈受損難以修習上乘武功，縱是他身體無損，要想敵過御泠堂紅塵使這樣的高手，亦非得經過十年以上的苦練不可。

小弦低聲道：「林叔叔，你是不是覺得我很麻煩？」

林青雖是滿懷心事，見小弦神情鄭重，亦不由失笑：「你為何這樣說？」

小弦顫聲道：「如果林叔叔覺得我是個……累贅，你就不要管我自己去京城好了，我總會有辦法照顧好自己的……」越說聲音越低。

林青聽在耳中，拍桌厲聲道：「你怎麼會如此想？」

小弦嚇了一跳，見一向和藹的林青動怒，心頭又是惶恐又是內疚，垂下頭不敢看林青：「我覺得自己是個不詳之人，只怕連累了林叔叔。」

原來小弦自幼修習《天命寶典》，性格十分敏感。想到自己出生不久，親生父母便因教中內訌而死，如今養父許漠洋亦亡故，加之四大家族中人對他態度蹊蹺，愚大師又不肯言明當年苦慧大師所說、隱與自己有關的幾句讖語，不由暗忖莫非全是因為自己的關係才令得身邊親人一一突遭橫禍慘死，自怨自艾起來。而林青本是小弦最為崇拜的大英雄，與之同行正是他夢寐以求的事情，這一路上既捨不得與林青分手，又覺得不應該拖累他，與其惹他嫌棄，倒不如自己先提出來，即使日後自生自滅亦與人無尤。這份微妙的心態困擾他已久，直到今日才鼓足勇氣對林青說明。

林青雖不明白小弦這些念頭，但看他努力裝出堅強的樣子，心中又憐又疼，放緩語氣道：「你首先要明白，我帶你一同去京師並不僅僅因為你父親的關係，而是隱隱覺得你是挑戰明將軍的一個關鍵。」

小弦吃驚道：「我能有什麼用？」

林青歎道：「那只是我的一種直覺，或許是冥冥上蒼給我的一種啟示。」

小弦喃喃道：「恐怕是林叔叔不願意棄我不顧，又怕直說傷我自尊，所以才想出這樣的原因吧。」

小弦的聲音雖小，卻如何能瞞過林青的耳朵。他知道小弦年齡雖小，卻是十分倔強，他所認定的事情極難說服。想到這裡靈機一動：「我以前也認識一個如你一般大的孩子，你想聽聽他的故事麼？」

小弦茫然望著林青，不知他為何會突然說起毫無相關的事情。

林青吸一口氣，望著窗外悠然道：「記得初見那個小孩子時，是在一個酒店中。他年紀雖幼，卻是大有豪氣，面對滿堂賓客全無怯意，反而爭著要請大家吃飯喝酒，只可惜他並無酒量，幾杯下肚臉都紅了……」

小弦這才知道林青說的小孩子就是自己。想起在涪陵城三香閣中初見林青的情景，一切恍若昨天，歷歷在目。那時才被日哭鬼強行帶入「江湖」，剛剛從擒龍堡頭目費源手中騙得二十兩銀子，便在三香閣中請人吃飯，亦因此結識了林青、蟲大師、水柔清與花想容等人……聽林青說自己不會喝酒強行硬充好漢，又覺羞愧又覺好笑，面上不由露出一絲笑意。

林青續道：「第二次見他時，他被寧徊風的『滅絕神術』所制，連話也說不出來，我與蟲大師一時都束手無策，可他卻拚得受傷用『嫁衣神功』強行解開了禁制。然後我們一同去困龍山莊，在那裡我們都被寧徊風用計困在那大鐵罩中，他卻巧用計謀誘寧徊風火攻，從而助我們一舉脫困。再後來他到了鳴佩峰，更是以棋力助四大家族擊敗了數百年來強敵。所以在我的眼中，他是一個十分自信、十分堅強、十分有本事，而且絕不會被任何困難擊垮的孩子……」他春風一般的目光停在小弦臉上，緩緩道：「我希望以後的小弦永遠是這個樣子，什麼事也難不住他！」

小弦呆呆地聽著林青講述著自己的「光輝事蹟」，心潮起伏，淚水滿盈在眼眶中，強忍著不讓它落下來。忽然大聲道：「林叔叔，這螃蟹都要涼了，我們快吃吧。吃飽了才好趕路。」借垂頭之機飛快地拭拭雙眼。

林青大笑：「對，吃飽了才有力氣對付敵人。」

兩人吃了一會，小弦抬起頭道：「我早就聽說過岳陽府中最有名的便是那岳陽樓，等會林叔叔帶我去看看吧。」

林青見小弦主動開口，知他聽了自己一席話後信心重拾，心中大覺欣慰。微笑道：「岳陽樓是江南三大名樓之一，自應該去見識一番。不過你可知道我為何不直接去岳陽樓，而是要先在這裡看洞庭湖景？」

小弦思索道：「人人到此皆要去岳陽樓，看到的東西亦是大同小異，全無新意。而我們現在卻可先從另外一個角度觀看湖景，然後再去岳陽樓，或可另有收穫。」

林青讚許道：「小弦真聰明，我正是此意。」

小弦赧顏：「林叔叔剛才誇我半天了，再說下去我會驕傲的。」

林青拍拍額頭道：「我剛才是在誇你麼？我只是在講故事罷了。」

小弦心結已解，嘻嘻一笑：「哎呀，我還以為林叔叔說的那個少年英雄就是我呢，原來另有其人。日後若有機會，可一定要介紹給我相識。」

林青聽小弦說得有趣，忍不住哈哈大笑。心想這孩子心思敏銳，只可惜被景成像廢了經脈，不然若將自己一身所學傳於他，日後必可成為江湖上頂天立地的人物。

小弦又問道：「林叔叔剛才說到江南三大名樓，除了岳陽樓外，還有兩個是什麼？」

林青答道：「一個是蘇州的快活樓，被稱為天下第一賭樓；另一個是揚州府的觀月樓，那是江南名士路嘯天夜觀天象的處所。」

小弦眼露嚮往之色：「天下第一賭樓?!以前在清水小鎮裡，鎮中有不少年輕人總是去賭樓，我想跟著去看一下，卻總被爹爹……」說到這裡，想起父親許漠洋已不在人世，胸口驀然一緊，住口不語。

林青連忙轉過話題：「你看你把蟹殼吃得滿桌都是，若是真正的食客見到了，必是不屑。」

小弦果然被林青引開注意力，奇道：「螃蟹不都是一個吃法麼?總不能不剝殼就吃下去。」

林青撫掌笑道：「你說對了。會吃螃蟹的人完全可以不破壞蟹殼，而把蟹肉吃得精光。」

小弦咋舌道：「這怎麼可能?林叔叔定是騙人。」

林青道：「我確是聽人說起此事。」

小弦仍是一臉不信的神色：「若是林叔叔能做到，我就相信。」

林青倒是遇上了難題。他身為暗器之王，手上的感覺可謂是天下無雙，卻還從未以這一雙馳名天下的巧手對付過盤中螃蟹，一時童心大起：「好，我們來試一試。」

林青出身北方，甚少吃蟹，雖聽說過有人能如此吃法，卻不知那亦是借用一整套細巧的工具。那螃蟹全身都被硬殼所包裹，要想僅僅憑藉雙手之力不破壞蟹殼吃盡蟹肉談何容易。林青連試幾次皆以失敗告終，索性暗中運起神功，先以一股柔力護住蟹殼，再將內力緩緩注入蟹殼中，那雪白的蟹肉如同變戲法般從蟹殼縫中擠出。小弦看得目瞪口呆，林青哈哈一笑，將一塊蟹肉塞入小弦大張的嘴巴中。

小弦搖頭道：「林叔叔耍賴，我就不信別人都可像你這般吃螃蟹，他們可沒有你這麼好的武功……」他嘴裡塞滿了蟹肉，說話不免有些口齒不清。

林青正色道：「天下之大無奇不有。有許多你想像不到的事情，並不能因為未曾親眼目睹而懷疑其真假。武功亦並不是可以解決一切。」

小弦不服道：「至少普通人能做到的事情，有武功的人都可做到。」一言出口，想到自己練武無望，神態頗不自然。

林青知道小弦對自己無法習武耿耿於懷，若不能解開他這份疑慮，日後縱有成就必也有限，思索應該用何方法勸說他。眉頭一舒，突然問道：「你可聽說過祈雨麼？」

小弦點點頭：「記得小時候有一年大旱，鎮中的男男女女都排著隊去廟中祈雨。說來也怪，過了幾天，竟真的下起了大雨。大家都說是老天爺顯靈呢。可是……」他撓撓頭：「難道真有一個老天爺在蒼天之上看著塵世麼？如果許願真的靈驗，為什麼我小時候那麼多願望卻從來不曾實現？莫非老天爺也要看人行事，那就太不公平了。」

林青笑道：「你許的什麼願？」

「我記得有一次特別想要一個糖葫蘆，晚上睡覺前默默念了好多遍，滿以為第二天醒來就會在床頭看到糖葫蘆，可是十幾天後也沒有蹤影……」說到這裡，看到林青一臉忍俊不住的笑意，小弦連忙捂上嘴巴。

林青沉吟道：「我從不信鬼神之說。但偏偏如祈雨之舉十有七八都會靈驗，實是令我百思難解。後來隨著見識漸長，我發現祈雨之所以成功率極高，那是因為有成千上萬的人一齊誠心祈禱的緣故。」

小弦忍不住插言道：「難道幾千個人一齊幫我求糖葫蘆就能成功麼？可惜沒有機會試一試。」

林青微笑著反問道：「明將軍被尊為天下第一高手，但若讓他全力運起流轉神功，難道就能讓老天下一場大雨麼？」看到小弦面露思索，續道：「在我看來，集合無數普通人的念力，完全可以做到武功高手再怎麼努力也無法做到的事情，所以武功高低絕非最重要的，關鍵是要有專注的誠心與持之以恆的決心。」

小弦所學的《天命寶典》本就是極注重精神力量，激發人體潛能。雖然林青並沒有對小弦講許多道理，卻於旁敲側擊中引發了他對世間萬物的思考，剎時覺得一種明悟隱隱浮現，卻苦於無法用言語表達出來，一時呆坐如若入定老僧。

隔了良久，小弦抬起頭來望著林青，眼神清澈猶若一泓深不見底的古潭，口唇翕動，緩緩而堅決地道：「林叔叔你放心，我不但要替父親報仇，也一定會幫你擊敗明將軍！」學著武林好漢般伸出手來欲與林青擊掌而誓。

林青看著小弦大異往常的神情，心中亦微微一震。不由想到愚大師在鳴佩峰通天殿中所說的話，心想以這孩子絕佳的天姿，雖被景成像廢去經脈難以修習內功，但未必不能另闢蹊徑，在武道上有所突破。一念至此，已起傳承衣缽之心。

林青微笑著伸出手掌與小弦相擊，暗忖有空細細察看一下他體內經脈情況，或可有所挽救。

兩人用過飯後，又去岳陽樓遊歷一番。眼見天色漸黑，在城中找家客棧住下。小弦心情極好，雖遊玩了一天，卻絲毫不覺疲累，非要拉著林青逛夜市，林青難得見小弦如此有興致，也便由著他胡鬧。

來到一條小巷中，忽聽旁邊傳來一聲高叫：「買一賠一，只要眼力高明，便可發財。」側頭看去，一群人圍成一個大圈，不停地交頭接耳，指指點點。

小弦愛熱鬧，擠進人群中去看。卻見一名二十餘歲面目黝黑的年輕人坐在地上，面前放著三隻木筒，一個小木塊，也不知是何用？

那年輕人一面吆喝，雙手不停擺動三隻木筒，忽大喝一聲，右手拿起一隻木筒將那小木塊一兜，眨眼間已將小木塊掃入木筒中，雙手變換著將三隻木筒不斷移位，猛然停下，旁觀的人群紛紛將手中銅板、銀兩押在三隻木筒邊。待年輕人揭開木筒後，若能押中小木塊者便可贏得與所押相等值的財物，而猜不中者自是血本無歸。

小弦這才知道原來這群人是在賭錢，幾次下來便已瞧出些門道。凝神細看年輕人的雙手移動，他雖無武功，好歹亦算是見多識廣，更是與林青、愚大師這等超一流的高手朝夕相處過，眼力自然高明。那年輕人雖是動作極快極隱蔽，卻瞞不住小弦的眼睛，認準小木塊藏在中間那只木筒下，果然一猜即中，暗試幾次皆不曾出絲毫差錯，心頭大是興奮，只可惜身邊無銀兩，不然押下去豈不贏得缽滿盆溢，也可再請林青去酒樓中大吃一頓……

想到這裡，小弦擠出人群，欲找到林青借些銀子做本錢。不過他長到十二歲，卻還從未主動朝人要過錢財，以往在清水小鎮中幾乎無甚花銷，想要什麼許漠洋亦會買給他，更是深知家中拮据，養成了節儉的習慣。此刻心癢難當，來到林青面前卻囁嚅著不知應該如何開口。

林青在人群外瞧了半天，早猜到小弦心意，微微一笑：「可是想借銀子做本錢？」

小弦紅著臉點點頭。林青也不多言，身邊並無碎銀，便掏出一錠十兩的大銀遞給小弦，小弦伸手欲接，林青卻將銀子攥住不放：「你可想清楚了，若是輸出了怎麼還我？」

小弦急道：「我看準了，決不會輸的。」

林青大笑：「每一個賭徒上賭台前都只當自己必會贏，你憑什麼這麼有把握？我雖當你是朋友，卻也不能白白借你銀子去賭，萬一輸了，總不成逼你還錢，豈不太傷和氣？」他倒不是吝惜銀兩，而是想讓小弦明白做任何事情都要付出代價的道理。

小弦眼珠一轉：「要麼我給你一樣東西做抵押。嗯，對了，若是我還不了銀子，便教你一項絕技。」見林青似笑非笑地望著自己，急忙辯解道：「你可不要瞧不起我，這門功夫乃是愚大師……咳，和我一同在棋盤上悟出來的，說起來我還算是奕天門的祖師呢。」他一心盼能助林青擊敗明將軍，縱是沒有借銀子的原因，也早想找機會把奕天訣告訴林青。不過若僅說奕天訣傳自愚大師似乎有些取巧，索性給自己加上些功勞，畢竟若不是他出言提醒，愚大師也未必能悟出奕天訣。

林青還是第一次聽到奕天訣的名字，他神功蓋世，自不會放在心上，但聽小弦說得有趣，也便順著他的意：「好，我們一言為定，若是你還不了銀子，便收我入奕天門下，哈哈。」鬆手把銀子交給小弦。

小弦興沖沖地鑽入人群中，看那年輕人眼花繚亂地一陣擺弄，認準小木塊的方位，把十兩銀子放在中間木筒邊。周圍的人皆只押些銅錢，偶爾有些碎銀亦不過二三兩，小弦這錠大銀在其中極為惹眼。

那年輕人抬頭看了小弦一眼，淡然道：「想不到這位小兄弟竟是個大主顧，你可看準了麼，若是輸了可別怪我。」

小弦篤定會贏，想了想道：「那我就只押五兩吧，你且找我些碎銀。」

年輕人笑道：「小兄弟且不用著急，看看輸贏再說吧。」抬手將中間木筒揭開，竟然空無一物，再將右邊木筒揭開，亦是不見那小木塊。押中左首木木筒的幾人登時歡呼起來。

小弦這一驚非同小可，目瞪口呆說不出話來，揉揉眼睛，撓撓腦袋，心想難道自己竟然看花了眼了？

年輕人卻不拿起小弦那錠大銀，低聲道：「小兄弟還剩五兩銀子，要不要再賭一把試試，或許運氣好便可贏回來。」一面又大聲吆喝眾人繼續參賭下注。

小弦心想偶爾出錯情有可原，絕不至於第二次還瞧不準。點點頭：「好，再賭一把，還是五兩銀子。」

年輕人故伎重施，手法卻快了許多，良久方停。小弦屏息靜氣，目不轉睛，相信這一次絕不會再錯，小心翼翼將銀子擺在左邊木筒邊。

年輕人笑道：「小兄弟可瞧準了，不用再改了麼？」

小弦原本覺得必是手到擒來，經過上一局的意外，心頭亦不由緊張起來。雖說本就打算把奕天訣告訴林青，但若是輸得灰頭土臉豈不令他這個奕天門的「祖師」面目無光？再回思一遍剛才年輕人的手法，確信無誤後方輕咬著嘴唇點點頭，示意不再更改。

年輕人正要揭開木筒，一隻瑩白若玉的手忽從人群中探出，將一枚銅錢按在小弦那錠大銀上，林青的聲音淡然響起：「且慢，我也押在左邊木筒上。」

小弦抬頭看著林青，嘻嘻一笑：「林叔叔也覺得好玩吧，不如多押些。」心想林青既然出手，這次是絕計不會輸了。

「身上的銀子都給了你這小鬼，害得我只有這一枚銅錢了。」林青微微一笑，手一直不離那枚銅錢，抬頭凝視年輕人，緩緩道：「大賭雖亂性，但小賭不過怡情之舉，只要有賭品，原不必在乎賭注的大小。」

那年輕人被林青的目光一罩，心頭驀然有些發虛，舔舔乾燥的嘴唇：「這位兄台說得不錯，原只是在下混口飯吃的小玩藝兒，又不必賭得傾家蕩產。」抬手欲揭木筒，神色卻一變，似是發現了什麼不可思議之事。

小弦將年輕人臉上表情看在眼裡，只道他必是輸了，大聲道：「快揭開木筒啊。」

年輕人苦笑道：「小兄弟，你贏了。」揭開木筒，小木塊果在其中。旁人或輸或贏，慶幸與惋惜聲一併響了起來。

小弦扳回了本錢，大是興奮：「再來再來。」

年輕人卻收起了攤子，對四周一拱手：「今日小弟家中有事，改天再賭吧。」冷冷盯了林青一眼，轉身離去。

小弦大覺掃興，卻不把十兩銀子還給林青，而是放入懷中：「這岳陽府中只怕有不少賭錢的，這銀子我先留著，免得到時又朝林叔叔借。」林青含笑點頭。

林青帶著小弦走出幾步，小弦越想越不對勁，忍不住問道：「林叔叔你是不是使了什麼手段，為何那年輕人急著走了？而且第一局我也輸得莫名其妙。幸好未將銀子全部押上，不然……嘻嘻。」

林青不答反問道：「你既然看準了要贏，為何又收回一半的賭注？」

小弦笑道：「我本來想那人小本生意也怪可憐的，若是一下子輸十兩銀子只怕晚上會急火攻心睡不著覺。誰知因禍得福，看來果然是好心有好報。」

林青暗暗讚許，淡然道：「想不到你年紀雖小，卻有一份俠義心腸。」

小弦赧顏道：「我這算什麼啊，最多有一些同情心罷了！要是身懷絕世武功，能夠除暴安良、鏟強扶弱那才叫俠義心腸。」

林青正色道：「不然。俠行義舉不分事情的大小，亦與武功高低無關。記得幾年前江州府大荒，田旱不收，餓孚遍野，卻有一名綢緞商人劉忠強散盡家財買糧振饑。其人雖並無武功，但在我心目中，他的所作所為卻比許多自稱『大俠』的江湖豪客更令我心生敬重。所以，哪怕你手無縛雞之力，只要有一份俠心肝膽，便不會比任何人遜色。」

小弦一怔，知道林青借機點撥自己，將這番話牢牢記在心裡，不過仍是覺得若有武功在身更可以做出些驚天動地的事情，心中猶不能全然釋懷。

林青續道：「本來我倒想好好懲戒一下那個年輕人，但見你有那份俠義之心，也便警告他一下作罷。」

小弦奇道：「為何要懲戒他？」

林青聳肩大笑：「所謂十賭九騙，你以為他真是公平與你賭麼？若不是我押上那一枚銅板，你縱是押上一百兩銀子，也會輸得精光。」

小弦百思不解：「我也覺得第二局林叔叔押上銅錢後，那年輕人的神色有些古怪。難道他使詐麼？」

林青問道：「你可記得第一局他是如何揭開木筒的麼？」

小弦略一回想，恍然大悟：「對了，那個年輕人先揭開中間的木筒，再揭開右邊木筒，卻沒有揭開左邊的木筒。大家都認為既然木塊不在那兩個空筒中，自然必在左邊木筒裡了。極有可能三個木筒都是空的，他看哪一方押得銀錢少，便讓那一方贏。」復又搖搖頭：「可是，當時有那麼多雙眼睛盯著他看，難道還能作假把那個小木塊憑空變走不成？」

林青笑道：「這些走江湖的人手法詭異，虛虛實實，只不過略施小伎，便把堂堂弈天門的祖師難住了。」

小弦也不顧林青的調笑，苦思那年輕人的手法，卻想不出破綻。只得請教林青。林青解釋道：「若我猜得不錯，那個小木塊中應該嵌有鐵片，而木筒的頂端則有磁石。你的眼力其實無錯，但那年輕人卻利用磁石之力將木塊吸在木筒頂部，揭開木筒時僅露底端一線，自然就看不到那小木塊了。而我剛才右手一直按在那銅板上，卻是暗用內家真力將木塊吸在地上，那年輕人也算有些見識，知道敵不過我，便匆匆逃路。」

小弦這才明白過來，怪不得林青提到賭品之語，原來早就看出那年輕人投機取巧。眉頭一皺：「可是磁、鐵相吸乃是天經地義之事，那年輕人卻怎麼控制何時吸取呢？他可沒有林叔叔的驚人武功，要不然也不會在這裡擺地攤騙人錢財了。」

林青道：「你莫要小看這些江湖騙子，他們能以之斂財，皆自己的一套行頭。那木筒絕非簡單，必是精製之物，那年輕人手法熟練，自然有方法控制，比如內設夾板用以隔斷磁石吸力，或是在袖中暗藏磁石抵消磁力……種種巧妙的手法，局外人無從想像。」

小弦聽得津津有味，不由又後悔自己沒有在鳴佩峰的後山向愚大師多學習一些機關之術。

兩人邊走邊說。忽見前方圍來十幾條黑衣漢子，剛才那名年輕人亦在其中，一面對林青指點不休，一面朝身邊一位大漢說著什麼。那大漢身長八尺，高大魁梧，看來是領頭之人。

林青心知來者不善，自己揭破了那年輕人的騙術，對方怕是意圖報復。他自不會把這些人放在心上，攜著小弦站在原地，靜觀對方的行動。

那大漢闊步走來，先朝林青抱拳道：「在下『岳陽賭王』秦龍，這位老兄身手不凡，可否將姓名來歷相告。」

林青見對方不曾失了禮數，倒也不便發作，隨口道：「久仰久仰，不知秦兄有何見教？」

秦龍冷笑道：「難道兄台做了什麼見不得光的事，為何不敢報上姓名？」

小弦忍不住道：「『岳陽賭王』好大名聲麼？我叔叔給你說聲『久仰』也就罷了，難道還讓你把『久仰』送回來不成？」卻見林青瞪了自己一眼，神情似是有些不快，連忙住口不語。

小弦這句話雖是裝大人的口氣，卻是不倫不類，頗為拗口。那幫人想了想方才明白過來，齊齊哄然。秦龍面上已隱含怒意。林青淡然道：「小孩子說話不知輕重，秦兄莫怪。」

秦龍本欲借機發作，但見林青被自家十幾名兄弟圍在中間，仍是氣定神閑，不卑不亢毫無懼色，倒也不敢輕易招惹：「你既然不願說出姓名，我秦龍也就不必攀交情。敢拆我兄弟的台，想必手下亦有幾分本事。可願與我再賭一把？」

林青笑道：「賭王邀請，豈敢不從。不知秦兄打算如何賭？」

秦龍摸不準林青的虛實，他雖自稱「岳陽賭王」，其實亦不過是地方一霸，武技稀疏平常，聽那年輕人說林青破解了磁石吸力，如何能想到是絕頂的內家真力，還只道亦是江湖人的把戲。大聲道：「既然要賭，就要憑真材實學，那些上不得檯面的手段也不必使出來。我便與你擲骰子，一把定勝負。」

林青聳聳肩膀：「悉聽尊便。」從懷裡掏出十幾張銀票，微笑道：「若是小弟輸了，這些銀票便姓秦了。」

秦龍眼力倒好，見那十幾張銀票皆是面額極大，略略估計已有七八千兩，怔了一下，招手叫來一名黑衣大漢，囑咐兩句，那名大漢如飛跑去。

秦龍轉身對林青道：「我手頭並無這許多銀票，這就叫兄弟回去拿，還請兄台稍等片刻。」

林青本以為這秦龍必也是騙人錢財的欺詐之輩，聽他如此說倒愣住了，豪然大笑道：「雖未請教秦兄的賭技，卻已見識了秦兄的賭品。小弟尚有些事情，不妨先賭了再說，這些銀票權算五千兩吧。」

秦龍自然知道那些銀票絕不止五千之數，一翹拇指：「兄台如此爽快，我秦龍也不客氣。若到小弟的場子裡賭難免令兄台生疑，我們就在這裡賭吧。如果我秦龍輸了，明早午前定會將五千銀子送至兄台的住所。」從懷中摸出三只骰子，送到林青面前請他檢驗。

林青倒也欣賞他的豪氣，略一擺手：「不必驗了，請秦兄擲骰。」盤膝隨意坐在地上：「也不必用骰筒，就在這裡擲吧，點大為勝。」

秦龍又是一愣，這地面凹凸不平，縱有精熟的手法，亦很難控制擲出的點數，這個提議可謂是極有挑戰性。但他大話說在前面，岳陽賭王豈能臨陣退縮，一咬牙，將三只骰子緊緊握在手中，吹一口氣，撒了出去。一時眾人的目光全都集中在三粒骰子上。

地面不比平整的賭桌，三粒骰子在地上幾度彈跳，滴溜溜亂轉，終於停了下來，赫然全是六點朝上，竟一把擲出了至尊十八點！秦龍的手下登時掌聲雷動，秦龍認清了點數，也忍不住哈哈大笑起來。他平生賭過無數次，亦不乏一擲千金的豪賭，但卻從無一次像這般沒有絲毫把握，本想能擲出十四、五點以上就算不錯，不料鴻運當頭，誤打誤撞竟擲出十八點，但覺在賭場上混跡了半輩子，唯有此擲才算有些賭王之風範，一面暗中悄悄拭去額上流下的冷汗。

這下倒是輪到林青愣住了，以他暗器王妙絕天下的手上功夫，尚無十足把握在地面上擲出十八點，偏偏秦龍竟一擲成功，當真是始料不及。若是在賭場裡，莊家擲出至尊已是通殺，剛才雖未事先講明誰是莊家，尚可盡力擲出十八點扳得平手，但林青何等人物，豈會效市井之徒耍賴，更何況他實在也沒有十足信心依樣擲出十八點。苦笑一聲，將銀票塞到秦龍的懷裡：「秦兄果然不愧是岳陽賭王，小弟甘拜下風。」起身拉著小弦就走。

小弦還想再說什麼，被林青銳利的目光掃來，幾句話硬生生憋在喉間，乖乖隨他去了。只聽那秦龍猶在後面追叫道：「兄台如此風度，不妨與我交個朋友。」

林青不願多生事端，頭也不回，哈哈一笑：「小弟此刻心疼銀子，日後有機會再與秦兄結交吧。」瞬間消失在黑夜中。

到了僻靜處，林青方才停下腳步。小弦急急問道：「難道就任他們把銀子贏去了？」

林青盯著他：「難道你想讓我再強搶回來？」

小弦語塞，心頭覺得十分窩囊。在他心目中的大俠都是無往不勝，何況名動天下的暗器王、自己最崇拜的大英雄又怎麼會輸給這些名不見經傳的江湖小混混？

林青歎道：「願賭就要服輸。對方勝得光明磊落，我亦輸得無話可說。若是不服，盡可下次再贏回來。」苦笑一聲：「其實我本想這些地頭蛇的銀子原也出於百姓，贏他一筆稍做懲罰也好。但既然技不如人，也只好權做一次教訓。」

小弦一跳而起：「那我們快去再找那個岳陽賭王再賭一場，我就不信林叔叔還會大意輸給他。」

林青冷哼一聲：「我要你記住兩件事。第一，輸了就是輸了，自己大意絕非是一個好藉口。若是你與人交手時大意被殺，難道還可以再重來一次麼？所以絕不要小看任何人任何事情，要想永遠不敗，首先就要讓自己做到最好！」

小弦一震，恭恭敬敬地垂手應道：「林叔叔說得對，我記住了。第二件事是什麼？」

林青苦笑：「第二，我沒有本錢，所以無法再去贏回來。我們現在總共就只有那十兩銀子了……」又瞪一眼張口結舌的小弦，厲聲道：「你休提剛才秦龍亦沒有帶足銀子之事，做人須得有誠信，不但要誠於人，還要誠於己！」

小弦本確有此意，被林青搶先一步駁得啞口無言，吐吐舌頭。

林青又道：「你可知剛才你說話時我為何瞪你一眼？」

小弦嘟嘴道：「想必是怪我多嘴了。」

林青被小弦的樣子惹得一笑，旋即板起臉：「我並不是嫌你多嘴，而是你那句話分明有瞧不起對方的意思。人在江湖，皆有不得已之處。像那秦龍既然率著一幫兄弟，總要替他們撐腰，找上我們亦是情理之中，你又何必語含譏諷，太過沒有風度……」

小弦忍不住插口道：「難道對付那些惡人，我們也不能先數落他們幾句麼？」

林青正色道：「那可不一樣。口才犀利者足抵千軍，春秋戰國時的雄辯家蘇秦、張儀等人憑三寸不爛之舌拜相建業，誰可說他們不是？與敵對戰，你若能激得對方心浮氣燥，亦是你的本事。但切不可逞一時口舌之快，徒然樹敵。像那秦龍等人並未對我們惡言相加，而是依足江湖規矩見面，何況你也不知他們是否犯有大惡，雖不過是普通人物，卻理應得到我們的尊重。」林青見小弦垂首不語，輕撫他的頭：「世間人物萬相，沒有誰比誰更高一等。像我年紀比你大，名聲比你響，難道我就可以不分青紅皂白隨意數落你麼？像那些身患殘疾之人，難道我們就可以因為自身無恙而嘲笑他們嗎？」

小弦拉住林青的手：「林叔叔你不要生氣，我知道錯了。」以前許漠洋也給他說過類似的話，他卻都聽不入耳，只覺自己年齡還小，偶爾驕縱一下亦無不可。

直到今日聽了林青的這番話，才真正明白一些道理。

林青知道以小弦倔強的脾氣，能如此主動認錯實屬難得，慈愛地看他一眼，笑道：「今日教訓你一番可莫要記林叔叔的仇，你爹爹雖不在了，我亦有責任努力讓你做一個行為無缺的人。」

小弦想起許漠洋，眼圈一紅，拉緊林青的手，只想大聲說：「在我心目中，就當你如爹爹一般。」終於還是吐不出口。

林青微微一笑，有意逗小弦舒懷：「走吧，我們先回客棧休息，有時間還要聽你給我好好講講奕天訣呢。」

小弦哈哈大笑，又小聲道：「我們只剩十兩銀子了，可莫要被客棧掌櫃掃地出門。」

林青亦覺好笑：「放心吧，有林叔叔在，斷不會讓你入了丐幫行乞。」

兩人回到客棧，剛入房間，林青驀然停步，望著桌上，眼中精光一現。

桌上赫然多出一張白紙，一堆銀兩。

紙上只有簡單的幾句話：

林兄見字安！

一別六年，心甚念之。

聞君欲赴京師重晤舊友，奈何盤纏盡失，困於岳陽。故備紋銀二百兩相賜，以免受路途顛簸之苦。

下面並無落款，只畫著一雙大大的鞋。

小弦又是吃驚又是好笑：「想不到我們剛剛輸了一場豪賭，就有人送來銀子救急了。」

林青卻是一臉凝重，輕輕歎道：「他終於找到我了！」

小弦問道：「他是誰？是林叔叔的好朋友麼？」

林青淡然一笑：「不過是舊相識，談不上是朋友。」

小弦聽林青語氣，似乎對方並非好意。仔細看那短信：「咦，這雙鞋畫得好奇怪，上面竟然還有一隻眼睛。這樣式倒不錯，有機會給我訂做一雙……」

林青莞爾：「這雙鞋不知嚇跑了多少江洋大盜，豈能讓你穿上。」

小弦眨眨眼睛：「不過是一雙鞋，為什麼強盜見到就會逃跑？」腦中電光一閃，想到許漠洋曾經對自己說起過京師諸多人物：「追捕王梁辰?!」

林青點點頭：「追捕王身為八方名動之首，最精跟蹤之術，既然被他盯上了，只怕輕易不好擺脫。」

小弦對林青倒是信心百倍，絲毫不將追捕王放在心上：「我可不怕他。不過是個捕頭而已。蟲大師殺了多少貪官污吏，他追了這麼多年還不是無可奈何。」又頗好奇地問道：「他為什麼不寫名字，而要畫一雙鞋和一隻眼呢？」一時倒覺得用這方法表明身分極有新意，心中盤算若是自己有一朝名滿天下，需畫上些什麼才好。

林青笑道：「朝中情況複雜，蟲兄殺的那些貪官中，有不少人亦正是某些人的眼中釘，表面上悲痛，暗中卻是拍手稱快，何況追捕王亦從未參與追殺蟲兄的行動。你可莫小看這個捕頭，他追凶無數，卻僅僅失手過兩次。因他的輕功極好，眼力精準，所以才畫上一雙鞋與一隻眼，那是他的招牌標誌，江湖人一見即明。嘿嘿，『相見不歡』、『斷思量』經過這幾年的修習，想必更為精深了。」原來追捕王的輕身功夫名喚「相見不歡」，銳目神眼喚作「斷思量」，那些逃亡天下的通緝要犯一旦被他躡上，絕大多數皆是難逃法網，這兩個名目確是起得相當傳神。

小弦挺起胸：「我看他這次追上林叔叔，必定會是他的第三次失敗。」看他神氣活現的樣子，彷彿追捕王追蹤的人是他自己一般。又奇道：「他既然想要擒林叔叔，為何又送上銀子呢？這可有些想不通了。」

林青眼中神色複雜，沉吟道：「依我看追捕王此次來未必是要擒我入獄，只怕另有用意。」他深知京師幾大派系間的矛盾，看樣子追捕王梁辰多半是奉了泰親王的命，迫自己早日入京挑戰明將軍。想到在鳴佩峰中愚大師與景成像的勸告，或許自己去京師是投敵所好，正中明將軍政敵的下懷。

小弦倒沒有如林青想那麼多：「追捕王既然來了，我們應該怎麼辦？」

「睡覺！」林青呵呵一笑：「有梁兄替我們守夜，什麼毛賊小偷都不敢光顧，我們若不趁此機會好好休息一番，豈不有負他的苦心？」在此情況下，以不變應萬變，靜觀敵人的行動才是最佳方案。

小弦跳上床，大被蓋住全身，只露出小腦袋：「那銀子怎麼辦，要麼我們拚命花光，看他還會不會再送來。」

林青被小弦逗得大笑，心想若真是那樣，一路入京讓追捕王梁辰不斷送上銀兩，非活活氣死他不可。這一路上有小弦陪伴，確實平添許多樂趣。不過暗器王畢竟不能像小弦那麼古靈精怪，略一思忖，沉聲道：「銀子就不動用了，好歹相識一場，亦不能讓他太過難堪。」

小弦道：「可我們只有十兩銀子了。難道當真一路要飯入京啊，豈不笑死人了？」他長這麼大從未考慮過油鹽醬醋之事，以往只覺十兩銀子已是極大的數目，不過林青與他這一路遊玩花銷極大，此刻細細算來，頗覺頭疼。

林青笑道：「總會有辦法的。到時且讓林叔叔教你踏入江湖的第一堂功課——劫富濟貧！」

一夜無話，林青一早起床後便帶小弦離開客棧。昨晚他剛剛輸光身上的銀票，追捕王立刻就下書送銀，只怕早就被他盯上，雖然不懼，卻覺得十分不自在，所以早早上路。

在客棧結帳後，林青身上只有幾兩碎銀，買了些乾糧也就所剩無幾。小弦一路上都在考慮「劫富濟貧」的問題，估計是找些奸商貪官之類接濟一下囊中羞澀的自己，一想到要在天下第一名捕追捕王眼皮底下做這樣的事情，當真是刺激萬分，恨不能馬上著手實施。但一路上林青隻字不提此事，小弦也不便仔細詢問。一來好像顯得自己太過貪財，二來這畢竟不是什麼光彩的事情，若是在光天化日下一本正經地談論似乎也有些太驚世駭俗了。

兩人離開岳陽府，朝北行去。先乘船渡江，上岸走了近一個時辰後，便踏入君山。

君山並不以高稱著，只是山勢連綿，似無盡頭。因地處洞庭湖邊的緣故，山中煙雨幽奇，霧靄重重，雖已是深秋時節，滿山的松杉、毛竹依然蔥蘢蒼翠，從山麓一直擁上山頂。在漫天雲霧下，隱隱淺綠中透過一幛幛山峰的輪廓，顯得峰巒聳峙，崖壁險峻，令人不由猜想在那銀濤縱橫的雄絕險峰後、壁立千仞間，是否藏著一些虛幻美麗的傳說。

山中水流極多，多以棧道相連。那些棧道不過是幾根鐵鍊上放著窄窄的木板，走起來晃晃蕩蕩，稍不小心便會掉下深淵中，有些地方木板年久腐爛，僅有四根光禿禿的鐵鍊，更是驚險萬分。在林青這樣的武學高手面前自然不算什麼，但對於小弦一個十二三歲的孩子便顯得極為險峻了。

小弦好強，堅持不讓林青帶他行路。林青有意讓小弦多經磨練，也便由他，每遇險處便跟在其後，腳下暗使千斤墜踩穩鐵鍊。但山風勁冽，鐵鍊仍是晃蕩不休，有一次小弦幾乎失手滑跌，幸好眼明手快一把抓住鐵鍊才算保住一條小命。

小弦走了幾次，漸漸掌握到一些竅門，玩性大發，甚至試著不用手扶而行，卻也能走得穩穩當當。

林青看在眼裡，心頭感歎不已。走這鐵索飛橋最重要不是武功的高低，而是膽略與信心，這兩點小弦皆可具備。而且他能在晃搖不休的鐵鍊上維持平衡，確也可算是習武的天才。又想到景成像雖廢他武功，但顯然在體力上並無影響，僅僅是丹田與全身經脈受損無法修習精深內功，若有機緣尋到些參王、雪蓮等奇藥，再由武學高手每日有規律地拿捏他全身筋骨，未必不能偷天換日、重整經脈。只是這個過程恐要令小弦吃不少苦頭，而且成敗尚屬未知，若無堅強的毅力實難堅持下去，一旦半途而廢，不但前功盡棄，於身體也會有損無益。

小弦畢竟還是一個孩子，雖懷著替父報仇的念頭，卻也未必吃得消。又想到此去京城凶險難料，小弦身無武功跟著自己，一旦有什麼閃失，豈不愧對許漠洋臨終囑託，是否應該先找個僻靜所在替他治傷呢？

林青一念至此，忽驚覺自己似乎在找一個先不去京師的藉口。畢竟他自問與明將軍一戰並無把握，而且聽了愚大師、景成像、花嗅香等人對京師局勢的分析後，深明此次挑戰明將軍令京師形勢徒增變數，未必是最佳時機。只是以林青的遇強不挫的性格，又豈肯聽四大家族的一番話後輕易改變主意，再加上被好友許漠洋之死激起雄志，這才執意前往。

經過這些天的思索，漸漸冷靜下來，不由認真考慮各方面的因素，何況泰親王的心腹追捕王驀然現身，用意大有可能是迫自己入京，豈甘受他利用，做一枚泰親王與明將軍爭權奪利的棋子。京師局面複雜，各方勢力皆蠢蠢欲動，更有御冷堂在其後挑唆，自己是否還應該一意孤行呢？

正思忖間，忽見小弦在山道上一滑，幾乎失足跌倒，急忙叫道：「小心。」

小弦卻回過頭來俏皮一笑：「嘻嘻，剛才我是故意的。我看林叔叔好像心事重重的樣子，所以找個方法來嚇唬你一下，好讓你分分心。」

林青啼笑皆非，沒好氣地道：「你剛才在棧道鐵索上怎麼不敢？」

小弦一本正經道：「這裡跘一跤也不妨事，在那棧道上豈不摔成肉泥。」

林青大笑：「原來你也是個膽小的怕死鬼。」

小弦一挺小胸膛：「我才不怕死呢。只是男子漢大丈夫原應馬革裹屍，戰死疆場，若是這般走山路不小心見了閻王，豈非太不值得了。」

林青大生感懷，歎道：「正是如此。人生在世，匆匆即過。死不足惜，關鍵是要看是否值得付出大好性命。」

小弦問道：「在林叔叔看來，什麼事情才值得？」

林青略怔，心想小弦初通人世，對任何事情都好奇，又十分崇拜自己，或許隨口一句回答卻有可能影響他一生，萬萬不能信口開河。微微思索，沉聲道：「留得青山在，不怕沒柴燒。人生充滿了變數，退一步海闊天空，有時忍耐一時便會覓得轉機，血氣之勇固然值嘉許，卻並非唯一之路。是否值得性命交托並無定論，亦要因勢而行。」

小弦似懂非懂，面上茫然。

林青耐心解釋道：「在江湖上，並非每個人都是絕頂高手。譬如遇見一群人欺凌弱小女子，奮然拔劍而起，卻因武技不敵而命喪敵手，你覺得那是否值得？依我看雖然值得，卻未必沒有更好的方法，徒然送命卻也罷了，只怕到頭來亦沒有幫助到欲救之人。」

小弦道：「不過在那些時候，或許一激動就什麼也顧不得了。」

林青微微一笑：「所以你若想做一個有作為的人，時刻保持一份冷靜是極重要的，審時度勢，方能行俠義之事，僅逞匹夫之勇於事無補。」

小弦點點頭，又猶豫道：「可如果每一次行動前都要考慮再三，好像也太……」一時想不出合適的詞語。

林青道：「有些決斷無需多行考慮，全憑本心。但也有些事情需要從一個新的角度重新判斷，一如我們在岳陽府中，從不同的酒樓中看到的是不同的風景。像戰場奮勇殺敵看似天經地義，可那些侵我中原的胡虜外族，不也是報著忠君為國的念頭，難道他們殺我漢人，占我土地就是值得之事麼？」

小弦隱有所悟，長長吁出一口氣：「我明白了，正如花叔叔給我講的那個故事，任何事情都有兩面性，原不能一概而論。」當前把花嗅香給他講的那個俠客轉世復仇的故事告訴了林青。

林青尚是第一次聽到這故事，心中感悟極深，歎道：「花樓主胸藏玄機，腹蘊丘壑。只可惜上次去鳴佩峰行程匆匆，日後有機會倒要與他長談。」不由因提到花嗅香想起了美麗的花想容對自己一片癡心，從而又思及紅顏知己駱清幽，此次一意入京是否也是因為想早日與她相會呢？忽見小弦清澈的目光研究似地盯著自己，哈哈一笑，努力甩去那份綺念：「小鬼看什麼，小心腳下才是，可別當真一跤摔到山下，豈不冤枉透頂？」

小弦嘻嘻一笑：「這叫出師未捷身先死，雖然不怎麼值得，卻可留名千古。」

兩人說說笑笑，山路雖險，亦不覺疲憊。

眼見山勢將盡，再過一條棧道就已達山口。這最後一條棧道長達十餘丈，仍是四條鐵鍊上鋪起僅可容二人並行的木板。人跡罕至，木板與鐵鍊上都已長滿了青苔，難現原色。

兩旁山峰對峙，腳下水流轟鳴，那青色棧道猶如一柄剛剛淬火而出的寶劍，將山峰劈開一線。

小弦裝模作樣地比劃道：「像這樣的地方，正可謂是『一夫當關萬夫莫開』，必是歷來兵家必爭之地。咦，怎麼當真有人守著啊?!」

棧道上盤膝坐著一人，一身青衣，身材枯瘦，散髮披肩，似是在垂頭打坐。他一動不動，青衣混在青苔之中極難辨認，直到走得近了方才發覺。山風吹得棧道微微晃動，他的身體卻似乎並無隨之搖擺的跡象，渾如一方沉坐了千年的雕像。

林青面色微變，雖一時辨認不出來人是否追捕王，但只看他那沉穩的坐姿、雄睨天下的氣度，已是難得一遇的高手，不問可知是衝自己來的。放緩腳步，對小弦低聲道：「你緊緊隨在我身後，莫再頑皮。」

小弦看林青如臨大敵的樣子，乖乖應承一聲。他本對林青極有信心，料想縱是敵人設伏也難阻暗器王，但瞧著那青衣人，不知怎麼心頭就湧上一股說不出來的寒意。雖是在青天白日下，卻覺得對方原應是深夜出沒的野魂孤鬼，渾不應當在此時出現。暗想莫非剛才對林叔叔說了那個轉世的故事，當真引來了山精鬼魅？

小弦卻不知那是因為青衣人露出的凜然殺氣方令他有如此感應，他雖無武功，卻是身懷昊空門兩大絕學之一《天命寶典》，對周圍環境變化極為敏感。青衣人的殺氣雖並未針對他，卻感同身受。但覺越往前走心底的壓力越大，若非林青在旁，只想後退遠遠避開這個似人似鬼的可怕煞神。

林青目中光華一閃，雖然他這六七年漂蕩江湖，但畢竟與追捕王曾在京師相處過，已認出那青衣人並非追捕王梁辰。棧道乃是唯一通路，對方緊守要道，除非是沿原路返回另尋道路，不然這一場正面接觸無法避免。那青衣雖然看起來如同殭屍般連小指頭亦未動分毫，但那一股獨攬天下的氣勢卻如山襲來，殺氣畢現。顯然是早早等在這裡，調息良久後精、氣、神都已漸至最佳狀態，不由暗暗心驚，此人面目陌生，卻端是世間罕有的高手，卻為何會突然出現在這荒野中？腦中電閃，已隱隱猜出對方來歷。

林青腳下不停，速度卻是極緩慢。傳音小弦道：「你先不要上棧道，等我退敵後再走。」

小弦從未見過林青這般凝重的神情，又是緊張又是害怕。心想既然與林叔叔一路，自當共患難，豈能做縮頭烏龜？咬咬牙欲緊跟林青。轉念想到林青一旦與那青衣人交手，棧道必是搖晃不休，自己失足事小，若因此影響了林青的情緒才是大大不妙。本將要踏上棧道的右腳在空中一滯，悻悻收了回來。心頭沮喪至極，從沒有一刻，想要習武的念頭這般強烈地湧上來。

林青乍遇勁敵，精神一振，借踏步之際調整步伐。以他的見識，深知武功對決不但天時地利皆足可影響勝負，戰略的選擇亦是至關重要。那青衣人佔據險要，以逸待勞，已贏得天時地利，自己唯有在戰略上突出奇兵，才能扳回均勢。

兩人相距十丈，按林青的速度約二十五、六步後便可來到青衣人面前。他起初腳步極緩，徐徐加快，看那勢道，等衝至青衣人身前時，正是身體機能隨著腳步的移動逐漸趨於巔峰之時。

青衣人顯然也料不到林青一語不發，徑直出手。他仍保持著氣定神閑、魂遊外物的樣子，但身體卻驀然沉下了半分，似欲隨時虎躍而起。他一頭青白相間的長髮本已隨著山風舞動，卻詭異地直立而起，渾如張扇。

林青來到青衣人面前十五步，忽然毫無預兆地停步。全身繃緊的肌肉刹那放鬆，忽眼望青天白雲，猶如看風景般悠悠一歎：「相見不歡，爭如不見！」

青衣人原本蓄勢待發，做好了硬拚一記的準備。在這窄窄的棧道上交手，正可謂是狹路相逢勇者勝，由不得半分退縮。誰知林青說停就停，彷彿一柄刺破天穹的寶劍乍回鞘中，而且收得不帶半分勉強，渾如出劍一揮原只為了隱匿光華，留待下一劍的破碎虛空！

青衣人心神大凜，他是天下有數的高手，自然知道似林青這般鋒芒乍現即收是何等的功力！暗忖暗器王林青這些年名滿江湖，果有非常之能。他仍是保持著坐姿，頭也不抬起，嘶聲一笑：「相見原就是為了別離！」

他的語音暗啞低沉，偏偏又字字鏗鏘，如鏽石磨刀，每一個音節都重重擊在人的心坎上。那詭異難言的聲音伴著山風吹入小弦的耳中，不由讓他打了一個寒噤，目光眨也不眨地望著林青。

林青彷佛並未感覺到青衣人的威脅，朗然大笑：「原來兄台等我，便只為了送別？」

青衣人似是低低歎了一聲，一字一句道：「與林兄之會，期待良久！」終於抬起頭來，一雙如野獸獵物般的陰狠眼神炯炯鎖緊林青。

林青微微一笑，一探手已將背後所負的包袱擎在手中，緩緩解開包裹的藍布，露出那一柄名動天下的偷天弓。青衣人銳利的眼中閃過一絲狂熱，若滿足若欣然若畏懼若期待地從喉間蹙出幾個字：「偷天之弓煉成六載，卻一直少現江湖，如今終於被我見到了！」

林青偷天弓擎在左手，右手又從包袱中抽出一支羽箭，隨隨便便地扣在弓弦上，卻不張弓蓄勢，含笑道：「遇見好對手，小弟自當弓箭齊備，以示對兄台的敬意。」氣氛雖已劍拔弓張，但看林青神情輕鬆，意態從容，卻是半點也無大戰前的緊張。

在此情形下，青衣人原本佔據的天時地利已被林青利用動靜相間的步法破去，而這距離的拉近卻是極有講究，稍近幾步箭力雖強，但難以再生變化；稍遠幾步箭力稍弱，青衣人更可在箭飛至中途時移形換位。此刻兩人相隔十五步之遠，青衣人雖未亮出兵刃，但勢不能一攻十五步之遠，若要前撲，首當其衝便要面對偷天弓強力一擊，縱是以那青衣人之能，亦不敢貿然相試，只能靜待林青先行出招，主動權已全落在暗器王手中。

青衣人又驚又佩，不由暗悔剛才本應趁林青前行時提前作出判斷，保持自己攻擊的最佳距離。

不過剛才在林青前衝之時，任何人都以為他會直撲對手，以逸待勞原是最佳選擇。何曾想林青不過是虛張聲勢，剎那間主客易勢，反令那青衣人進退難當，攻守失據。這其中不但隱含著林青身經百戰的經驗、精妙的戰略，更是提前預測到敵人心理，方才一舉占得先機。小弦旁觀者清，將雙方對戰的變化看在眼裡，雖懵懂難解，卻已隱隱有會於心。

兩人在棧道上凜然對峙，看似誰也不敢先行出招，以防被對手所趁。但林青與青衣人心裡都明白：是攻是守全掌握在林青手裡，青衣人唯有亦步亦趨，先苦苦防守靜待出手時機，只要能安然破去林青蓄勢待發的第一箭，餘下便全憑武功而決了。但此局面下，青衣人雖還未現敗勢，但體力耗費卻是遠勝林青，難以久持。

林青亦有顧忌，他雖隱占上風，有把握在青衣人力竭時一擊必殺，但對於這等頂尖高手來說，縱然力竭亦是數個時辰後。他巧妙地造成目前這個局面，就是要引青衣人沉不住氣後倉促出手，從而尋隙勝之，但看來對方亦知貿然進攻敗面居多，寧可嚴守門戶靜待時機。而追捕王梁辰隨時可能會出現，小弦無人照顧，自己勢不能這般一直對峙下去，只能伺機冒險一搏……

林青弓箭仍是隨便執在手中，凝立的身形卻忽然動了，昂首跨出一步。這一步並無龍虎之姿，卻是隨著山風晃橋之勢而出，妙若天成，毫無煙火之跡。

青衣人臉現驚訝之情，也不見他作勢用力，盤坐的身體亦平平往後退了一步。仍是保持著十五步的距離，兩人配合得天衣無縫，看起來就彷彿是林青這前跨一步激起的勁風將青衣人枯瘦的身體吹開了一樣……

又是一陣山風吹來，林青再進一步，青衣人亦隨之退後。小弦瞧得莫名其妙，不明所以。但他眼利，已瞧見青衣人額間滾下一顆豆大的汗珠，顯然是林青大占上風，若非怕影響林青的情緒，早忍不住鼓掌喝彩了。

如此反覆數次，等青衣人最後退至棧道尾時，山路右轉，青衣人已是背靠山壁退無可退。驀然一聲長嘯，直身而起，垂頭不語。

林青轉身招呼小弦道：「走吧。」他的手心中亦全是汗水。

小弦眨眨眼睛，心頭茫然。這一場看似勢分生死的決戰竟然如此收場！不但未見兵刃相交、拳腳互搏，連勝負也瞧不明白。不過想來應該是林青勝了，但那青衣人的一聲長嘯激起山谷迴響，聽在耳中，胸腹內煩悶欲嘔，知道此人武功極強，林青縱勝也絕不輕鬆。當下走過棧道，來到林青身邊。青衣人靜立原地，一動不動，全無趁機出手之意。他的長髮披在面門上，也不知臉上是何表情。

林青不再與那青衣人說話，領著小弦揚長而去。

唯有那青衣人仍呆呆站在棧道口，恍若要站上千年！

第三章

劫富濟貧

卻見那老頭突然睜開眼睛，乍見小弦口唇一動似要放聲大叫，
小弦急忙一把掩住他的嘴巴，學著戲文中壓低聲道：
「你不許出聲，否則老子一刀砍下你的腦袋。」
說到一半，自己也覺得好笑，
又恐被老頭兒瞧破虛實，努力裝出目露凶光的樣子：
「你若是乖乖的合作就眨一下眼睛，我便放開手，若不然……」

「林叔叔，他是什麼人？」林青與小弦一前一後，默然走出山道，等看不到那個青衣人的影子後，小弦再也忍不住，追上大步流星的林青發問道。

林青微微一笑：「他不是人，是個鬼。」

小弦萬萬未料到會聽到如此回答，驚得睜大眼睛。回想那青衣人渾身散發出森森鬼氣，詭異莫名，一時倒也信了幾分。不過青天白日下乍見鬼魂，雖有林青在旁，仍是覺得心頭發冷，打個寒噤，拍拍胸膛壯膽，勉強笑道：「有林叔叔在，就算鬼我也不怕。不過，我們現在已經窮得身無分文了，他找我們做什麼？」

林青肅容道：「這個鬼卻不求財，只要人命。」又一皺眉，喃喃道：「追捕王竟然能請動這老鬼，當真是面子不小啊。」

小弦不屑地扁扁嘴道：「他再厲害有什麼用？還不是林叔叔的手下敗將。」

林青淡然一哂：「勝負未分，何敢言勝。」

小弦笑道：「林叔叔不用謙虛啦，我看你還沒有出手，就已迫得那個青衣……鬼一路後退，當然是穩贏了。」

林青苦笑道：「剛才我只是僥倖占了先機，令他知難而退罷了。何況他也並沒有執意要與我一決高下的念頭，不然以這老鬼的武功，縱能勝他，恐怕其反挫之力也會令我受創不輕。」

小弦大覺驚訝：「想不到這個老鬼竟然如此厲害？那他生前在世的時候豈不是天下無敵了？」

林青愕然：「莫非你還真信有鬼神之說麼？」

「原來他到底還是個人啊？」小弦不好意思地撓撓頭，又想到在清水鎮上遇見吊靴鬼與纏魂鬼的情景，自然猜出這個「青衣鬼」亦是人所裝扮，膽氣立壯：「原來一向不騙人的林叔叔也開玩笑呢。不過我倒是覺得那個人渾身有股說不出來的古怪，如果說這世上真的有鬼，多半就是他那個樣子。」

林青道：「我還以為一提及他的外號，你就知道他的來歷了。」

小弦心中一動：「他是六大邪派宗師的鬼王厲輕笙？」見林青點頭承認，喃喃道：「唔，他的樣子讓人一見就害怕，比起那個龍判官來倒更像個高手。」

林青笑道：「若是憑樣子就能看出武功的高下，大家也不必為了什麼虛名爭個頭破血流了，只需找個算命先生看看面相就行了。」

小弦一轉眼珠：「那也未必。像我這樣相貌堂堂一表人才，大家一看就知道不會是什麼邪派中人，嘻嘻。」他生性樂觀，明知自己相貌不算好看，以此自嘲卻也坦然。

林青徐徐道：「你這樣說固然牽強，卻也有些道理。相由心生，有些邪派高手心術不正，修習魔功，亦會因此而變得相貌凶惡。厲輕笙正是由於修習揪神哭與照魂大法，所以才面容枯硬，眼神淒厲……」

小弦想不到自己胡謅一句竟然得到林青的贊同：「難道那六大邪派宗師都是兇神惡煞的嘴臉？」回想見過的幾位邪派高手的模樣，自言自語道：「嗯，龍判官、鬼失驚和這個厲輕笙都是一臉凶相，那個『寧滑風』卻倒是……」想到寧徊風害了義父許漠洋，語音忽止。

林青啼笑皆非：「正邪之分原無定論，豈可以貌取人？像明將軍出身昊空門，他的流轉神功與水知寒的寒浸掌皆是光明正大的武功，何曾有絲毫邪氣？北雪與南風亦無大惡，只因身處偏僻之疆，少來中原，世人見其行事乖張有悖常情，便稱之為邪派中人。似蟲大師這樣的殺手，若非殺了不少貪官污吏，只怕亦會被冠上邪派的名頭……所以凡事不可聽人片面之詞，要有自己的判斷。」他望著小弦，目中大有深意，緩緩續道：「其實無論你是什麼出身、修習什麼武功都不重要，重要的是有俠義之心，行俠義之事。」

小弦點點頭，又問道：「林叔叔剛才說厲輕笙修習什麼揪神哭與照魂大法，那是怎麼回事？聽名字似乎挺可怕，他已經對林叔叔使出來了麼？」

「揪神哭與照魂大法皆是旁門左道的功夫，著重控制對方的精神，不過若是對手內力更強一籌，卻極有可能反噬自身，所以剛才厲輕笙並不敢對我使用此術，僅以其另一項絕技『風雷天動』與我相抗。」林青一聲冷笑：「照魂大法也就罷了，揪神哭卻需要以童男童女的鮮血方能修習，厲輕笙為練此功做下不少天人共憤的惡事……」

小弦嚇了一跳：「他竟然那麼壞啊。林叔叔為什麼不直接殺了他為民除害？」

林青歎道：「你以為名動江湖的六大邪派宗師如此好對付麼？我不過勉強占了半分先機罷了，欲取其命談何容易？」

小弦想到剛才林青與厲輕笙對峙的情形：「剛才你們一個前行一個後退，到底是怎麼回事，為何我一點也看不懂？」

林青沉聲道：「厲輕笙守住天險以逸待勞，自信可立於不敗之地，所以並不急於搶攻……」反手拍拍背後的偷天弓：「可他卻忘了，我的武器是這一把神弓！」

小弦大是好奇：「我聽說這把偷天弓專門克制明將軍的流轉神功，難道對付厲輕笙也管用？」

林青正色道：「我與明將軍僅僅交手一次，亦並不能肯定此弓是否有克制其武功之效。只不過流轉神功圓轉如意，全無破綻，當年巧拙大師才苦心殆慮製下這把弓，試想憑超強的弓力尋一隙而入或有機會破去流轉神功。至於剛才面對厲輕筌時，你可曾注意到我們之間始終保持著一定的距離？」

小弦思索道：「林叔叔與厲輕笙相隔十餘步遠，最適合發揮弓箭的性能，難怪厲輕笙不敢輕舉妄動。不過林叔叔既然有可適合遠程攻擊的神弓，在棧道橋頭出手豈不更好？那時就算厲輕笙能衝上前來，至少也有機會先發出三四箭……」他雖僅知道一些粗淺武功，卻自幼精讀當年兵甲派傳人杜四留下的《鑄兵神錄》，對天底下各種兵器的性能極為熟悉，故有此問。

林青道：「厲輕笙名列天下有數的高手，豈會不知這個道理。他凝神集氣良久，故意將身形暴露在我偷天弓的射程中，就是為了先要安然接下我一箭……」

小弦忍不住插口道：「他當然知道偷天弓的厲害，竟然還敢故意誘林叔叔發箭，膽子可算夠大了。」

林青道：「厲輕笙此舉自有其良苦用心。他有意引我發箭，一來是對自己的武功頗有自信；二來若是我一箭無功，不但泄了銳氣，最關鍵的是對心理上的影響極大，再與他動手過招時心態上便已落了下風。」

小弦恍然大悟：「怪不得那些真正的高手決戰大多是一招定勝負生死，原來是這個原因。」

林青點頭贊同：「武功達到一定的境界，招式內力大都在伯仲之間，縱有差別亦僅一線。雙方交手一是看對戰的心態，誰能沉得住氣誰就更多一分把握；二來則如兩軍對壘，不但講求本身的實力，戰術戰略的選擇亦足可左右全域。」

小弦想了想：「林叔叔起初假意衝過棧道，等厲輕笙蓄勢待發時卻突然停下腳步，已到達最適合發揮弓箭攻擊的距離，令厲輕笙措手不及下陷入被動中，這想必就是一種高明的戰略。」

林青微笑道：「你莫小看這十餘步的距離，其中大有講究。其實偷天弓的弦力比起普通弓箭更強，若要完全發揮其長處，還應該再遠幾步才是。但我故意停在那裡亦是給厲輕笙留下適合防禦的餘地，此人雖是名聲不佳，但武功確有所長，我也並無十足取勝的把握，將他逼入絕地被迫反擊實非所願。」

小弦隱有所悟：「原來那個距離正是保持雙方對峙的一個平衡點。厲輕笙想必也對林叔叔心懷顧忌，所以林叔叔往前跨步時，他亦只好隨之後退。」

「你能想到這一點，亦算不易。」林青面露讚許之色，拍拍小弦的頭：「不過那跨步的時機卻需要掌握好，稍緩不能給對方足夠的壓力，而若太過急迫則會給敵人可趁之機。這其中的差別實難用言語說清楚，只要你能掌握到那稍縱即逝時機，便足以稱為一流高手。」

原來剛才林青與厲輕笙在棧道上對峙時，雙方本是勢均力敵，誰也不敢稍有動作唯恐給對方可趁之機。卻不料林青借山風晃橋之際踏出一步，頓時打破了兩人間微妙的平衡，那一步的距離看似並不起眼，卻不但令偷天弓弓力大增，亦令厲輕笙閃避騰挪的餘地要小得多。偏偏厲輕笙尋不到暗器王身法上的破綻，又怕林青借距離縮短之際驀然出手，只好隨之退後。他心知自己無法如林青一般渾如天成地把握那踏步的時機，縛手縛腳之下已有棋差一著的感覺，戰志大減之下，最終只好收手罷鬥。

小弦聽林青講明了剛才的緣由，眼中光芒閃動：「這個道理和奕天訣大同小異，只不過奕天訣更注重局面的均衡，努力延長對峙過程，直到引發敵人致命破綻時方才施出雷霆一擊……」當下將愚大師悟出的奕天訣細細告訴林青。小弦雖不過是個垂髫孩童，但他自幼對道家極典《天命寶典》耳聞目染，見識頗高，加上又是在與愚大師數百局棋盤對奕中方領悟了奕天訣的要點，奕天訣中「守靜篤、致虛極」的原理雖然繁複難懂，他卻早已心領神會，對林青的這番講述卻也頭頭是道。

林青原本以為「奕天訣」不過是小弦隨意說的名目，他神功蓋世自不放在心上。誰知聽了幾句，心頭大震，這才知道實是一種別出機杼的武學要訣。暗器王的武功攻強守弱，陽剛威猛，從未想過天下底竟然有奕天訣這般故意不斷暴露破綻，不求取勝唯求均衡的武功。昔年武當大宗師張三丰雖創下太極拳法，卻也未能將後發制人、以柔克剛的道理發揮到如此極致。

兩人本是邊走邊說，林青驀然停下步來。他的武學見識何等高明，小弦才說到一半已明其理，剎那間諸多想法湧上心頭，臉上神情若癡若狂。

高手對決，一般都是先求將自身守得固若金湯，再尋出對方的破綻。在動輒一決生死的激鬥中，縱偶有誘招惑敵，也必是尋隙反擊，可奕天訣卻偏偏反其道而行之，不斷暴露弱點引對方來攻，卻並不伺機反撲，竭力保持攻守平衡，直到誘使對方露出無法補去的破綻時方才一舉出手制敵。看似被動，其實卻牢牢掌握著主導權……

小弦看到林青的樣子一如當初愚大師才悟得「奕天訣」時的情形，得意一笑：「怎麼樣，我這個奕天門的祖師還算不錯吧。」

林青思潮起伏，良久方長歎一聲：「想不到你年紀雖小，竟能發前人之未見，創出此『奕天訣』來，林叔叔亦要甘拜下風。」

「這，這可不是我想出來的，主要還是愚大師的功勞。」想不到林青如此推崇，更分明以為這奕天訣是他自己想出來的，小弦頓時臉紅過耳，慌忙解釋，略停了停，終覺不甘心，又補上一句：「不過愚大師也說若沒有我出言點醒，他也不會悟出奕天訣來。」

林青神色恢復平靜：「愚大師身為四大家族上一代盟主，果有非常之能。」

小弦只怕林青不願修習來自四大家族的武功，連忙道：「林叔叔放心，我早與愚大師講好了，只有我才能做奕天門的開山祖師收徒傳藝。只要你能利用奕天訣擊敗明將軍，也算是幫我完成了父親的遺願。」

林青歎道：「如此武學至理，一言點醒已足夠受用半生。只可惜這奕天訣與我的武功路數並不相符，貿然使用或許適得其反，倒成了畫虎不像反成犬。不過你深明其理，若日後發揚光大，足可開山立派，成為一代宗師。」畢竟暗器王一向擅於先發制人，雖掌握到了奕天訣的道理，卻難以用於自身中，除非放下浸淫數年的武功，豈不是事倍功半？遇見普通對手也就罷了，若在明將軍這樣的絕頂高手面前棄己所長，更是難有勝望。

小弦本是興高采烈，聽林青如此說，小臉刹時沉了下來。

林青安慰道：「小弦不要難過。你莫耽心自己不能修習武功，林叔叔必會給你想到辦法。」

小弦噘著嘴道：「我能不能修習武功都不算什麼。只是想起林叔叔那天還說什麼隱隱覺得我是你挑戰明將軍的關鍵，誰知卻連這麼一點忙也幫不上，所以我才不開心。」

他當初纏著愚大師答應自己不把奕天訣傳於外人，就是為了能讓林青一舉擊敗明將軍，想不到林青雖然對此訣法大有感悟，卻無法與原本武學合而為一，不免大失所望。

林青這才知道會錯了小弦的意思，雖與這孩子相處不久，他卻對自己一片誠心，亦頗覺感動，柔聲道：「林叔叔雖然不能將奕天訣用於對付明將軍，但既然明白了這個道理，日後自然會有用得到的地方。譬如再像剛才遇見厲輕笙，只怕就不會迫其退後，而是要引其出手，伺機一舉除之。」

看小弦面色稍霽，有意逗他開懷：「對了，我以往雖以暗器成名，卻對弓箭的性能並不十分瞭解，你讀過《鑄兵神錄》，對天下各種各樣兵器皆算是瞭若指掌，這一點對我可是大有幫助的。」

小弦搜腸掛肚，凝神苦思，他雖熟讀《鑄兵神錄》，但那裡面大多是各種兵器的鑄造與使用之法，他亦從不當回事，料想林青大多都知曉，一時想不出有什麼新意可提供。只是喃喃念道：「發弓之七要：蜷指、扣手、平目、直肩、挺胸、跨步、凝氣。前手如拒，後手如撕，前腿欲其直，後腿欲其曲，手握弓胎正中略上半寸，肘緊夾弓脅，弓弦箕張如月，注矢三息，滿而後發……」

林青動容道：「我以往發箭都極為隨意，想不到其中卻有這麼多講究。為何要手握弓胎正中略上半寸處？箭支豈不是放偏了？」

小弦道：「《鑄兵神錄》上說了，箭支在飛行過程中會因力盡而往下墜，所以在射出時應該略略往高處才好。而至於箭在弦上為何要三息的時間，我也不太明白。」

林青思索道：「那是為了讓發箭者平心靜氣，方可一舉命中目標。」當即又問起一些使用弓箭的要領。

小弦當初學習《鑄兵神錄》時年齡太小，大多是死記硬背，並不知其所以然，經林青這個武學大行家細細講解，許多一直不明白的地方剎時而解。而林青在江湖上被譽暗器之王，平日皆用輕巧靈便的暗器，直至得到偷天弓後方才專注於弓術，缺少理論上的指點，此刻聽小弦將《鑄兵神錄》中的語句一一說來，亦是得益匪淺。兩人邊行邊說，不知不覺到了一個小鎮。

鎮名平山，隸屬鄂境。江漢平原土地肥沃，人口稠密，雖只是一個不起眼的小鎮，卻也有二三百戶人家。大約剛好是趕集的日子，人來人往熙熙攘攘十分熱鬧。小弦雖聽不大懂鄉人土語，但看著四周往來的那些淳樸村民，彷佛又回到了滇北的清水小鎮中，因而越發思念父親許漠洋，卻怕林青瞧出自己的傷感惹他耽心，隻字不提，便只拉著林青朝人多的地方去，藉以掩飾自己的情緒。

隨著人流走過半條小街，眼看已將至午時，林青道：「想必你肚子餓了吧，不如我們先去找個酒樓吃飯，然後再趕路。」

小弦眨眨眼睛：「這小鎮如此熱鬧，我還想多玩一會，林叔叔不是買了些乾糧麼，我們隨便吃些就好，就不必去酒樓了吧。」

林青見到小弦的古怪神情，如何猜不出他是怕自己身上無銀兩，所以才不願意去酒樓，還偏偏卻找個貪玩的理由，顯然是不願意讓自己面子上不好看。

這個孩子雖然年紀不大，倒是十分懂事，想到許漠洋撒手而去，陸羽夫婦早早身亡，自己算是小弦在這世上唯一的親人，心頭更增憐愛，如何肯讓他受委屈，微微一笑：「那些乾糧只是備在路上以做不時之需，現在當然要好好吃一頓。你放心吧，雖然身上只有幾兩碎銀，飯錢總是夠的。呵呵，當初你在涪陵城的三香閣請我吃飯，今日便當是回請吧。」

小鎮的酒樓十分簡陋，桌椅都已破舊不堪。小弦只怕林青不夠銀子付帳，只點了兩三個便宜的菜肴。

兩個村民模樣的漢子走入酒樓，要了二兩酒與幾碟小菜，就坐在他們旁邊的桌上。只聽一人氣呼呼地道：「今日朱員外又提了租，每個佃農都要多交五兩銀子。眼瞅著今年收成不錯，滿以為可以掙些銀子回家過個好年，誰知辛苦忙了一年，到頭來卻剩不了幾個小錢，這日子當真是沒法過了。」

另一人連忙道：「丁三你小聲點，若是被朱員外的手下聽到了，免不了又是麻煩。」

「郭大頭你還算個漢子麼？你膽小怕事我可不管那麼多。」那名喚丁三的漢子憤聲道：「姓朱的也不過就養了十幾個家丁，而我們全鎮的佃農加起來有一百多人，若是大家都聯合起來，豈會怕了他？如果真把我丁三逼得沒有活路，便與他拚了這一條賤命。」

郭大頭搖頭歎道：「其餘人大多都是拖家帶口，可不似你丁三光棍一條毫無牽掛，如何能指望大家都聯合起來與朱員外對著幹，一旦鬧翻了明年怎麼辦？再說朱員外那十幾位家丁都是練家子，據說有一兩人還是專門高價請來的武師，我們這些莊稼漢子二、三十個人怕也難以近身……」

丁三猶是不忿，卻也毫無辦法，只有借著酒勁大罵幾句，郭大頭則在旁邊苦勸。

小弦聽得真切，大致明白了原委。想來那個朱員外必是小鎮中的一霸，低聲對林青道：「那個地頭蛇朱員外真可惡。林叔叔你不是說習武之人應該多做些俠義之事麼，現在可不正好有了機會。更何況我們如今又沒有多少銀子了，也可以趁機……嘻嘻，劫富濟貧。」

林青早有此意，聽了小弦的話，卻還是忍不住露出一絲笑容：「去教訓一下那朱員外本無不可，但你又何需提及我們囊中羞澀之事，豈不是顯得別有居心？」

小弦一本正經地道：「男子漢大丈夫行事自然應該光明磊落。何況我也沒有說錯，我們現在本來就是窮人嘛，吃了這一頓還不知道有沒有下一頓呢。就等著朱員外這富人接濟一下……」

林青哈哈大笑，挾起一筷子菜堵在小弦嘴裡：「那你還不抓緊機會多吃些。」

小弦心癢難耐，站起身來拍拍小肚皮：「我吃飽了，我們現在就走吧。」

林青苦笑：「若是現在去，就不是劫富濟貧而是公然搶劫了。」

小弦一想也是道理，只好悻悻坐回原位：「那我們什麼時候去？」

林青慢條斯理喝下一杯酒，悠然笑道：「當然是月黑風高時。」

既然訂下晚上去朱員外家中「劫富濟貧」的計畫，兩人吃罷午餐後，便只好在小鎮中閒逛。

忽見前方圍了一大群人，鑼鼓聲不絕入耳。原來是戲班搭台唱戲，小弦連忙拉著林青進去看，卻見簡單設置的一座高台上幾個人打得好不熱鬧，原來正在演「三英戰呂布」。恰恰輪到張飛出場，但瞧一個黑面大漢手持丈八長矛，哇呀呀高喝一聲：「三姓家奴，可識得燕人張翼德麼？」扎個馬步，舞動長矛擺幾個花式，倒也十分威武，惹來台下一片叫好聲。

林青自然不會將這些花拳繡腿放在眼裡，但這些年飄泊江湖，許久未曾靜下心來看戲，倒也瞧得津津有味，亦隨著大家一併起哄。

小弦雖自小看過這齣戲，猶有不解，低聲問林青道：「呂布不是姓呂麼，為什麼張飛要叫他三姓家奴？」

林青解釋道：「那呂布武功雖高，卻無忠義。先後認了丁原與董卓為父，最後又反戈一擊背信殺主，所以張飛方如此羞辱他。」

小弦這才恍然大悟，旋即想到自己本叫楊驚弦，誰知楊默只是許漠洋的化名，算來應該叫許驚弦，可偏偏親身父親是媚雲教教主陸羽，豈不是應該叫陸驚弦才對？雖與呂布的性質不同，但這「三姓家奴」四個字聽在耳中仍是覺得十分不舒服，頓時興味索然，氣呼呼地道：「不看了，我們去別處玩。」

林青不知一向聽話乖巧的小弦因何故發脾氣，只好隨他走出人群。卻見小弦一張小臉漲得通紅，結結巴巴地道：「林叔叔，我已經長大了，以後你不要叫我小弦了，叫我大名許驚弦吧。」

林青反應敏捷，立刻猜出了小弦的心思，想不到這孩子如此敏感，強忍笑意道：「不管你是否已經長大了，在叔叔的心目中永遠都是小弦。」

小弦感覺到林青對自己的慈愛，眼眶微紅，垂下了頭低聲道：「小弦這個名字只是林叔叔一個人可以叫。若是去了京師見到了駱姑姑時，你可要介紹我的大名。」

林青愕然一愣：「你怎麼知道我回京師要見駱……駱姑姑？」

小弦嘻嘻一笑：「我聽水柔清那小丫頭說的，她說叔叔的心目中只有駱姑姑，所以花姐姐才會那麼悶悶不樂。」

林青啞然失笑，小弦與水柔清這兩人年紀雖小，卻都是古怪精靈、聰明伶俐，也不知在背後提及自己時胡說些什麼。他與京師蒹葭掌門駱清幽之間一向以朋友相待，雖有些說不清道不明的曖昧之情，卻從未有什麼兒女私情，無奈不好對小弦解釋，轉過話題道：「清兒明明還大你兩三歲，你怎麼敢叫她小丫頭？」

小弦一挺胸膛：「有道是『有志不在年高，無謀空活百歲』，她雖然年紀大一點，但論見識卻未必及得上我。」

林青哈哈一笑：「你們這兩個小鬼頭一見面總是爭得不可開交，你畢竟是男子漢，稍稍容讓她幾分亦不為過。」

「我當然讓著她啦。」小弦分辯道：「在須閑號中下棋我本來可以贏她，讓她一輩子聽我的號令，但念她不過是個小姑娘，加上旁邊又有英雄塚的弟子段成在場觀戰，不願讓她太過難堪，才有意下成和局，不過那時我也暈了頭，若不是她最後關頭放我一馬，只怕反是我輸了……」將當時與水柔清在舟中爭棋的情景細細告訴了林青。

林青本不知此事，還以為小弦早就會下棋，再由棋藝超群的愚大師指點下，方才以棋力助四大家族擊敗御泠堂。此刻才明白小弦學棋的原因竟是與水柔清賭一口氣，確是天意使然。他們兩小無猜，雖有諸多爭持，但關鍵時刻總能給對方留份餘地，殊為不易。

小弦提到水柔清，心頭亦不由大感異樣。他自小少有玩伴，從涪陵去鳴佩峰那一路上與水柔清爭嘴鬥氣，卻是感覺十分開心快樂，忽又長歎了一口氣：「可惜莫大叔在那場棋戰中被迫自盡，她從此將我當做殺父仇人一般，也不知以後是否會記恨我一輩子。」

林青歎道：「莫斂鋒之事原也怪不得你，等過些日子，清兒自然會想清楚：她真正的殺父仇人乃是那挑起棋戰的御泠堂青霜令使，與你無關。」

「我起初也這麼想。但等到爹爹也走了，才知道殺父之仇豈能輕易釋懷。」小弦黯然搖頭：「雖然爹爹是死在寧徊風的手裡，但我那時亦恨不得殺了那媚雲教的右使馮破天，若不是他非叫爹爹去媚雲教，或許也不會撞見寧徊風那狗賊……」

林青亦是一聲長歎，命運難測，人生本就無常，若強要算清一切淵源與糾纏，只怕許漠洋之死連自己也脫不了干係。良久方道：「冤有頭債有主，若是執意怨天尤人，遷罪無辜，又是何必？」

小弦點點頭：「後來我自然想明白了，既然是寧徊風害了爹爹，便只管找他報仇就是。但清兒卻未必會如此想，只怕這一生一世都不會原諒我。」他雖是性格固執，卻非迂腐不化，當初怪責馮破天亦只是一時心傷，不久後便已想通。但念到或許以後水柔清都將把自己當仇人對待，心頭難受至極，鼻中一酸，幾乎流下淚來，堪堪忍住。抬頭見到林青憐惜的目光，赧顏道：「我可不是為她難過，而是想到了父親……」

林青拍拍小弦的頭：「人生多變，有些事情徒想無益，倒不如看開些。我答應你不但見到駱姑姑時叫你大名許驚弦，而且會全力助你親手找寧徊風報仇。」暗器王一言九鼎，若非在心中視小弦如己出，豈肯輕易做下如此承諾。

小弦一呆：「親手……報仇！」看林青面色堅定，不似作偽，心頭迷惘，半信半疑道：「難道我還可以再學武功麼？總不成由林叔叔把寧徊風擒住，再綁在我面前由我下手，那樣似乎太不痛快了……」在他幼小的心中，總覺得報仇之事若是假手他人，雖可手刃仇敵，卻遠遠不及臥薪嚐膽歷經艱險後方才得償所願那麼酣暢淋漓。

林青道：「我在京師中有不少朋友，大家合計總能想到方法。」見小弦一臉懷疑，轉念想到景成像本就是天下聞名的醫學聖手，若無奇緣此法多半不通，復又正色道：「就算如此仍無回天之力，但你身懷『嫁衣神功』之術，我亦可以暫借你一分內力，只要你從現在起勤練招式，再將奕天訣用於其中，保管可將生龍活虎的寧徊風親手擒下！」此言確然無虛，嫁衣神功不但激發人體潛能，更能借外力為己用，當初並無內功的小弦亦憑著嫁衣神功強行衝破寧徊風的滅絕神術。只是小弦丹田受損，雖能渡功給他，卻不能持久。

小弦大喜：「從今天起，我就拜林叔叔為師，你就教我武功招式吧。」

林青見小弦開懷，心頭大暢，柔聲道：「只要你願意學，我豈會不教，但我可不敢收奕天門祖師為徒，以後你仍是叫我叔叔吧。」

小弦點點頭，低聲道：「在我心目中，林叔叔比師父更親近。」

林青哈哈一笑：「其實我不收你為徒亦有自己的想法。我的武功主要以暗器為主，與奕天訣並不相符，我只能傳你一些輕功、招式等等基本武技，若想要做真正的開山立派的祖師，還需你自己多加領悟，我不過是略加助力而已。」

小弦道：「嗯。我們去京師大概還有十餘天的時辰，一路上林叔叔就多教我一些功夫，至少在見到駱姑姑之前練成一項絕技，不能讓她瞧不起。」他雖與駱清幽從未謀面，但自小聽父親說起詩曲冠絕天下的駱清幽，又見涪陵城三香閣中關明月、齊百川等人亦對駱清幽敬若天人，再加上是最崇拜的暗器王林青的紅顏知己，一心想著與她見面時留下一個好印象。

林青咋舌道：「十幾天就想練成一項絕技，你也把武功瞧得太簡單了吧？呵呵，或許我們可以弄些噱頭嚇唬一下駱……姑姑。」他以往在駱清幽面前都直呼其名，平日有外人在場都稱之為駱姑娘，如今隨著小弦叫其「姑姑」，顯得十分不習慣。又想到駱清幽一向矜持穩重，若遇上小弦這個精靈頑皮的小孩子暗中搗亂，不知會是什麼表情，想像著駱清幽哭笑不得的模樣，心裡不由泛起一分久違的異樣情愫。

小弦不服道：「還沒有開始練武功，林叔叔怎麼知道我不行？何況在須閑號上僅僅十天時間我就有了極強的棋力，連那段成都驚呼我是百年不遇的天才呢。」林青哈哈大笑，心裡亦對小弦充滿了信心。

平山小鎮實是不大，兩人轉了一圈，認準了朱員外的住所，又回到小街上，天色卻還尚早，遠不到「劫富濟貧」的時辰。小弦百無聊賴，又不能讓林青在大街上立刻教自己武功，忽聽鑼鼓再響，卻是那戲班再度開場，終是按捺不住，又拉著林青去看戲。

這一場卻是荊軻刺秦的故事，正演到荊軻與燕太子丹在易水離別，擊築悲歌：「風蕭蕭兮易水寒，壯士一去兮不復返」……林青聽在耳中，不由激起一腔雄志，想到此去京師前途未卜，縱是亦如荊軻般一去不回，卻也無怨無悔。卻聽小弦在旁問道：「那個與荊軻一起的小孩子是誰？」

林青尚未及回答，一旁有人插口道：「那個人就是秦舞陽了，其時年不過十三歲，卻已是力大如牛，武功高強，尋常幾條大漢都難以近身。太子丹能將刺秦王的重任相托，顯是極信任他，只可惜畢竟是個小孩子，一見到大場面就慌了神……」

小弦小時候曾聽人說過荊軻刺秦的故事，知道荊軻雖在最後關頭功敗垂成，未能一舉刺殺秦王嬴政，但他那圖窮匕現、捨身求義之事已傳為千古美談；而秦舞陽雖是荊軻的助手，卻在秦宮大殿上面對盔明甲亮的侍衛怕得渾身發抖，反令秦王生疑……在小弦的心目中，荊軻無疑是位大英雄，而秦舞陽則是個膽小如鼠不值一提的傢伙，卻萬萬料不到秦舞陽竟只是如自己一般大小的孩子，剎那昔日的不屑反化為一絲同情。聽那人語中對秦舞陽十分瞧不起，忍不住開口道：「小孩子又怎麼了？他既然敢答應去行刺秦王，就是個好漢。」

那人是個普通的莊稼漢子，上上下下打量一番小弦，冷笑道：「他若有本事，就獨自去殺秦王啊，何苦害得荊軻亦徒然送了性命。」

小弦聽得心頭大氣，這番話雖是無意，卻彷彿恰好在諷刺自己與林青，林青此去京師挑戰明將軍，似乎與荊軻去咸陽刺秦王異曲同工，而自己豈不就成了那個成事不足敗事有餘的秦舞陽？他本就最忌諱別人說自己是林青的「累贅」，何況最後的結局還是荊軻送命、秦王無恙。小弦直氣得火冒三丈，卻一時想不出什麼反駁的話來。林青見小弦受窘，輕聲道：「秦舞陽年紀尚幼，明知赴秦必死，卻能慨然成行，已足見其勇。何況驚懼惶恐乃是人之本性，亦是情有可原，若他不死，日後必將是一位頂天立地的漢子。」

那莊稼漢子面上冷笑，嘲弄的目光只瞥著小弦：「反正人都死了上千年了，想怎麼說還不都由著自己。除非一個小孩子真能做成什麼大事，才能讓人刮目相看。」

小弦怒道：「你不要看不起小孩子，我就做成大事讓你看看。」

莊稼漢子拍手道：「有本事就不要只說大話……」

林青淡然盯一眼那莊稼漢子，拉住小弦在他耳邊低聲笑道：「你何苦與他鬥氣？哪還有高手風度？」小弦哼了一聲，心頭猶是不忿。

那個莊稼漢子見林青高大威武，氣宇軒昂，一時不敢再說，轉過頭去看戲不語。

小弦憋了一肚子的閒氣，眼看荊軻刺秦演完了，戲班老闆托個盤子團團作揖，一面要些銀錢，一面詢問觀眾還想看什麼戲？大叫一聲：「再來一齣甘羅拜相！」

林青心頭暗笑，知道小弦好強的性子，當下摸出身上最後剩下的二兩銀子擲在盤中，暗器王手上功夫何等精妙，銀子落在鐵盤上竟不發出半分響聲，渾如輕輕放於其上一般。戲班的老闆先怔後喜，小鎮中唱戲大多收幾枚銅板，極少遇見這樣出手闊綽的豪客，連聲應承，回去準備。

甘羅本是戰國末期秦朝宰相呂不韋手下的門客，年方十二。當時秦國是戰國七雄中最強大的國家，採用遠交近攻之策，為化解燕趙同盟，提議由燕國派太子丹入秦為質，秦國則派大臣張唐去燕國為相，然後秦燕則合力攻趙。燕國如約將太子丹送入秦國，但張唐接令後卻遲遲不肯動身，原來他做過秦國大將，與趙國交戰數場，心知趙王恨透了自己，此去燕國途經趙國必難善身，便請呂不韋去秦王面前收回成命。

呂不韋知道張唐不去燕國，秦燕同盟便告瓦解，但苦勸張唐無果，他雖對張唐極不滿，卻亦拿他沒有辦法。想不到甘羅見呂不韋發愁，便毛遂自薦說服張唐，呂不韋雖知甘羅素有才華，但畢竟是一個十二歲的孩子，如何肯信他？甘羅誇口道：「若我不能說服張唐，願受宰相大人的任何處罰。」呂不韋欣賞甘羅的勇氣，勉強同意讓他一試。

不料甘羅對張唐曉以利害，果真說服了張唐，而且自告奮勇出使趙國，以化解趙王對張唐的仇恨。秦王驚訝於甘羅的才華，亦允其行。趙王見秦國使者不過是一個乳臭未乾的小兒，原不放在心上，誰知甘羅憑三寸不爛之舌，詳細分析天下形勢，最終令趙王折服，轉而割五城於秦，與秦結盟同攻燕國，大敗燕軍奪下三十餘城。燕太子丹忍辱負重，暗中從秦國逃回燕國，他恨極了出爾反爾的秦王，又自知憑軍事力量無法與強秦相抗，這才是日後派荊軻刺秦的緣由。

而甘羅靠他的機智與善辯，不辱使命，秦王亦拜十二歲的少年為上卿！

扮演甘羅的亦是剛才演秦舞陽的小孩子，一改方才委瑣之態，侃侃而談，從容自信，小弦看得過癮，斜眼瞅著那莊稼漢子，不停地鼓掌。那人看到一半便灰溜溜地離開了戲台，小弦總算出了一口惡氣。

看完了戲，林青對小弦苦笑道：「銀子剛才都給了戲班子，晚餐我們只好吃乾糧了。」

小弦嘻嘻一笑：「我反正也不餓，要麼留著胃口去那朱員外家裡飽餐一頓。」

林青失笑：「天底下可有你這樣大搖大擺的強盜麼？」

小弦十分開心：「有林叔叔在身邊，我什麼也不怕。何況我們這一次是劫富濟貧的大俠，可不是什麼江洋大盜。」轉轉眼珠：「現在左右無事，林叔叔不如找個僻靜的地方教我幾招功夫，再試著給我渡一分內力。然後我們晚上去了那朱員外的家中，便由我一個人出面好了。」

林青哈哈大笑：「你這小鬼頭真是花樣多多。你沒聽那莊稼漢子說朱員外家中門客中不乏高手，你獨自出馬，萬一有個什麼閃失，可如何是好？」

小弦一本正經道：「那朱員外晚上睡覺時總不會把那幾個人也帶著吧，林叔叔就在臥房外等著我，若是有人來便隨便打發了，而我則去嚴刑逼供朱員外，非敲他幾千兩銀子不可。」

他自覺這個想法極妙，興奮得手舞足蹈，說到「嚴刑逼供」四個字時，自己也忍不住掩嘴大笑起來。他少年心性，剛才受那莊稼漢子一番言語所激，說什麼小孩子「成事不足敗事有餘」，只怕林青口中不言，心頭亦抱有此觀點，所以執意要憑一己之力煞煞朱員外的威風，方能顯出自己的本領。

林青卻是想著小弦雖有嫁衣神功，但自己是否能成功將內力渡入他體內尚屬未知，有這個機會試試也好，索性由得小弦胡鬧，含笑點頭。

小弦見林青同意，一聲歡呼：「我們快去找個地方練幾招，到時候也好嚇嚇那個漁肉百姓的朱員外。」

林青啼笑皆非：「似你這般臨陣磨槍的，只怕普天之下也找不出來一個。」

當下林青帶小弦來到小鎮郊外一個小山丘無人處，著重講解一些武功技法的基礎。林青雖以暗器成名，但他身為天下絕頂高手，見多識廣，對各門各派的一些武功皆有涉獵，先教小弦一套武林中最常見的少林羅漢十八手。小弦本就極聰明，又一意替父親許漠洋報仇痛下了學習武功的決心，聽得十分專注。

他雖自小貪玩，許漠洋憐他身世，亦不忍迫他習武，但經《天命寶典》的薰陶，又見過許多高手，見識不凡，再加上在鳴佩峰點睛閣中為了根除寧徊風「滅絕神術」之毒，被景成像強迫著記下人體全身的經脈穴道，雖然已過了習武的最佳年齡，底子卻可謂極扎實，只聽林青大致講過一遍後，就已能記下羅漢十八手的各種口訣，再看林青演練一遍招式已可照樣比劃，雖小有錯漏，卻已大致無誤。等聽到第三遍時已可舉一反三，默想一會，與本身所學的奕天訣之理相印證，反而對林青提出不少問題。

「林叔叔說那一招『排山運海』要用五指緊排的柳葉掌式向前推掌，並且一定要左右前後次第推運，但我想對手想必熟悉這一招，是否能變換個次序？而且緊排的五指中若是雜著指力豈不是讓對方更難防範？還有那一招『雁翼展舒』本是誘敵之招，但兩手平舉露出胸前破綻定早會被對方識破，不如左手抬高數寸隱露脅下破綻，等對手趁機勢進攻時不正好可以用第九招『金豹露爪』來制敵麼？……」

少林派被稱之為天下武學之源，這套羅漢十八手雖然普通，卻是經過千百年的錘煉幾無破綻的一套拳法，乃是江湖上各門各派的入門功夫。其實倒並不是因為小弦眼光獨到，這套羅漢十八手亦遠非破綻百出，只是天底下原沒有完美無缺的武功，任何招式皆有隙可乘，小弦所提出的問題並非針對這套羅漢十八手，而是欲在其固有的套路上增添新的變化，對於一般江湖人極為敬重的少林派武學來說，這本是大忌，但小弦沒有什麼江湖經驗，見過暗器王、蟲大師、龍判官、鬼失驚、厲輕笙這許多高手後亦不將少林武功放在眼裡，加上有奕天訣做基礎，《天命寶典》觀察入微，自然而然地便提出了這些問題。

林青對小弦這些猶如天外奇想的問題，有些可憑自己的經驗解答，有些問題竟一時也回答不上來。何曾想到小弦這樣一個十二三歲的少年竟能從這套流傳數百年的羅漢十八手中挑出這許多的漏洞，雖然不無少年氣盛偏頗之見，但有些想法亦算切中要點，心頭不由大是感歎：

一般少年習武皆從五六歲開始，雖然根基打得牢靠，卻也因而陷入師父前輩們所固有的思路上，難以創新求變。而小弦雖然沒有習過武，卻也因禍得福，對武功的天生本能猶存，不至於被成年人的偏見所困。

譬如以奕天訣為例，若是依照著武林慣例，此等神功絕學務必要門下弟子先打好根基，將本門各種武學修習七八成後方才相傳，而偏偏奕天訣與尋常武學宗旨大相徑庭，勉強練習事倍功半，徒勞無益，而小弦恰好無此顧忌，自己可不能將一身所學囫圇吞棗地教給他，而需要因勢利導，揚長避短，努力發揮小弦內在的潛力。

想到這裡，林青住口不語，思索教導之法。小弦不明所以，怯怯地望著一臉肅穆的林青：「林叔叔，是不是我問錯問題惹你生氣了？」

林青搖首：「你有這些想法確是好的，但武學之道千變萬化，任何招式皆有其針對性。對於習武之人來說，原應當以我為主，以不變應萬變，若是一意窮變思通，反而會踏入了一條死胡同。」

小弦怔怔發問：「人人都想著以不變應萬變，豈不是打起來你打你的我打我的，來來回回就是那麼幾招。為什麼不能以萬變應萬變呢？」說到這裡，看到林青臉色一變，連忙住口。

「小弦不要驚慌，你這個想法並沒有錯。」林青微微一歎：「我只是驚訝你今年才不過十二歲，卻已有此想法，比我足足提早了七八年。等到你真能體會到以萬變應萬變的道理，以敵人的動態隨機而動，動急則急應，動緩則緩隨，於變化萬端中理為一貫，由招熟而漸悟懂勁，由懂勁而階及神明。然後，就可根據四周環境、天時地利隨心所欲地創新招式，天地萬物皆是可供你利用的武器……」

小弦聽得似懂非懂，心中隱有所悟卻苦於無法將諸多想法訴之於口。又聽林青一字一句地續道：「等到了那個時候，你就算真正踏入一流高手的境界了！」

小弦又驚又喜：「那林叔叔現在到了什麼境界？」

林青淡然一笑：「也許與明將軍交手的時候，我才會知道。」他眺望著遠方無邊天穹，眼中似已看到了那遙不可及的武道巔峰，卻猶如仍被一層濃霧所隔，可以隱隱體會到那虛空中的存在，卻無法憑感官去觸及。或許，只有在一個平生難遇的對手的激發下，才能撥開那一片迷霧，感應到武道的真諦。

這一刻，林青忽就知道了：遠在京師的明將軍，必定也是懷著與自己同樣的念頭！

當下林青不再給小弦刻意傳授固定的武功招式，只是將一些武學要訣告訴他背熟，由小弦與奕天訣對應後再做取捨。按理說對於一個十二三歲的少年如此做法絕對出於常規，但林青知道小弦心智早熟，又極固執，與其逼他練習自以為「破綻百出」的武功，倒不如由他隨心發展。何況小弦平生所接觸的第一項武功就是奕天訣，奕天訣中不求勝敗維持均衡的觀念倒是與他灑脫率性的性格極吻合，根深蒂固，一般的武學原理確實也影響不到他。

小弦雖然無法修習內功，但在《天命寶典》與奕天訣的聯手造就下，日後他是否會在武道上有所建樹，連林青這樣的絕頂高手也無法得知。

小弦記了一腦袋的武功口訣，饒是他記憶極佳，也被搞得頭昏腦漲。像什麼「氣宜鼓蕩、神宜內斂」之句還算好懂，諸如「闔闢動靜，儲測汪洋」等等便是渾然不解了，只得朝林青發問。

不知不覺時光如電，眼看天色漸黑。小弦急道：「林叔叔你還是先教我幾個厲害的招式吧，難道見了那朱員外後，我背上一通口訣就能讓他把銀子拿出來嗎？」

林青笑道：「什麼叫厲害的招式？真正的殺招都是簡單有效，看似毫不起眼，卻能一擊致命；而像戲台上的那些花拳繡腿雖然好看，卻傷人無力。」

小弦想了想道：「我只需要嚇唬一下那朱員外也就罷了。林叔叔你不是說要把內力渡入我體內麼，比如我一拳打碎一方青磚，或是出指在桌子上刺個窟窿……」

林青大笑：「怎麼聽起來像江湖上騙人的把式？」

小弦不好意思地撓撓頭：「有什麼辦法，又不能真的要了那朱員外的老命。」

林青正色道：「若是你知道他作惡多端，死有餘辜，會不會真的出手殺他？」

小弦嚇了一跳，他平日雖然無時無刻不在幻想自己是一位武功高強的大俠，但當真遇到殺人這樣的問題，仍是大覺躊躇。林青僅僅是隨口一問，如果是一般人自然想也不想就給出一個肯定的答案，但小弦想像力豐富，卻彷彿已感覺到自己手執利刃站在一具血淋淋的屍體前，不免猶豫再三。像寧徊風那樣的殺父仇人也還罷了，但若是為了行俠仗義去殺一個素未謀面的陌生人，似乎頗有些難以下手。小聲道：「常言道：人非聖賢，孰能無過？只要他還有一絲改過之心，不如放他一馬。」

林青冷笑道：「有些人作惡一輩子，要他改過自新、棄惡從善只怕比殺了他還要難，你留他一條性命，或許就會有更多的無辜者死在他的手裡。」

小弦思考良久，抬起頭望著林青道：「如果真是那樣，我一定會殺了他，替天行道！」他的語氣神情雖是堅定無比，但這句話卻說得極其艱難，平生第一次覺得這個「江湖」似乎並不如自己想像中的那麼多姿多彩、好玩有趣，而是充滿著許多難以預知的變數。

林青瞧出小弦的猶豫，悵然一歎：「你既然執意習武，便要做好一切心理準備。人在江湖身不由己，有時當狠則狠，當斷則斷，絕由不得半點含糊。人世險惡，今日你饒敵人一命，他卻極有可能懷恨在心，或許下次你落在他手中時，便不會輕易放過你了。」

小弦心頭一陣迷惘，父親許漠洋雖亦提及過江湖險惡的道理，但從小接觸的都是清水小鎮淳樸善良的村民，耳聞目染下，只覺得人生在世原應該心懷仁義，以德報怨。就像小孩子平時玩鬧，亦有爭吵賭氣之時，但過不了幾日自然煙消雲散。囁嚅道：「難道那些大俠都是不分青紅皂白胡亂殺人麼？遇見那些萬惡不赦的壞人自然可以大開殺戒，但有些時候卻需要三思而行，畢竟人命關天，若是失手錯殺，豈不是無法補救？」

林青淡然道：「我算不上什麼疾惡如仇的大俠，平日行事大多率性而為，若非是遇著那些怙惡不悛冥頑不化的大奸大惡之徒，又豈敢貿然恭行天罰？但有些時候卻根本不容你考慮太多，還記得在困龍山莊時，我們被寧徊風與魯子洋率領手下困在那大鐵罩中，我搶先出了鐵罩後，雖然明知有些擒龍堡弟子是被寧徊風所迫，卻仍不得不痛下殺手絕不容情，唯恐稍有疏忽，就會連累自己的朋友。」

看小弦若有所思，緩緩續道：「人生在世，一定要有自己的原則，或為忠孝，或為情義，生死關頭萬萬不可瞻首顧尾，猶豫難決，不然就會抱憾終身！」

小弦思索良久，抬頭望著林青，小臉上神情鄭重：「我的原則就是絕不亂殺一個好人！」他自小頑皮，雖做了不少錯事，但長到這麼大，唯一痛悔的便是陰差陽錯下誤害了水柔清的父親莫斂鋒，恨不能以身代之，可惜無從補救。所以在他的心目中，放過一個壞人並不算什麼，而誤殺一個好人卻是追悔莫及。何況他在《天命寶典》不知不覺的影響下，道家思想深入其心，想法與有時殺性頗重的林青自然大不相同。

林青微微一怔，知道小弦年紀雖小極有主見，雖然十分佩服自己，卻並不隨著人云亦云，倒也十分欣賞他的態度，緩緩道：「你有這種想法最好。但好人與壞人有時難以區別。你要記住，當你真要決心去殺一個人的時候，應當敢於直視對方的眼睛，自問於心無愧，才可下手。」

言語雖簡單明瞭，卻令小弦渾身一震，鄭重點頭。

林青欣然一笑，轉開話題道：「來來來，你不是要學些嚇唬人的招式麼，叔叔這就教你。」

小弦一跳而起，叫道：「林叔叔快把內力渡入我體內，讓我也感覺一下高手的滋味。」

林青正色道：「此法不無凶險，豈是你想像的那麼簡單？你且將剛才學習的運氣口訣默記一遍，再把嫁衣神功的修習之法細細告訴我。」原來林青有意將一些練氣之法告訴小弦，就是怕自己渡功入他體後產生後患，畢竟他對嫁衣神功的運行之法並不熟悉，若有差錯，輕則令小弦走火入魔，重則有性命之憂。

小弦將嫁衣神功的修習之法說出，林青默想一會，右掌貼在小弦胸口的膻中大穴上，將一絲內力緩緩注入，又囑咐道：「你謹記著『腹鬆行氣斂入股，牽動往來氣貼背』的口訣，切不可胡亂行事。」

小弦當初中了寧徊風的滅絕神術，深受「六月蛹氣」之擾，對這種外力入體的運功之法倒是駕輕就熟，當下凝神默想，將林青的那一道內氣化入幾處經脈中，但覺一絲絲熱氣在體內竄行，隨著自己的意念猶如臂使，卻無法收束於丹田中。當即試著用林青剛才教他的運氣之法抬掌遙拍向旁邊一株小樹，霎時擊出一道掌風，小樹一晃，樹葉簌簌掉落。雖僅如微風輕拂，小弦卻是大喜過望：「成了成了，我竟然也能發出劈空掌！」

林青見小弦如此興奮，亦是哈哈大笑。他渡功入體時細察小弦體內經脈情況，知道他僅是丹田無法貯氣，經脈確是無損。當下再強加一道內力，手掌離開小弦的膻中穴：「你再試著用羅漢十八手的運氣之法，出招拍向小樹。」

小弦依言而行，使一招「揖肘鉤胸」，右足踏進一步，先曲右手至膝翻為平掌朝天的陽手，力鼓兩肘，猛然一擊。「砰」的一聲，三指粗細的小樹巨震，樹中裂開一條大縫，樹身緩緩彎曲，終於斷折，漫天樹葉飄落。小弦驚得瞪大眼睛，終於體會到「高手」的感覺，單憑自己的力量，恐怕連擊數百掌也未必有此效果。心中既喜又憂，喜得是從未想過自己一掌竟有如此威力；憂的卻是如果日後當真無法修習上乘武功，總不能一輩子借助林青之力。

林青急忙問道：「你體內可有什麼感覺？」

小弦老實回答道：「起初林叔叔將內力傳給我時，體內猶如火燒，等一掌擊出後，又是遍體清涼，十分舒服。」

林青這才放下心來，知道小弦的體質並不排斥外力。又想到他剛才那一招「揖肘鉤胸」使得似模似樣，顯然頗有天賦。

小弦意猶未盡，只覺體中尚有一絲內氣來回遊移，又來到一棵小樹前盡力一掌，這一次卻遠不如剛才威力十足，小樹僅是微微搖晃，飄下幾片樹葉。

林青笑道：「我不過渡給你一掌之力，你以為可以無窮無盡地使用麼？」

小弦急道：「林叔叔何不一次多傳給我一些內力？」

林青道：「外力總有盡時，只有屬於自己的力量才可以取之不盡，用之不竭。」看到小弦神情一黯，林青又肅容道：「你放心吧，叔叔必能找到辦法幫你重整經脈，修補丹田。只要你日後勤學苦練，總有一天會成為真正的高手！」

小弦天性樂觀，又深信林青的本領，瞬間開懷。雙手插腰擺個姿式，大笑道：「那個朱員外果然好運氣，名動天下的許驚弦許大俠初出江湖便是找他試招，真是給了他天大的面子！」

兩人胡亂吃些乾糧，小弦急不可待，苦苦等到初更後，便拉著林青往朱員外的莊園行去。

朱家莊占地不過數畝，共有三十餘間房舍。雖有巡更守夜之人，卻如何能難住林青這樣的武功高手。借著樹木、房屋的掩護，瞅個空當避開巡夜家丁的目光，輕輕巧巧地帶小弦翻牆入園。

半夜時分園內空蕩，只有幾名家丁不時來回游走。林青悄悄掩近一名落單的家丁，出指如風點倒他：「朱員外住在什麼地方？」順手撕下家丁的衣襟蒙住他雙眼。

那名家丁何曾見過這等神鬼難測的手段，連對方影子都未看清便已中招，此刻目難視物，更覺惶恐，忙不迭告饒：「大爺饒命，朱、朱員外住在東廂那間大房裡。」

林青問明方位，封住家丁的啞穴，將他藏在草叢中。小弦忍不住上前在那家丁耳中輕聲道：「你莫要怕，我們不會害你性命。我們是號稱義薄雲天、專門劫富濟貧的……咳咳，『營盤山雙俠』，早聽說朱員外平日欺辱鄉民作惡多端，所以特來教訓他一下。」此次行動在他心目中是平生第一遭「行俠仗義」的得意之舉，若非擔心洩露林青的行藏，定要將本名許驚弦報出來以供百姓傳揚，一時又想不出什麼好聽的名目，便把自己從小居住的營盤山搬了上來，料想這家丁孤陋寡聞，也不會因此猜出自己的來歷。

林青聽得好笑，攜著小弦直闖到朱員外的臥房，在窗外細聽四周沒有什麼動靜，無聲無息地探指入窗勾開內扣。正要翻身入室，卻被小弦一把拉住，低聲道：「不是說好僅由我出面對付朱員外麼，林叔叔可不要說話不算數？」

林青看小弦興致勃勃，加上剛才那家丁武功實是稀疏平常，也便由得小弦胡鬧。將一分內力注入小弦體內：「你切記僅有一招之力，可莫要露了馬腳。叔叔則一直守在外面，若是遇見什麼危險不要逞強，只管大聲叫我。」

小弦點頭答應，料想這朱員外是個只知欺負鄉民不成氣候的惡霸，自己這個「高手」絕不會制不住他，再加上有林青把風，可謂是萬無一失。林青又從懷中拿出一方手帕遞給小弦，微笑道：「做江洋大盜也要有行頭，快把臉蒙上。」

小弦並不在意是否露出本來面目，但心想若是睡中乍醒的朱員外看到一個小孩子，只怕心中不服，若被他叫嚷起來豈不壞了大事，便老老實實地將手帕蒙在臉上，聞著那手帕中發出一股清甜的香氣，心中奇怪一向豪爽的林叔叔怎麼會有這種女孩子的小玩意，有機會倒要問問他。口中猶低聲道：「林叔叔不要說得那麼難聽嘛，我們是大名鼎鼎的『營盤山雙俠』，可不是什麼江洋大盜。嘻嘻。」林青輕輕打了小弦屁股一下，趁勢一托，小弦翻入房內。

小弦入得房中，等眼睛適應了黑暗，隱約見到臥房分裡外兩間，自己正處於外室，而靠牆處一張大床上掛著帳子，裡面鼾聲如雷。定定神上前一步揭開紗帳，就著窗外透過的月光，只見兩人並排躺臥，一個是五六十歲的老頭子，面容光潔，連一絲鬍鬚也沒有，卻偏偏發出極響的鼾聲，幾乎將耳朵都吵聾了；另一人將頭埋在被中，瞧不清楚面容，看枕上露出的烏黑長髮，只怕是個方值妙齡的年輕女子。兩人皆沉睡入夢鄉，絲毫不知已有人來到床前。

小弦心中大是猶豫，不知要想個什麼方法才能弄醒兩人。最顧忌的是萬一那女子光著身子，若驚動她跳起來，豈不羞煞人也？正有些不知所措時，卻見那老頭突然睜開眼睛，乍見小弦口唇一動似要放聲大叫，小弦急忙一把掩住他的嘴巴，學著戲文中壓低聲道：「你不許出聲，否則老子一刀砍下你的腦袋。」說到一半，自己也覺得好笑，又恐被老頭兒瞧破虛實，努力裝出目露凶光的樣子：「你若是乖乖的合作就眨一下眼睛，我便放開手，若不然……」他心想若是一掌擊垮了大床，只怕要將那女子驚醒，眼睛四望，看著房中奢華的擺設，一時找不準拿什麼東西試招才能收到唬人之效。

誰知還不等小弦把話說完，老頭已不停地眨眼睛。小弦不料這朱員外如此配合，想必是貪生怕死，被自己一番言語嚇得不輕，當下鬆開了手。

老頭舒了一口氣，顫聲道：「英雄饒命，有何吩咐，我朱修緣無不從命。」

小弦聽他的聲音極細極弱，就似垂死的鳥兒掙扎哀鳴一般，看來果然是嚇得不輕，心中大覺得意。低聲笑道：「你這老兒那麼貪財，房中想必放著許多銀票，還不快快都給我拿出來。」

林青聽得清楚，亦是在肚裡暗笑不止。按理說在這情景下，小弦原應該先指責朱員外欺侮鄉民，漁肉百姓，警告其下次再犯絕不輕饒，最後才令其破財消災，拿出銀兩散給窮苦百姓……想必小弦亦是極為緊張，竟然直接開口索要銀票，雖是報著劫富濟貧的心思，做法卻一如打家劫舍的強盜。

「錢財身外之物，但求留老兒一命，什麼都好說。」朱員外歎道：「小英雄且容老夫穿衣起身，這就給你拿銀票。」

小弦低喝道：「不許叫小英雄，要叫大俠。」朱員外喏喏應承，連忙改口。

林青直覺這朱員外似乎太過鎮靜，不吵不鬧似乎於情理不合。但他目力極好，借著月光隱約看著房內小弦的身影，又一直留神細聽雙方的對話，一旦發覺有何異常，立刻便會衝入相救，倒也不怕朱員外玩什麼陰謀詭計。

忽聽腳步聲響，卻是一名守夜的家丁走了過來。林青藏在臥房外陰影中靜立不動，眼角餘光仍盯著房內的小弦。

那家丁卻突然定住腳步，眼望林青藏身處，低聲喝道：「什麼人？是小胡麼？」林青暗吃一驚，本以為這家丁不會發現自己，想不到他眼力竟然如此高明，幸好他只當自己是什麼叫小胡的同夥，又是在朱員外的臥房前不敢高聲喝問。含糊應了一聲，驀然一個箭步竄出，出手點在他的脅下穴道上，那家丁哼也不及哼一聲，中招倒地。

就在這林青目光稍離小弦的剎那間，臥房內已生變故。小弦正在等朱員外穿衣起床，他只怕一揭棉被看到什麼「非禮勿視」的情形，微微側過身體退開一步，誰知床上大被中驀然伸出一隻手，一指疾點向他的腰間。小弦大吃一驚，本能地欲張口呼叫林青，卻見那朱員外詭異一笑，正在扣衣鈕的右手已閃電般探出，一把就捂在小弦的嘴上，令他半點聲音亦不及發出，反手往回一帶，小弦眼前一黑，已被罩在棉被中，閃現在腦海中最後片段是那朱員外迅雷不及掩耳出手，又何似一位強收地租的鄉紳惡霸？同時腰間一麻，身下驀然一空，就此失去了知覺……

林青隱隱察覺到臥房中的響動，轉眼看時，卻見小弦背朝自己，那坐於床邊的朱員外一面穿衣一面還在發抖，似乎並無異常。但又覺得小弦的背影彷彿長高了半分，心頭疑惑，正要近前細看，耳中又聽著小弦悶聲道：「你不許磨磨蹭蹭，快點起來。」朱員外口中苦笑：「老兒腰腿不便，還請大俠息怒。」

林青這才放下心來，如剛才一樣將點倒那名家丁的身體搬入草叢中。

只聽那朱員外口中嘮叨不停，似乎頗為心疼銀子，小弦卻只是不停催促。朱員外好不容易穿好了衣服：「大俠請隨我去內房取銀子。」小弦哼一聲：「快帶路。」一大一小兩條黑影進了內房，林青一時看不到小弦，心中暗生警兆，正要尋機入屋，卻聽到小弦聲音隱隱傳來：「怎麼才這點銀子，你可不要騙我？」林青知道小弦不願意自己插手，當即卻步不前。

朱員外叫苦道：「老兒豈敢欺騙大俠？平日銀票都是放在帳房中，這三更半夜一時半會兒去何處找銀子？」

小弦不耐煩道：「你再仔細找找。」

房內發出一陣翻箱倒櫃的聲音，良久不息，起初還能聽到小弦不耐煩的聲音，過了一會卻再無聲響。林青運足耳力，卻再不聞小弦的說話聲，大感蹊蹺，忽又聽到東南方十餘步外傳來衣袂破空之聲，似是有人急速離去，卻苦於分身無術，顧不得許多凝聲成線傳入內房：「你快出來！」他眼睛看不到小弦，無法測定他的具體方位，知道如此傳音必會被房內人聽到，所以並不叫出小弦的名字。

房內卻再無回應，只有那箱櫃的聲響仍是不絕入耳。林青心知不妙，推窗而入，徑奔內房，頓時驚得目瞪口呆。內房中擺著數十隻大櫃子，皆是櫃門大開，櫃中不但沒有銀兩，反是堆滿著泥土，每只櫃門上都綁著一隻小老鼠，老鼠竭力奔跑，所以才引得櫃門來回開動，響聲不停，聽起來就似是有人不斷開櫃尋找物品一般。而除此之外，房間裡哪還有一個人影?!

第四章

毒計連環

剎那間，林青已想通了敵人為何會連小弦獨自進入臥室都能提前預料。

因為，從他帶著小弦踏入平山小鎮起，每一步行動都落在對方的掌握之中。

敵人竟然連小孩子的心理都能掌握得鉅細無遺，實是可怖可歎！

林青眼睜睜看著小弦忽就消失得無影無蹤，大驚失色，急急從內房後窗中竄出，縱身上了屋頂，四處眺望卻不見絲毫異常，那幾位挑燈巡夜的家丁依然不緊不慢地在園內走著，渾不知發生了什麼事。

林青想起剛才聽到夜行人離去的聲音，多半就是擄走小弦之人，提氣凝喉，舌綻春雷，怒喝一聲：「梁辰，給我出來！」他知道追捕王輕功超卓，因其跟蹤術天下無雙，亦擅長消除足跡，若是自己沒頭沒腦的去追，多半會被他引入岐途。只有試著激他出來，這一聲集全力而發，整個小鎮皆聞。那些家丁此刻才發現屋頂上的林青，紛紛大叫大嚷著圍了上來。而追捕王梁辰卻並不現身，對林青的激將法置若罔聞。

林青一見那些家丁的模樣，立刻明白這些人全不知情。不然若知曉名動江湖的暗器王在場，又聽到這一聲震九天的怒嘯，這群武功平常的烏合之眾只會四散逃跑，何敢上前圍攻？

林青不再理會家丁的喊叫，重新進入臥室，察看蛛絲馬跡。此刻他已漸漸冷靜下來，只看那臥房內室的擺佈，便可知敵人謀定後動，早早布下這個天衣無縫的圈套，只等自己與小弦入彀。但小弦既然隨那朱員外進入內室，看到那不合情理擺放著的許多櫃子豈能不有所察覺？而且櫃子起初並不發出響動，而一時半會也絕無可以捉到那麼多老鼠，分明是敵人事先將老鼠綁在櫃子上，然後再逐一解開，小弦又怎能任由他人擺佈？若是他早早受制，可分明還聽到了他的說話聲……

林青腦中靈光一閃，怪不得剛才看到小弦的背影覺得高度似有偏差，想必那時就已被敵人掉了包，跟隨朱員外進入內室的只是一個冒牌貨。而自己一直盯著小弦，僅是剛才制伏那家丁時稍有疏忽，敵人能在那眨眼間的工夫移花接木，不但早有安排，而且埋伏的都是一流高手。他早聽出那臥室中除了小弦外只有兩個人的呼吸聲，想不到都是行動快捷、出手如電的高手，其中一人身材矮小，不但裝扮成小弦瞞過了自己的眼睛，竟然還懂得口技之術，模仿小弦的口音維妙維肖，再加上小弦本就是壓低聲音說話，讓自己一時也未能分辨出來。

像這樣身懷奇功異術的高手，別說是平山小鎮的朱員外，就算是君山府的知縣怕也請不到！敵人毫無疑問是針對自己而來，主使者多半就是追捕王梁辰！

林青心念電轉，門外早被那群家丁圍個水泄不通。只聽有人高叫道：「裡面就一個人，大夥並肩子上啊，我們這麼多人難道還怕了他不成？」又有人道：「老爺必是落在他手裡，可莫要害了老爺的性命，先等等再說吧。」又有人道：「老爺一下午未出來見客，如今又半天不出聲，是否已被強盜害了？」有人見識還算高明：「那人上房如履平地，多半是有來頭的人物，我看要麼還是去報官吧。」忽又聽一人驚呼道：「哎呀，孟四大哥躺在這兒呢，不知中了什麼邪法，動也動不了，只是眼珠亂轉……」

正吵鬧不休，房門一開，林青大步走了出來，眾人剎時噤了聲，齊齊退後三步。林青也不理諸人，徑直來到剛才被自己點了穴道的那名家丁身旁，隨手解開他的啞穴：「我問一句你就回答一句，若有半分不實，讓你一輩子說不了話。」

那名家丁剛才有口難言，又被擲在草叢間，飽受露水淋身、蚊蟲叮咬之苦，何敢說半個不字，連連點頭。其餘人見林青面對十餘柄刀槍渾然無懼，氣度從容，皆被他懾住了。

林青問道：「你叫孟四？」話音未落，一名膽子大的家丁張口道：「大家一齊亂刀砍死……」林青頭也不回，反手一掌揮出，那名家丁剎時被擊得騰空而起，身體飛在空中，口中仍伴著狂噴的鮮血吐出最後一個「他」字，足足飛出數丈的距離，方才直挺挺落在地上，勉強掙扎幾下後昏暈過去，再無動靜。林青忿怒之下出手何等凌厲，若非不久前才和小弦說了那番不要濫殺無辜的一席話，手下稍留力道，那家丁縱有十條命，亦會被這一掌當場擊斃。

眾人先是大嘩，旋即靜了下來，個個皆是面如土色，噤若寒蟬，再無人敢發出半點聲響。林青心想正所謂惡人自有惡人磨，這群家丁平日在平山小鎮上耀武揚威無人敢惹，此刻見到自己匪夷所思的神功，自然不敢妄動。他的目光卻只盯著被點住穴道的那名家丁身上，那名家丁渾身不自在，眼露懼色，結結巴巴回答道：「大、大俠英明，小人孟斌，家中排行第四。」

林青冷聲道：「你家朱員外在什麼地方？」他回想剛才的情景，這名喚孟四的家丁出現的不早不晚，與房中那兩名高手配合得天衣無縫，必是串通一氣，有意引開自己的注意力。而房中人既然能令自己中計，在眼皮底下擄走小弦，自然也絕不會是什麼朱員外之流。

孟四方一猶豫，林青手中略略用力，「喀」地一聲，孟四臂骨脫臼，大叫一聲，額間冷冷汗如雨而下：「大俠饒命，朱老爺被他們關在房中，小人只是奉命行事……」旁邊人群齊齊發出驚咦聲，顯然直到此刻才知道捉住朱員外的並非林青，而是另有其人。

林青回想剛才在房中並未察覺到朱員外的呼吸，多半已被敵人殺人滅口，而小弦落在這群殺人不眨眼的敵人手中，豈不亦是凶多吉少，心頭焦急，手上不由使力稍大，正觸到孟四的傷臂，孟四慘叫一聲，昏了過去。

林青一指按在孟四的人中上，頭也不回地道：「去抬一桶水來。」那群家丁面面相覷，終不敢違抗，兩人一路小跑抬來兩桶清水。

孟四人中巨痛，悠悠醒轉，冷不防又被一桶水澆在頭上，雖只是深秋天氣，但夜深露寒，這一大桶涼水當頭澆下的滋味可想而知，加上心中恐怖，忍不住牙關咯咯打戰，忽又覺得手肘一輕，已被林青用極快的手法將他脫臼的關節接好。林青心知敵人擄走小弦早已去遠，也不知應該朝何方向去追，只有先問清楚敵人的來歷後再做打算。耐著性子對孟四漠然問道：「你說朱員外被『他們』綁架，『他們』是什麼人？」

孟四對林青又怕又服，再不敢有絲毫隱瞞：「小人今日下午給老爺回話時，看到一個老頭和一個年輕人陪著老爺一起喝茶。小人起初還以為是老爺的客人，卻聽老爺吩咐說一切皆要聽這兩人命令，就覺得有些蹊蹺。那老頭兒就命令我秘密找來幾個工匠去老爺屋中幹活，還需要許多空櫃子……」

林青截口道：「那個老頭兒和年輕人是什麼模樣？」追捕王今年四十出頭，理應是個中年人，與孟四的描述並不相合，卻不知他見到的是何人？

孟四答道：「那老頭兒看起來年紀不小，約莫有五十多歲，但臉上十分光潔，沒有一絲皺紋，也不知怎麼保養的，只是他看人的眼神好像……十分邪氣，讓人心中害怕，而且他說話極是輕聲細氣，唯恐驚落了灰塵一般；那年輕人不過二十七八歲，穿一身乾淨的白衣，相貌倒是十分普通，沒有什麼不同尋常的地方。嗯，不過他態度十分悠閒，坐在朱老爺的客廳裡，卻好像坐在自己家中一樣，沒有絲毫的不自在。」孟四身為朱員外的心腹，一向口齒便利，雖是在惶惑之中，說話倒也甚有條理。

林青皺眉苦思，一時也想不出那老人與年輕人的來歷，只是隱隱覺得似曾相識：「那年輕人可是身材瘦小？形如侏儒？」

孟四搖搖頭：「他雖不高大，卻也並非侏儒。」

林青心頭暗凜，看起來敵人是有備而來，手下眾多，這老頭與年輕人多半該是領頭者，難道與追捕王梁辰無關？或是他另請來的幫手？繼續向孟四問道：「然後又怎麼樣？」

孟四道：「我聽了那老頭兒的命令，找來幾位工匠與數十隻大櫃子，誰知他們去了老爺屋中後，老爺便大門緊閉，也不會客，只讓下人送來飯菜。那老頭兒又吩咐我去捉十幾隻老鼠來，而且一定要暗中行事，不得走露風聲，我便有些好奇，不知他捉來老鼠做什麼？看那老頭兒臉上一絲皺紋也沒有，又是模樣詭異，便尋思難道這老鼠竟會是什麼大補的藥物？而且看到老爺背地裡長吁短歎不停，似乎有極重的心事。於是我便多了個心眼，捉來老鼠交給那老頭後故意留在屋外，想看看他們到底搞什麼鬼。畢竟老爺待我不薄，若是受了那兩人的脅迫，我拚死也要救他出來。我隱隱聽到屋中似有挖掘之聲，心想難道那老頭兒將老鼠捉來又埋了？……」說到這裡，卻見林青眼中閃過一絲光芒，令人不敢逼視，孟四只道林青嘲諷他口中說要救朱員外，實際卻無行動，臉上一紅，住口不語。

林青卻是想到了臥房內室櫃子中的那些泥土，看來那老頭兒多半是令人在屋中挖掘地道，分明是針對自己，但那個時候尚與小弦在街上看戲，他又憑什麼能猜出自己會與小弦半夜來此地？若說這老頭兒從一開始就已算準了自己的行動，實在令人難以置信。

孟四看林青思索的神情，偶一抬目精光隱現，不敢耽擱，繼續往下道：「我在屋外聽得不太清楚，正想找個什麼藉口進屋打探一下，忽然卻見那個老頭兒已站在我身邊，手中還抱著一條小狗，也不知那老頭兒是不是用了什麼魔法，出現得如此突兀，嚇了我一大跳。他臉上雖是笑瞇瞇的，卻令我心頭莫名其妙產生了一股說不出的寒意，似乎望著我的是一個尚未吃飽東西的猛獸。我認得他手中抱的小狗是朱老爺的寵物玉兒，玉兒一向頑劣，見到生人便會狂吠不止，出口咬人，但在他的懷中卻是不停掙扎，而且連眼光都不敢與他正對，似乎怕極了那老頭兒。我再一想到那些老鼠，不由心中亂跳，只想早些離開。誰知，誰知那老頭兒，唉，我甚至不知道他到底是不是一個人……」說到這裡，他臉上現出一絲恐怖的神情，那是一種全然不同於面對林青的恐怖，而是混合著三分噁心、三分驚疑的恐怖，看來那老頭兒給他留下的印象極其強烈，令他此刻心中猶有餘悸。

一旁的家丁雖懾於林青的壓力，但都將這番話聽在耳中，一人忍不住脫口問道：「他到底對你做了什麼？」話一出口，始覺不對，連忙退了幾步，怯怯地望一眼林青，只恐亦被他一掌擊飛。

林青卻並未怪責那名家丁多口，而是緊皺眉頭，聽那孟四的講述，那老頭的形象呼之欲出，自己一定在什麼地方見過此人，卻一時想不起來。剛才從窗外見到的與小弦說話的老頭兒多半就是他，只是當時以為他是朱員外，加上房間裡並未掌燈，只隱隱看到身形輪廓，並未見到他的真面目，而且他那細細的聲音似乎中氣不足，也絕不似個習武之人，極有可能是修習某種陰柔的內力，他這聲音極難模仿，縱是經過偽裝，仍應該與他原本的聲音有幾分類似，記憶中卻是沒有一絲印象。

孟四喃喃道：「那老頭兒倒沒有把我怎麼樣，只是很和氣地問我在這裡做什麼？我隨口編個理由，就說是帳房先生讓我找老爺問句話。他笑嘻嘻地道：『你家朱老爺身體有些不舒服，早早上床休息了。你們看著辦就是了。』我知道不對勁，現在秋收剛過，正是佃農交租的時候，老爺再有什麼小恙也必會親自過問一下……」

林青忍不住冷笑道：「每戶佃農多交五兩銀子，數百人就是上千兩，你們家老爺果是生財有道啊。」

孟四一呆：「竟有此事麼？我卻一點也不知。老爺一向待那些佃農不錯，遇到欠收年甚至都不收租，又怎會如此？」

林青驀然一震，難道從在酒樓中遇見那兩個莊稼漢子開始，敵人就已經給自己設下了圈套？回頭看看其餘家丁臉上的神色，證實自己的猜測果然不假。看來追捕王梁辰知道自己在岳陽輸了銀票，送來的二百兩銀子又分毫未動，加上熟知自己的做事風格，想必早就猜出自己打算找個地方惡霸「劫富濟貧」，所以故意派兩名手下化裝成當地佃農，有意讓自己來找朱員外的麻煩。越想心中越驚，沉聲問道：「你既然覺出不對，又如何回答那老頭兒？」

孟四歎道：「說來慚愧，小人亦是個八尺高的漢子，一眾兄弟中就屬我氣力最大，可偏偏對這樣一個糟老頭子心生畏懼。雖明知不對勁，但那老頭兒實在是讓人感覺極不舒服，胡亂答應他一聲就想早些離開。誰知那老頭兒卻把我攔住，微笑的面容一下子就陰沉下來。他緩緩道：『難道你不想知道你家老爺得了什麼病？』

「小人心知神色上被他瞧出破綻，連忙道：『還請老先生告訴我老爺得了什麼病，也好去請個大夫過來看看。』老頭兒臉上忽又堆滿了笑意：『他現在還沒有什麼大礙，但若是你不聽話，他和你的毛病都會和這小狗一樣。』他話音未落，我忽聽到『喀』的一聲輕響，他懷中抱著的玉兒慘叫了一聲，老頭兒連忙對玉兒柔聲道：『乖狗兒莫叫，可是弄疼了你麼？下次我一定小心。』

「我低頭一看，剎時驚出了一聲冷汗。只見那老頭細細修長的、猶如女子一般的手指正夾在玉兒的腳趾上，剛才那『喀喀』的響聲，竟是他把玉兒的腳骨捏折了。

「老頭兒一手撫著玉兒的毛髮，一面口中依依唔唔地哄著牠，我還以為是老頭兒無意失手，心想玉兒是老爺的寶貝，若被他見到了不知如何心疼……這念頭還沒完，只聽又是『喀喀』幾聲響，玉兒的左右腳趾竟然全被那老頭夾斷了。玉兒被他卡住咽喉，連慘叫都發不出來，只是在喉中悲鳴，狀極淒慘。我怒喝一聲，欲上前去救下玉兒，卻被那老頭兒的冷冰冰的目光瞧來，頓時一腔血氣消失得無影無蹤……」

說到這裡，孟四長長吁了一口氣，猶若重見當時的情形，喃喃續道：「折磨一個扁毛畜生也不算什麼本事，可那老頭兒明明一臉笑意，又對玉兒軟語溫言，彷彿極疼惜牠的模樣，竟能下這樣的毒手……」

林青亦是聳然動容，都說江湖中最狠的人是黑道殺手之王鬼失驚，但鬼失驚自重身分，無論如何也不會對一隻毫無抵抗力的小狗下手。這個老頭笑裡藏刀，心狠手辣，不知是什麼人物？一旁的家丁平時都常見到那隻活潑可愛的小狗玉兒，乍聽到這幕慘劇，皆是感同身受，既有義憤填膺者，亦有深懷同情者，更多的則是如孟四一般臉露懼色，暗自慶幸未與那心性殘忍的老頭兒照面。

孟四語帶哭腔：「小人無用，當真是被那老頭兒嚇住了，只好聽從他的吩咐。不但不敢洩露他們的半點秘密，還故意半夜守在老爺的臥房附近，把大俠認做同伴小胡，誰知才一出口就被大俠制住了。」

林青早料到這一點，猶有不解，若是孟四一直守在臥房外，自己必早能察覺：「難道你看著我與那孩子一起來？」

孟四苦著臉道：「我並未看見大俠，只是守在後花園中，而那位年輕人則一直跟在我身邊，只等他一聲令下後，我才現身出來招呼大俠。」

林青恍然大悟，敵人謀算極精，不但預料到了自己的行動，而且每一個細節都毫無破綻。那個年輕人能與老頭兒一路，自然也是位高手，自己帶著小弦潛入朱家莊能瞞過一眾家丁，卻瞞不住他的眼力。必是遠遠望著自己來到臥房前，等小弦獨自進臥室後算好時間讓孟四引開自己的注意力，屋中的老頭兒則趁機擒下小弦，另由一位與小弦身形相似之人假扮小弦，再藉口去內房取銀子，先解開綁好的老鼠弄出翻動箱櫃之聲，伺機從地道逃脫。最絕的是假扮小弦的那人還精通口技，不斷模仿小弦發聲迷惑自己，等自己感覺不妙時，他們早已擄著小弦逃得遠了，連追趕亦不及。追捕王雖為天下捕王，卻大多憑的是那名為「斷思量」的銳利眼神與「相見不歡」的千里追蹤輕功術，極少有設下圈套誘捕逃犯的行動，想不到竟能設下如此巧妙的瞞天過海之計，當真是士別三日刮目相看。

唯一不解的就是對方何以能算準只有小弦一人入屋？若是自己與他一起，敵人這些設計豈不全然無用？難道這計策本是用來對付自己，只因小弦執意孤身前往才改變計畫擒住了他？轉念一想，孟四既然早早等在外面招呼自己，敵人必是連這一步都早有預料……這一剎那，林青縱然不信鬼神之說，亦開始懷疑自己的對手並非人類，而是能夠未卜先知的山精鬼魅。

孟四看林青如石像般凝立不動，陷入沉思中，心裡忐忑：「小人已知無不言，還請大俠放過小人一馬。」

林青長歎一聲，解開孟四的穴道，又對眾家丁拱手一揖：「實不相瞞，這個老頭兒與年輕人本是我的對頭，卻連累了諸位兄弟與你家老爺，在下實是心中不安。那位被我打傷的兄弟靜養幾日應無大礙，莊園南邊草叢中還有一個兄弟被我點倒，麻煩派兩人抬他回來解治。」

眾人想不到剛才狂怒的林青變得如此通情達理，連稱不敢。有一人低聲道：「老爺被他們害了，大俠可要幫我們報仇。」

林青知道那朱員外本是個好人，只因自己中了那老頭兒的奸計，才誤以為朱員外是個鎮中惡霸，心中亦覺疚歉：「你家老爺生死未卜，依我看多半是藏在房中的地道裡，還請諸位與我同去察看。若是他真被人所害，天涯海角我亦會找出殺人兇手，還你們一個公道。」

朱員外顯然平日待人不薄，那眾家丁聽林青如此說皆是面露欣然之色，有一個高叫道：「大俠的仇人就是我們的仇人，若有何吩咐無不從命。我們雖然沒有大俠高強的武功，但諸如跑腿、打探消息之類的事情總是力所能及的，能替大俠略略分憂……」

林青本想讓眾人打聽敵人擄走小弦後的去向，但料知對方謀定後動，定然早就去得遠了，自己都追趕不及，何況是這些武技平常的家丁。而且萬一遇見那老頭兒與年輕人，亦只會徒然害了他們的性命。苦笑道：「還是先去看看你家老爺的下落吧。」他想既然敵人是追捕王梁辰所主使，畢竟他身為捕頭，應該不會胡亂殘害人命，那朱員外雖然會吃不少苦頭，多半還能留條性命。

林青先替剛才被他一掌震飛的那名家丁渡些內氣助他療傷，好言安慰幾句，那人眼中雖是不忿，卻亦只好忍耐。兩人抬著最先被點了穴道的那名家丁過來，林青解開他的穴道，那家丁起身大叫：「營盤山大俠饒命。」原來卻還記得小弦臨機一動胡亂起的名字。

林青想起小弦，氣得滿嘴發苦。但事到如今，敵人擒住小弦無非是要逼自己就範，只有靜等對方挾人質漫天要價。若是追捕王一意要替當年的「登萍王」顧清風報仇，擒拿自己歸案，假設用小弦要脅自己隨他入大牢，也不知該如何應對？但一想到小弦的種種乖巧之處，心頭一酸，暗暗下定決心：莫說是入大牢，縱是拚得性命不在，也要護得小弦安全！相比之下，挑戰明將軍之事似乎都已變得無關緊要、皆可拋之腦後。此時才知道自己與小弦的感情已在不知不覺中深厚至斯！

林青率眾家丁重新進入臥房中，搬開內室那些櫃子，卻不見地道的入口。忽想起自己制伏孟四不過剎那光景，那老頭兒絕無時間將小弦從外室轉移到內室，地道多半應在外室中，而老頭兒與假扮小弦的那人則是借櫃門響動的掩護從內房後窗逃脫的。當下回到外室，掀開床上大被，被裡有一束被剪下的女子長髮，再掀起床板，果然露出一個黑黝黝的洞口。

林青毫不猶豫地跳下去，洞深僅四尺左右，裡面也並不寬闊，敵人只有半日時間，斷也不可能挖掘出很大的規模。林青打起火把，走了幾步，繞過一個彎道，赫然見到洞裡橫七豎八躺著七個人。

「老爺！」孟四搶先過去扶起一位老者。只見他雙目緊閉，牙關緊咬，雖仍有微弱的呼吸，卻無法弄醒他。

林青已看出這真正的朱員外只是被人點了穴道，並無性命之憂，心中略鬆了一口氣。對方既然連朱員外都留下一條性命，自也不會不分青紅皂白對小弦下毒手。當即跨到朱員外身邊，認出是被封了脅下隱穴「濟堂」，出指點在他左股「梁丘」穴上，解開了禁制。老者長出一口氣，睜開眼來，眾人齊聲歡呼。

林青卻是心頭暗驚，朱員外被封的是隱穴，所謂隱穴乃是指普通穴道圖中極少記載的穴道，一般皆是隱藏在體內骨髓之間，並不屬於常見的奇經八脈。點穴之人顯然武功不俗，卻並非有意炫耀，而是點在隱穴上可以令人陷入龜息狀態，呼吸極輕，令自己無從察覺。而且剛才解穴時隱隱感應到點穴者陰柔的內力，如抽絲般纏綿不斷，若是正面交手，可要極小心對方的古怪內力。

林青再救醒其餘那幾人，一位是朱員外的小妾，頭髮都被剪去，只留下極短的一茬，另五人皆是孟四請來幫那老頭與年輕人挖掘地道的工匠，敵人唯恐洩露情報，挖好地道後將朱員外和其小妾與幾名工匠全都制伏關在地道中，可謂心思縝密，極其謹慎。

地道不過二十餘步的長短，走出來正是臥房的東南面一個小花園中。林青心知對方正是從地道中將小弦轉移出，只恨當時自己雖然聽到了動靜，卻以為小弦尚在臥室中，白白錯失了機會。敵人工於心計，計畫詳細周密，當真是一絲破綻也不露。

朱員外朝孟四問清了原委，過來拜謝林青，林青連忙謙遜幾句，又問起那個老頭兒與年輕人的來歷，朱員外的回答基本與孟四大同小異。但卻說起那老頭兒與年輕人前日就已找上了他，朱員外本是個好客之人，雖是素昧生平，卻也竭誠相待，誰知卻是引狼入室，對方先以他的愛妾為人質，迫他聽命，最後索性露出凶相，連他也一併制伏。幸好不曾傷其性命，但經此一劫，亦令朱員外心力憔悴。

林青聽到那老頭兒與年輕人前日就已來到平山小鎮，吃驚不小。前日他與小弦尚在岳陽府中，敵人竟然從那時就算準了自己將會來到平山小鎮？雖說離開岳陽府後必是朝著京師方向一路向北，而穿過君山後遇到第一個小鎮就是平山鎮，但林青到達平山小鎮時才剛剛午後，若是不停留徑直趕路，敵人豈不是白費心機？除非……敵人亦知道厲輕笙守於棧道之事，而且料定林青經過一場大戰必有鬆懈，會在平山小鎮休息！

事實上林青與鬼王厲輕笙雖然並無交手，但棧道上那一場鬥智鬥勇亦絕不輕鬆，所以到達平山小鎮後不由在心理上產生一種疲倦感。竟然連這一點也未逃過敵人的謀劃，敵人的可怕程度已遠遠超過他的預計。

剎那間，林青已想通了敵人為何會連小弦獨自進入臥室都能提前預料。因為，從他帶著小弦踏入平山小鎮起，每一步行動都落在對方的掌握之中，不但知道他們身無銀兩，故意讓那假冒的佃農在酒樓中說起「高價收租」的朱員外，更是在那戲班中有意上演了一場「荊軻刺秦」，而旁邊那個嘲笑秦舞陽膽怯的莊稼漢子極有可能亦是老頭兒與年輕人的手下所裝扮，有意無意引起小弦的爭強好勝之心，敵人竟然連小孩子的心理都能掌握得鉅細無遺，實是可怖可歎！難道主謀者就是那個連一隻小狗也會下毒手的老頭兒？

這一刻，林青忽然有種直覺：定下這一連串精妙計畫的人絕不會是追捕王梁辰，而是一個平生僅見的對手！

朱員外見林青愣在原地，忍不住輕聲叫一聲：「這位大俠不知如何稱呼？」

林青瞬間清醒過來，面對如此強勁的對手，他必須打點起十二分的精神。他知道敵人將自己的行動摸得一清二楚，加上對朱員外有愧於心，也無意隱瞞身分：「朱員外不必客氣，在下林青。」

眾人齊聲驚呼。暗器王林青名滿江湖，可謂是近年來風頭最勁的人物，縱是偏僻的平山小鎮上亦是無人不曉，想不到竟是這樣一個面容英俊、平易近人的年輕人。朱員外顯然也聽過林青的名頭：「原來是林大俠，老夫久仰大名，今日得見，真是三生有幸。」

林青淡然一笑：「朱員外叫我林青便是，何必非要加上『大俠』二字。」

朱員外倒也爽快：「老夫癡長幾歲，便倚老賣老稱你一聲林兄弟吧。」

林青含笑點頭，又對孟四與一眾家丁沉聲道：「諸位兄弟可否幫我一個小忙？」

眾人先看到林青驚世駭俗的武功，又見他身懷絕技而毫無驕狂之氣，早是暗生敬佩之情，如今更得知他是譽滿江湖的暗器王，只唯恐沒有機會替他做事，皆是大喜，齊聲答應。

林青緩緩道：「諸位兄弟可否幫我追查一下今日來到平山小鎮的那個戲班往何處去？」他已想到那個假扮小弦之人身材矮小，卻是武功不凡，走在路上極引人注目，只有隨戲班浪跡江湖方才不會現出破綻，再加上他精通口技亦與戲班有關，這個推斷大體不會錯，而敵人亦極有可能帶著小弦與戲班一同離開，方不致於惹人懷疑。

孟四看來是朱家莊中眾家丁的領頭者，低聲吩咐幾句，兩人匆匆離去。林青見此刻不過是三四更時分，尚未天亮，但這幫漢子卻毫無怨言地幫自己做事，暗暗感激，他不擅用言語表達謝意，只是朝孟四略略點頭，想到剛才急怒之下扭斷他的胳膊，心裡十分過意不去。

朱員外拱手道：「林兄弟救老夫脫險，老夫實不知如何答謝，林兄弟且先隨老夫去莊中用餐。」微一停頓，又赧然道：「老夫別無所長，唯有一些生不帶來、死不帶去的黃白之物，若是林兄弟不嫌棄……」

林青接口道：「既然如此，在下便多謝朱員外了。」他如今只有先等孟四手下打探到那個戲班的下落後再決定下一步的行動，若不得不一路追蹤，為了保存體力面對敵人，必須買馬雇車而行，而他身無銀兩，而要救小弦，路上自然也抽不出時間去「劫富濟貧」，朱員外的贈銀之舉正中下懷。

朱員外倒是吃了一驚，他本是好客仁義之士，這一次被名震江湖的暗器王救下，又見其風範淋漓，大生好感，有心結交。所謂寶劍贈烈士，紅粉贈佳人，偏偏手中並沒有什麼神兵利器，寶馬良駒，本意是想派人買下來贈與林青，原以為此舉不免落俗，唯恐讓對方輕視，早就在心中想好了一番勸說之詞。還只道林青必會推託幾句，誰知勸說之詞還不及出口，林青已老實不客氣地應允，反是令他有些愕然了。朱員外豈知林青一向率性而為，又怎會講究這些虛偽客套之禮。

林青隨朱員外到客廳中就座，朱員外令人端來茶水點心。林青心急如焚，食難下嚥，卻因要保持體力強迫自己匆匆吃些點心，飲幾口茶水。

過了一個多時辰，眼看東方已露出一線曙光，一名家丁進來稟報道：「林大俠，我們已打探到那個戲班昨晚匆匆離開平山鎮，卻並沒有就此離去，而是在鎮北外三里處休息，直到三個時辰前方才匆匆朝北而去。」

林青聽到那戲班往北而行，正是京師的方向，對自己的推斷又多了一分把握。算來三個時辰前正是小弦被擒的時候，對方必是擒住小弦後立刻與戲班會合，然後一併上路。當下起身對朱員外告辭。朱員外情知留不住林青，慌忙命人取來二千兩銀票交給林青，林青卻只取了一千兩：「在下急於救人，非是貪財之人。還請朱員外替我備下一匹快馬。」

那孟四倒也識趣，居然早就命人在莊外備下兩匹快馬，好讓林青一路更換。林青暗讚其細心，也不推辭，隨口謝過，翻身上馬朝北飛馳而去。

林青一路快馬加鞭，星夜兼程，沿路打聽那戲班的下落。他原擔心敵人必是隱匿形跡，甚至化整為零，追蹤起來不免大費周折。誰知一路上竟有不少人都見過那戲班出現，戲班雖然經過各地時並不停下來演出，卻是大張旗鼓，令圍觀者皆知。

林青心知敵人故意如此，有那個可怕老頭兒籌謀定計，真不知他葫蘆裡賣的什麼藥？算來無非兩種可能，一是敵人本就是有意引自己入京，所以路上留下痕跡，讓自己欲罷不能；而另一種可能則是戲班僅是敵人的疑兵之計，小弦並不在其中。可恨自己如今全無線索，也只好先拚力追趕再說。

如此走了四日，雖仍是能打探到戲班的消息，卻始終追趕不上。林青反而定下心來，這證明了戲班絕對與敵人有關，自己至少沒有追錯。經過平山小鎮的一番遭遇，他一路上皆多個心眼，多找幾位當地居民打探消息，唯恐又被敵人所騙。

等追到第五天，林青座下一匹馬終於不支倒斃，另一匹亦是奄奄一息，林青找個集市重金買下兩匹好馬。心想那戲班就算亦是晝夜急行，總是有不少的行頭，雖比自己提前走了半夜的辰光，卻未必能像自己一般不休不眠地趕路，最遲明日就應該能追上。匆匆來到前方一個小鎮，果然打探到那戲班才離開不足一個時辰。一般人聽到這個消息，自然拚命追趕，但暗器王林青能有今日的名頭，自有其非常之處，不但不去追趕，反是尋家客棧住下，飽餐一頓後埋頭大睡。

原來林青想到敵人高手眾多，且不說追捕王身為京師八方名動之首，那老頭兒能在眨眼間神不知鬼不覺地擒下小弦，武功絕對不凡，再加上那個年輕人，自己體力完好時尚有一拚之力，若照目前的狀態，縱是追上敵人恐怕也絕非對手，只能徒然受辱無功……按住性子，強迫自己養足體力，以備來日的一場大戰。

林青睡到半夜，一躍而起盤膝運功。功運十二周天後，但覺神清氣爽，體力充沛，內力比起平日來更有精進，知道經過這三日不眠不休的趕路，反而激發體內的潛能，武功又提高了一層。看來果然是塞翁失馬，福禍莫辨。正要出門，卻先聽到輕輕的敲門聲。

「什麼人？」林青大奇，隱隱聽到街上響起了更聲，正是三更時刻。這麼晚了竟然有人找上門來，不問可知應是敵人，登時精神大振，沉聲道：「進來吧。」

同時抬手將偷天弓擎在手中，嚴陣以待。

推門進來的卻是店夥計，見到林青衣衫齊整，方舒了一口氣：「客官見諒，你有個朋友非讓小人給你送樣禮物，小人本以為客官定是早就安歇了，推辭不肯，他卻口口聲聲說你一定還沒有睡……」

「我可沒有那樣的朋友，你想必得了不少好處吧。」林青淡然一笑，截住囉嗦不休的店夥計：「他讓你帶什麼東西？」

那店夥計臉上一紅，將一物輕輕放在桌上，林青道：「你先不要走，我等會還有話問你。」他眼神銳利，早已看到店夥計交來的東西是個粉紅色的木盒，雖不知裡面是什麼物品，卻無疑與敵人有關，自然要朝店夥計詢問一番。

店夥計面露喜色：「客官放心，小人暫還不會走。交給小人東西的那個人還說了，等客官看完了他送來的禮物，尚有一句話要小人轉述。」

林青冷冷道：「什麼話？」

店夥計似乎是噎了一下，方才道：「那人一定要客官先看過東西後再讓小人說。」其實他本還想趁機再朝林青討些銀子，但林青說話時自有一種令人不敢違逆的氣度，他雖有這心思，奈何僅是空張了張口，卻不敢表露出來。

那木盒約莫五寸見方，製作得十分精巧，花紋細密，雕工精細，拿在手中但覺觸指生溫，隱有清芬之氣。林青認出是京師流星堂的手藝，而且是用最好的檀香木所製，僅這樣一個盒子，價格怕不下百兩銀子。那些花紋似乎是什麼圖形，他卻無心辨認。

林青雖在京師待過數年，但甚少與流星堂打交道，不過他知道流星堂是八方名動中的機關王白石所創，精於製作各種匪夷所思的小玩意，多為宮廷中所用，敵人既然故意送來這小小的木盒，其中極有可能藏有什麼可怕的機關。他身為暗器之王，接發暗器的功夫天下無雙，縱然木盒相距如此之近，若發射出什麼暗器亦有把握接下，只是對那無形的對手實是頗有忌憚，為求穩妥仍是在掌中戴上一層幾乎透明的手套。這個手套乃是用北疆特產的一種蠶絲所製，不但刀槍難傷，更不懼毒力。林青雖從不用淬毒暗器，但這付手套還是八年前他二十五歲生日時駱清幽所贈，一直收在身邊，想不到今日卻派上了用場。

那個店夥計奇怪地看著林青戴起手套，一副如臨大敵的樣子，忍不住插言道：「那個木盒上不是有按扣麼，想必一按就開了。」

林青心想豈會如你想得那麼簡單。雙手輕撫木盒表面，他手感極佳，已隱隱感覺到木盒裡似乎還有夾層，輕哼一聲，卻不直接按下按扣，而是將一股無形內力化為有質之物般輕撞按扣……「啪」的一聲輕響，盒蓋彈開，裡面竟然又是一個淡藍色的木盒，只是比外面那層粉紅色木盒稍小了一分。

林青心中略奇，卻知敵人自然早想到自己會小心謹慎，這第二層木盒只怕更是凶險。將淡藍色木盒取出，仍是依剛才的方法打開。誰知木盒打開後仍是全無異狀，只是裡面又有一個綠色的、更小一分的木盒。

店夥計何曾見過如此精巧的木盒，驚得雙目圓睜。此刻莫說是他，就連林青心中亦是大感好奇，不知敵人給自己這樣一個木盒到底有什麼用意？

如此連續打開了六次，每一次都出現一只更小一號的木盒，顏色也各不相同，而且每一只木盒上都以花紋繪有圖形，等第七只木盒取出時，僅有半寸大小，顏色純白如雪，也不知能放下什麼東西。這只木盒比起第一只木盒雖然小了幾倍，但上面的圖形依然清晰可辨，做工顯然更是精細。林青縱是見多識廣，亦不由倒吸一口冷氣，這七層木盒必是流星堂的精品，只怕普通王公大臣都欲購不得，只有皇族中人方有資格擁有。如此看來追捕王果是奉有泰親王的秘令，意欲誘逼自己入京。

林青直覺這只木盒內再無更小的木盒，只要一打開便可立知端倪。而敵人若有何毒計，亦會藏在這最後一只木盒中。此時心中也不禁暗自佩服對手，若是一般人連續打開六次木盒，看到對方全無花樣，再加上看到這最後一只木盒如此輕巧，其中亦難以藏下什麼機關，防範之心已降至最低，一旦有何變故，多半就會中招。他深吸一口氣，剛要打開木盒，不料那店夥計早看得不耐煩，上前一步出指按在那第七只木盒的按扣上！

林青大吃一驚，一把拉開店夥計：「小心！」

店夥計被林青拉個趔趄，幾乎跌倒，口中猶道：「你這個客官真是個慢性子，難道這盒子裡會鑽出什麼怪物來不成？」卻見林青呆呆盯著那最後一只白色的小木盒，似已怔住。

店夥計湊前一看，裡面卻是端端正正放著一方手帕。這手帕雖亦是做工精細，比起那七只木盒來無疑相差太遠，也不知林青為何會如此發呆。暗忖莫非是哪位女子送給他的定情之物，才讓這面容英俊、力氣卻大得離奇的年輕人如此失魂落魄？

林青冷靜下來，轉頭問那店夥計道：「交給你這東西的人現在何處？是何等模樣？要你傳什麼話？」他已認出了盒子中正是前幾日在平山小鎮朱員外臥室外交給小弦蒙面的那方手帕，自己雖然平生第一次被人騙得之慘，卻好歹沒有追錯敵人。可對敵人為何要將手帕用這種詭異的方式交給他仍是摸不著半分頭腦，既無機關，手帕上亦沒有塗什麼毒藥，卻令自己剛才如臨大敵，簡直讓那店夥計看了一場笑話，這也是暗器王林青出道十幾年來，第一次感覺到如此縛手縛腳。

「那個人是個年紀二十七八歲的年輕人，穿一身白衣，模樣也沒有什麼特別的地方，交給了小人東西囑託幾句後就自顧自地走了。」店夥計面露古怪之色，低聲道：「不過那個年輕人說的話極為奇怪，小人也搞不懂。」

林青立刻想到與那老頭兒一路的年輕人，難道敵人就在自己附近？還是他一個人專門留下來等自己？他剛才拉住店夥計時已感覺到他身無內力，應該不是敵人的同夥，隨手拿出一錠銀子塞給他：「不管他告訴你什麼話，你只需源源本本告訴我就行了。」

店夥計心滿意足地將銀子收在懷裡，清清喉嚨道：「他說等客官看完了禮物後，轉告客官一句話：『雙木共日月爭輝，凌霄與雨霞相待。』」

林青立刻猜出對方的啞迷：「雙木」指的是自己的「林」字，而「日月」自然是說「明」將軍，凌霄公子並不難猜，而駱清幽人稱「繡鞭綺陌，雨過明霞，細酌清泉，自語幽徑」，那個「雨霞」應該指的就是她。此言分明是表明態度，擒住小弦無非是要引林青入京挑戰明將軍，而提到凌霄公子何其狂與駱清幽卻不知何意，難道對方是受自己這兩個知交好友所托？駱清幽為天下馳名的才女，詩曲雙絕，乃是行走江湖各戲班裡最尊崇的人物，擄走小弦的戲班莫非與她有關？但這個可能性極小，對方提及何其狂與駱清幽多半是為了迷惑自己，或是警告自己對方掌握著自己的一切秘密，不要再窮追不捨？林青自覺這個解釋極為牽強，實在不知對方玩弄什麼玄虛。

只聽那店夥計歎道：「這木盒可算是個寶貝，恐怕價格不菲，卻是無什麼用處，等一層層打開後也不知要耽誤多少時辰。」

林青驀然驚醒，敵人如此做法分明是拖延時間。經過這一路晝夜不停的急追，算來還有兩日就可到京師，若再不及時救回小弦，等到敵人入了京師後，隨便將小弦藏在什麼府中，只怕再想覓小弦的影子比大海撈針還要難。想到這裡，隨手將木盒放在懷中，一躍而起。

果然不出林青所料，經過在小店中的一番耽擱，一日一夜的策馬急馳依然未能追上那戲班。

到了第二日清晨，離京師不過百里的路程，這裡已是京師直通全國各地的官道，那戲班無所遁形，林青略一打聽，知道對方才剛剛過去約一柱香的時間。登時精神大振，估計可在午時左右、到達京師之前追上敵人。

再行了二十里路，官道旁有一小樹林，林青眼利，看到一棵大樹的枝椏探出，端端正正懸官道上方，而那樹枝上卻掛著一根紅繩，繩上繫著一個前日在客棧中見到的同樣的小木盒，木盒下還掛了一幅白布條。

離得近了，遠遠望見那白布條上寫著四個大字：林兄親啟！字色赤紅，似是用鮮血所書。

林青馬不停蹄，暗運起「雁過不留痕」的輕功，經過那樹枝下時飛身而起，一把將小木盒與白布條摘下，身體下墜時又穩穩落在飛馳不停的馬背上。

首先聞到那白布條上一股血腥氣，心頭不由一顫，只恐敵人被追急了，以小弦的鮮血作書警告自己……

林青一面在疾馳的馬背上保持著平衡，一面戴上手套，仍如上次的方法打開木盒。面對陰謀詭計層出不窮的對手，他何敢大意？

小木盒依然是分為七層，依舊沒有任何害人的機關，最後一只小木盒中卻赫然擺放著一隻小小的手指！

林青胸口巨震，看這隻手指如此細小，手指的主人無疑是個孩子，難道就是小弦？這一刻，他的心中湧上沖天鬥志，速度半分不減，反而一緊馬腹，如飛前行。

暗器王遇強愈強，豈會被敵人的威脅嚇倒？林青在心中發下重誓，只要小弦稍有損傷，哪怕傷他的人是泰親王本人，他亦會拚死要對方付出沉重的代價！

再行三十餘里，已隱隱望見前方半里處一行車隊，彩旗飄飄，正是個戲班。車隊卻是停在道邊不前，看來對方已知無法在趕入京師前逃過暗器王的追擊，索性以逸待勞，全力一戰。

林青催馬急行。卻見前方一根樹枝上又掛了一個小木盒，下方仍是一幅白布，上書：林兄再啟！

林青怒喝一聲，實不知這一次會收到什麼樣可怕的「禮物」！飛身抬掌往那小木盒擊去，與其讓敵人擾亂心神，倒不如眼不見為淨……

「轟」的一聲大響，小木盒被林青一掌擊中，竟在空中爆裂成碎片。這一次的木盒中卻沒有七層機關，而是裝滿了無數鐵珠，隨著木盒爆炸四濺而飛，同時還有一股紫煙瀰漫而出。

那小木盒中不但藏有威力極大的霹靂子與殺傷力極強的鐵珠，竟然還迸出了毒煙！

這一下大出林青意料之外，敵人上兩次送來的木盒他皆小心打開全無後患，卻看到那方手帕與血淋淋的手指徒亂心神，而這一次卻偏偏藏有機關。

聽了那店夥計的傳話後，林青只以為對方意在誘自己入京挑戰明將軍，擄走小弦亦是志在於此，想那泰親王身為明將軍朝中最大的政敵，當然不會設計幫明將軍除去大敵，誰知就在這疏於防備的時刻，卻中了敵人的殺手！對方確是智謀超凡之士，不但設下的毒計環環相扣，而且還充分把握到林青的心理！

林青手上功夫天下無雙，剛剛擊中小木盒的一剎那已直覺不對，急急收力卻已不及。那小木盒中的霹靂子遇震即爆，何況是林青那怒意勃發、威凌天下的一掌。對方顯然早已算準他是飛身騰空發掌碎盒，頭頂要害正對著小木盒，而且人在空中極難收力變向，加上鐵珠漫天飛舞，令人閃避無門，這是一個必殺之局！

幸好林青反應奇快，出於本能腰腹間急用真力，在空中提氣朝前又猛衝過了半尺的距離，亦正是這微不足道的半尺距離才令他保住了一條性命。

鐵珠本是迎頭而來，這一下變得全往林青後腦肩背射去。那木盒中的霹靂子炸力極強，鐵珠縱是擊中後腦亦是無救，但恰好林青背後所負的偷天弓高過頭頂，將襲往後腦的數枚鐵珠盡數擋住，鐵珠雖是無堅不摧，但偷天弓乃是六年前兵甲傳人杜四集三才五行之力煉成，弓弦是「天池火鱗蠶絲」，弓柄是「崑崙山千年桐木」，弓胎是大蠓之舌「舌燦蓮花」，皆是上古神物，硬接了數道鐵珠全無損傷……但饒是如此，亦有三顆鐵珠從偷天弓弓柄與弓弦間的空隙中射入，擊中了林青的背部，另有一顆鐵珠則擊中了他的左肩，登時透肉而入，直嵌在骨上。

林青痛得倒吸一口氣嘶聲長呼，那浮於空中的紫色濃煙亦被他吸下小半口，腦中一眩，勉強借慣力落在飛馳的馬背上，搖晃數下，幾乎摔下馬去。

而前方戲班中的敵人，已四面散開，朝林青圍了過來。

林青乍受重創，背傷肩傷也就罷了，最可怖是那一股毒煙直吸入肺，但覺胸腹煩悶欲嘔，腦中暈沉欲睡，他心知此刻若是昏迷絕無倖理，以最後一絲頑強的毅力保持一線清明，上下牙關一合猛咬舌尖，借著巨痛讓自己神智清醒過來。張口噴出一口血霧，這一口血中既有舌尖被咬破之血，亦有內臟受重創嘔出的鮮血！

林青抬頭望見敵人一共十餘人，各騎快馬，圍成一個扇面朝自己逼來。當先三人左邊是一位面容光淨臉上無鬚的老年人，右邊則是一名面帶和藹笑容氣度從容的年輕人，而中間是一個身材矮小的侏儒人，面色冷硬，眼露凶光，似乎與林青有不共戴天之仇！追捕王梁辰卻並不在其中。

林青胸中再震，這一剎那才知道自己的判斷全然錯誤，對方並非是泰親王的人馬，而是太子一系。

那個老人正是宮中總管葛公公，以前在京中遠遠見過幾面，卻從未交談過。怪不得聽到孟四形容他的樣子時覺得十分熟悉，聽到他聲音卻毫無印象，這個老太監自幼淨身入宮，心態古怪，也只有他這樣的人才會對那無辜的小狗下辣手；而那名年輕人不是別人，正是京師三大掌門之一的黍離門主管平，此人身為太子御師，以驚世謀略稱道天下，為人十分低調，雖身為三大掌門，卻極難見到他出手。難怪這一次在平山小鎮中處處受制於人，原來所有的計策都是出自他的腦袋中。

管平與林青曾有數面之緣，知道林青認得自己的聲音，所以在平山小鎮朱家莊中並不出面，僅在幕後操縱一切，而且刻意不傷朱家莊中一人，也正因如此，林青始終認定是敵人是由追捕王主使，而把殘害小狗的葛公公當做出謀劃策之人，竟然根本未曾想到過自己最大對手正是這智冠天下的太子御師——管平！

至於中間那個侏儒林青卻是從不相識，也不知他為何擺出一副對自己仇怨極深的樣子。

林青心念電轉，自兩年前魏公子死於峨眉金頂後，京師所餘四大派系中，除去不問政事的逍遙一派不計，以泰親王與明將軍勢力最大，這兩派之間的明爭暗鬥亦是京師權利爭奪的主題，而太子一系卻一直不顯山露水，似乎只是坐看兩派相爭。萬萬想不到，竟然是他們首先對自己下手。

管平一向深藏不露，葛公公更是難出內宮一步，這一次為了對付自己竟然不惜遠赴湘贛，看來是志在必得，絕不會容自己逃得性命。可歎自己中了管平的毒計，還一直以為他意在誘自己入京挑戰明將軍，直到痛遭殺手的這一刹，才明白對方從一開始擒拿小弦開始，真正的目的或許就是除掉自己！但太子一系為何來殺自己，豈不是憑空幫明將軍一個大忙？面對瞬息即至的強敵，林青已來不及思索。

幸好管平也知道林青文武雙全，只怕提前設下埋伏令他生疑，所以僅是在樹上掛著藏有霹靂子的木盒，人馬則留在化裝成戲班的車邊不動，方令林青有一絲喘息之機。此刻雙方距離半里，敵人卻並不急於迫來，只是策馬緩行，反而更給了林青巨大的壓力。

林青知道管平身為三大掌門之一，武功縱不及自己亦相差不遠；而葛公公雖然平日皆以為他不會武功，但既然能在爾虞我詐猶勝京師的內宮裡坐上總管的位置，定有其非常之能，點朱員外隱穴的那陰柔內力多半是出於他手；那個侏儒雖不知來歷，但由他在馬背上靈動自如的身形看來，亦是難得一見的高手，何況能與管平、葛公公並肩者豈是好相與之輩？只憑這三人的實力，縱是自己身上無傷，恐怕也難以一舉挫敵，最多僅可鬥個平手勉強脫身，而此刻身受重傷，再加上那十餘名由管平精選的好手，實是凶多吉少。

在這種情形下，一般人必是撥馬回跑，力求先行脫困。林青卻知這亦正是管平的詭計，自己一路急追，馬兒乏力，敵人則是養精蓄銳，若是往後逃跑，最終只會落得力竭而亡的下場。何況暗器王心性堅毅，又豈肯不戰而逃？縱是在身受重創的情況下，偷天弓在手，亦足以讓敵人付出慘重的代價！

林青並不勒馬減速，反而加鞭急行，雙方相隔越來越近，林青嘴角含著冷笑，抬手拭去冰冷的面容上一絲血跡，順勢取下偷天弓，眼神若電，罩住對方。

偷天弓之名天下皆知，弓成六年來僅僅出手兩次。第二次出手極少有人知道，那是林青與明將軍在塞外幽冥谷中的一戰，在場的除了暗器王與明將軍外，僅有許漠洋、笑望山莊莊主容笑風、無雙城主楊雲清之獨生女楊霜兒與四大家族中英雄塚的老頑童物由心四人，江湖上幾乎無人知曉。

但偷天弓的第一次出手卻是威震江湖，那是在笑望山莊引兵閣中一箭射殺了八方名動中的輕功絕世的「登萍王」顧清風，此一戰就奠定了暗器王絕頂高手的聲望，不但聲勢超過了白道上諸位前輩與邪派六大高手中的五人，更是直追二十年來穩居天下第一之位的明將軍，成為江湖人心目中有資格與明將軍一戰的首選之人，誰又敢輕捋其鋒？

葛公公、管平、那侏儒人與十餘名手下先見到傳聞中的偷天神弓，再望到暗器王林青那不知是因失血過多還是報著一死求仁之念的蒼白面容，心頭皆不由湧上一股寒意，不約而同地停下馬，靜等林青衝上前來。這一刹，每個人心中都盼望著偷天弓射向別人，好讓自己有隙殺了重傷在身的暗器王，一戰成名！

林青在距離管平等人約七十步外停下馬，他右手擎弓，左肩重傷無法發力，回頭用嘴從背後箭囊中咬出一支長箭。一人高叫道：「他左肩受傷了，無法開弓放箭……」話音未落，卻見林青一如萬年不化寒冰的眼神射來，剩下半句話頓時咽回肚中，而其餘同夥亦無人敢響應他，暗器王縱是重傷在身，餘威猶在，誰又敢輕易上前一試偷天弓的鋒芒？

管平等人雖然人人皆知若是一擁而上，以林青之傷最多能有機會發出三五箭，勢必會死在眾人的亂刃之下，卻無人願充當打頭陣的先鋒。儘管目前這個距離只能硬受林青之箭，但七、八十步的距離或足以讓重傷在身的林青失去準頭與力度，防禦起來亦容易得多。而且每個人都報著一絲等待林青重傷不支的念頭，是以誰也不願輕舉妄動。

僅是一個浴血奮戰、搖搖欲墜的暗器王，竟然與包括京師三大掌門之黍離門主管平和內宮總管葛公公在內的十餘位高手形成了對峙之局。

林青的目光掃視十餘名敵人，最後落在管平身上。

管平心中一驚，恍惚間似已感覺到那柄魔弓射出的魔箭襲向自己，強自鎮靜，笑道：「六年前一別，林兄別來無恙啊。」

林青冷冷道：「我停下馬，不是與管兄談交情的，而是告訴你一句話。說完這句話後，我就會開始往前衝，若有不怕死的，儘管來攔我！」

林青這一句話說得豪氣沖天，剎那間每個人心中都有一種錯覺：現在實力大占上風的不是自己與十餘名同伴，而是孤身隻騎的暗器王！

管平強按心頭不斷湧上的一絲懼意，面色依然從容：「願聞林兄將死之言！」

林青一字一句道：「那個孩子是昊空門前輩全力造就之材，暗合天機，乃是明將軍命中的剋星，還請管兄不要傷害他！」事到如今，他自知戰死當場的機率極大，不得不把小弦的秘密誇大其詞地說出來，不然自己一旦死後，小弦對於管平等人再無作用，必要殺他滅口！

諸人聳然動容，雖不知此言的真假，但暗器王林青在生死關頭如此鄭重其事，寧可信其有不敢信其無。管平沉聲道：「林兄放心，管某熟讀聖賢之書，又豈是對小孩子動粗之人，起初送與林兄的手指不過是疑兵之計，那孩子早已被小弟安排在一個妥當的地方。管某可用性命起誓，目前為止絕沒有人傷害他半根毫毛。」

林青心頭一震，聽管平的語氣，小弦似乎並不在車隊中。管平精於謀略，誘殺自己必會留有退路，小弦這個人質十分重要，大有可能另藏他處，以免被自己輕易救下。林青一念至此，幾乎想立時勒馬回頭，只要能逃出對方的圍攻，或可搶先一步救出小弦。但這個念頭乍起即收，管平詭計多端，安知此言不是故意亂己心神。困獸猶鬥，暗器王縱是重傷在身，破釜沉舟之下誰又能輕言必勝？而只要林青稍有避戰之意，敵方無疑又多了幾分勝算。

得知小弦安全無恙，林青暗舒了一口氣，緩緩道：「管兄能做到這一點，小弟敬重你是個漢子，第一箭不會朝你射出！」臉上殺氣大現，腿上輕夾，催馬前行。眾寡懸殊之下，此舉何異以卵擊石？但林青亦是出於無奈，背後傷口依然流血不止，強壓的毒力隨時可能發作，若再不速戰速決，更難逃出生天。

卻不知林青隨口這一句話對眾人心理的影響極大。諸人皆盤算林青既然不射管平，那麼自己成為目標的可能性無疑便多了一分；而管平卻更是心思敏銳，想到林青放言「第一箭」不射自己，那麼他不但至少還有射出兩箭之餘力，而且「第二箭」十有八九便是招呼自己。他雖是智計無雙，面對這樣一個桀驁不羈、戰志沖天的可怕對手，一時亦是彷徨無計。

林青座下的馬兒雖非戰馬，卻似乎也感受到了主人拚死一博的豪情壯志，越奔越快，直如捲起了一道颶風，朝著前面的十餘名敵人飆去。

林青似是不屑葛公公的為人，眼角也不瞅他一眼，目光死鎖住敵方陣容最中間的那個侏儒人，策馬飛奔。縱是以管平與葛公公之能，亦不由提馬朝兩邊稍讓了兩步，以避過林青那直懾人心的鋒芒。

那侏儒倒是硬氣，大叫一聲：「今日且替我兄長報仇雪恨。」竟飛馬迎林青而來。

林青漠然一笑：「你兄長是誰？你又是誰？」

侏儒人喝道：「你記住了，我叫顧思空，我兄長就是顧清風！」

林青一怔，哈哈大笑：「好，那你也吃我一箭！」右手平伸，嘴含長箭搭在弦上，竟然是咬弓搭箭，心中默誦著小弦告訴過自己的發弓七要：蜷指、扣手、平目、直肩、挺胸、跨步、凝氣……不禁暗歎一聲，此時此景身受重傷之下，竟然連這些最基本的動作都無法全部做足，唯有注矢三息，滿而後發！

「嗖」一，長箭離弦而出，直奔顧思空而去。暗器王何等功力，縱是重傷之餘，準頭亦不差半分，發箭的時機與角度更是無懈可擊。

顧思空本就是身材矮小，家傳輕功「幻影迷蹤」由他使來，比兄長顧清風更要靈動幾分。當年顧清風憑此輕功號稱「登萍王」，身法輕靈矯健，更能凌空換氣，轉折自如，輕功獨霸天下，六年前卻被林青一箭射殺。其時顧思空年方十五，因他天生侏儒，家族中人皆瞧不起他，唯有顧清風待他最厚，是以得聞顧清風的死訊後矢志找林青復仇，從此苦練武功。

似這等身懷殘疾之人心志最是堅毅，六年時光下來，顧思空不但「幻影迷蹤」的身法冠絕同門，比當年的顧清風尚勝過一籌；更將本門的「絮萍綿掌」與「狂風腿法」練至極高境界，這才出師尋仇。他知道暗器王林青這些年雲遊天下行蹤不定，但身為京師八方名動之一，在京城中有不少好友至交，而且與明將軍約戰天下皆聞，必會伺機回到京師，當年顧清風就隸屬於京師太子派系，顧思空亦投靠其中。這一次聽說管平與葛公公欲去南方找暗器王林青，便自告奮勇前來。乍見仇人分外眼紅，直面偷天弓之威亦是夷然不懼。

顧思空眼見長箭襲來，窺準來勢正對自己的小腹，一聲大叫，從馬背上騰躍而起。他的身法極快，滿以為這一箭必會從腳下飛過，誰知偷天弓弓力極強，箭速奇快，腳下一涼，箭支竟已從鞋底穿過，腳底一陣火辣辣的疼痛，已被林青箭上所附的內力熾傷。身形在空中一滯，沉沉墜下。

林青心中暗歎，他以嘴咬箭發射自比不上兩臂使力，若是左臂完好無傷，這一箭足以讓顧思空步其兄長顧清風的後塵而去……說時遲那時快，林青策馬已奔至四十步外，回首咬住第二支箭，迅速搭在弓上，吐氣開聲，隨著一聲長嘯，第二支箭再度射向身體尚在半空中的顧思空。倒不是林青非要將顧思空射殺，而是敵人嚴勢以待，顧思空正處於敵方陣營的中心，只有從他這裡殺出一個缺口來，方有機會破圍而出。這一箭是暗器王畢生功力所聚，一箭出手全身虛脫無力，全憑一股堅強的毅力方才立於馬背不倒，若還不能擊殺敵人滅其銳氣，能否還能再鼓餘勇發出第三箭，連他自己都沒有絲毫把握。

顧思空被剛才那一箭射得膽戰心驚，此時身體下落全無借力處，眼睜睜看著第二支長箭嘯空而來，無法閃避，只得拔出腰藏短劍，全力一格。

大敵當前，管平與葛公公亦再顧不得胸中懼意，一左一右齊齊搶上，欲助顧思空破去這一箭。只要偷天弓再擊無功，他們心理上的那層陰影就將會煙消雲散，日後再也不會懼怕面前這個猶如地獄殺神一般的暗器王林青！

管平翻腕亮出寶劍，直刺向飛射而至的長箭上，葛公一身武功皆在一雙肉掌上，此刻卻不敢去硬接林青的來箭，低喝一聲，在馬上一個旋身，已脫下身上長袍，打個圈子纏在右手上，以布隔掌往飛箭上抓去……

「叮」的一聲大響，管平的寶劍首先擊中長箭，但覺掌中一燙，虎口巨震，襲來的似乎不是一支細細的長箭，而是一枚沉重的流星錘，力道之大難以想像。管平被震得在馬上半轉了一個圈，險些掉下馬去，而那支長箭渾若並無影響般仍是直朝空中的顧思空胸口射去……管平右手麻木難當，幾乎握不住寶劍，低頭看到虎口竟已滲出鮮血，心頭大駭，若是林青以臂挽弓發箭，豈不立刻讓自己寶劍脫手？

經管平全力一擋，長箭來勢稍緩，顧思空已回過一口氣來，短劍上揚，正撞在長箭的箭尖之上，「鐺」然巨響幾乎震破他的耳膜，手中短劍本就難以發力，剎時脫手飛出，幸好長箭被這一擋亦終於偏了一線，擦著顧思空的左頸邊飛過，劃出一道血痕，差之毫釐便是頸穿人亡之禍。顧思空的武功主要是「幻影迷蹤」的輕功與狂風腿法，兵刃並非他所長，這柄短劍亦非寶物，竟被這強勁一箭透劍而入，釘著短劍的長箭斜飛而起，卻是正朝著揉身撲上的葛公公射去。

葛公公變生不測，包著長衫的右手本是朝著箭杆前部抓去，誰知長箭上竟釘著一支明晃晃的短劍，百忙中變招出手略往後移，一把握住了箭羽。只覺箭上蘊著巨力，幾乎掌握不住。葛公公自幼淨身入宮，武功全走陰柔一路，最擅四兩撥千斤、借力打力之法，本欲使一個「黏」字訣化去箭上內力，誰知箭勢實是太快，尚不及化去箭力，箭尖已堪堪刺入左肩。

葛公公武功實有過人之處，一個折柳彎腰避開左肩要害，同時右手發出陰力急旋，無奈那箭尖上竟還黏著一柄短劍，普天之下似乎也沒有這樣大出常規的兵器，唯有農夫耕田所用的釘鈀可堪比擬，縱是葛公公身法迅捷、避讓巧妙，也不免被那短劍劃傷，一聲慘叫，捂肩而退。其實他傷得並不重，只是平日養尊處優，從來只以見別人的鮮血為樂，何曾想自己亦會受傷濺血，心頭的驚懼遠勝肩頭的傷痛。

長箭再度變向，「噗」的一聲射入旁邊一個黑衣人的胸口。這一箭集聚林青全身功力所發，雖經管平、顧思空、葛公公三大高手的出手相格，仍是勢不可擋，箭支竟連著短劍一併穿體而過，猶如開膛破肚般激起漫天血雨，長箭餘勢未盡，再射穿一棵大樹撞落那柄短劍後方才直直釘在地上，箭杆猶在顫動不休！

林青飛馬已至敵人十餘步外，勉力回頭含住第三支箭，卻覺腦中一眩，幾乎無力將箭搭在弓上，更遑論發力射出了，心叫不妙。

然而眾人見林青第一箭還罷了，第二箭卻猶如神助，令三大高手各負不同程度的輕傷，早被這驚天地泣鬼神的一箭駭呆了，眼見林青策騎咬箭奔來，紛紛避開，剎那間竟被他安然闖過重圍。

林青心頭一鬆，他知此去京城還有近五十里的路程，也不確定路上是否還另有敵人的埋伏。但事到如今，亦只有趕往京師方有一線活命之機，再拚力一咬舌尖，打馬狂奔。而隨著他以牙咬舌，口中含著的箭支已掉落在地！

管平緩過一口氣來，見到林青口中長箭落地，頓知對方已是強弩之末，體力耗乾，油盡燈枯，大喝一聲：「追！若是讓他逃了，日後我們還有命麼？」

眾人本都被林青嚇破了膽，聽到管平這一句話方才如夢初醒。以暗器王林青快意恩仇的性格，若一旦逃走，這裡所有人從今往後都別想睡得安穩，齊齊發一聲喊，銜尾急追而去。此刻事關自家性命，當真是人人奮勇，比起剛才面對林青時畏縮不前的態度全不可同日而語。

管平衝在最前面，他右手麻木未消，只好將寶劍換在左手。心頭大光其火。

以他的謹慎，既決意除掉暗器王，必然有十成的把握。卻不料人算不如天算，林青武功之高實是大出他的意料之外，縱是竭精殆慮設下連環巧計，最後仍被暗器王破圍而出，若不趁此機會殺了他，日後可謂是後患無窮。管平又悔又急，拚力狂追。幸好林青馬力不濟，眼看雙方距離越來越短，估摸再有一、二里路便可追上。

眼見雙方只有二十步的距離，瞬間即至。而林青策馬剛過，路中間忽就那麼突兀地出現了一人。他全身純黑如墨，身形高大，卻是含羞帶怯般半垂著頭，長長的束髮側披在肩上，將半邊臉目全都遮住。

管平的座騎乃是太子賜他的皇室御馬，雖然神駿，卻非久經訓練的戰馬，乍然受驚下人立而起，幾乎將管平掀倒在地。

管平身後的顧思空卻一心找林青報仇，打馬狂衝。而那黑衣人眼見奔馬直撞而來，卻絲毫沒有退讓之意，顧思空大喝一聲：「滾開。」

每個人的耳中都聽到了一聲冷笑，猶如近在身畔。那黑衣人本是直立如一柄標槍，驀然半蹲，看似讓顧思空策馬從他頭頂掠過，卻忽以足尖為軸全身一旋，一道烏黑的光華猛烈地從他腰際迸出，橫掃千軍般劃了一個大圓。那道烏光雖是暗色，但那一剎，在每一個人的眼中，似都看到了一股燦然如日的明亮！

顧思空座下馬匹長長一聲悲鳴，四蹄已被黑衣人用不知什麼兵刃盡數斬斷，馬兒餘力未竭，竟還依然騰空飛翔了近一丈的距離，方才與四蹄、血雨一併落在地上。

顧思空輕功卓絕，在空中彈落於地，略微一個踉蹌，卻是因為足上受林青第一箭所傷。他已越過黑衣人的頭頂，憑他的輕功短距離內確有可能追上林青，但身懷輕傷亦不敢孤身追襲，加之座騎被殺心頭大憤，一聲怒喝，返身朝那黑衣人衝去。衝至一半，已認出黑衣人的相貌，驟然停下腳步，臉露驚異之色：「何……」

話音未落，黑衣人右手一揚，那道烏光再度迸出，這一次卻是直襲顧思空的面門，顧思空大駭，忙不迭退入己方陣容中。左頰微微一涼，竟已被那黑衣人一招得手，割去一片薄薄的肌肉，鮮血立時泉湧而出。

那黑衣人緩緩站直身體，仍是保持著那半垂著頭、不辨相貌的古怪站姿，口中冷冷道：「大家都是熟人，日後還有相見之時，若你非要叫破身分，我也就只好殺人滅口了。」

顧思空心頭一寒，強吸一口氣咽下湧到嘴邊的粗言穢語，以他的強悍竟然不敢開口反駁，確也算是一奇。

此人剛才一招斬斷馬蹄，殺性與魔意十足，令每個人都驚得目瞪口呆，一時場中靜聞針落。

那位黑衣人頭也不抬，拍拍腰間至今未讓人看清楚的奇形兵刃，自顧自地道：「我這位夥計一旦出鞘必要濺血，有時連我也控制不了他的殺意。只不過我今天實在不想殺人。」言外之意，他剛才劃傷顧思空的面容不但是迫不得已，而且亦是手下留情。

管平望著那失去四蹄仍在垂死掙扎的馬兒，搖頭一歎：「不能殺人，就可以殺馬麼？」

黑衣人漠然道：「你也可以試著讓我『滾開』。」

管平怔了一下，以他的涵養亦不由眼蘊怒火，卻畢竟不敢如顧思空剛才一般喝罵一句：「滾開！」

葛公公打圓場般呵呵一笑：「兄台意欲如何？」

黑衣人彷彿發出了一聲誰也不能肯定的笑聲，抬手遙指林青離去的方向：「剛才走的人是我的朋友！」這本似還有下文的話竟就這般戛然而止，似乎他根本不屑於多做解釋，而大家都應該明白他的意思。

管平眼露殺機：「那又如何？」

黑衣人眼睛一直盯在腰間那柄奇形兵刃上，淡淡道：「也沒有什麼，只想請諸位陪我站半個時辰。」

管平哈哈大笑：「站著多麼無趣，不如我來陪老兄說幾句話。」

黑衣人似是惋惜般輕輕歎了一聲：「我的朋友不多，他算一個。」又一字一句地續道：「而你們，都不是！」說完這一句，他再沒有發出一點聲音，顯然不願與非友之人多言。而他那並不算挺拔的身影，卻像是一把天底下任何人都不能輕侮的劍，昂然指向天空。

聽到黑衣人這一句無比狂妄的話，包括管平、葛公公、顧思空在內的所有人皆倒吸了一口冷氣。他們被林青一路追擊，亦是消耗極大，此刻面對那一夫當關的黑衣人，面面相覷，再難鼓餘勇硬抗。

十餘人就這樣靜靜站在原地，足足半個時辰。

第五章

殮房驚魂

聽著那越來越近的木杖聲，小弦頭皮發麻，
卻不敢再把石蓋蓋上，勉強閉上眼睛更覺害怕，
唯希望來者把自己也當做一具無聲無息的死屍，
就此放過……卻聽到自己心中怦怦亂跳，
如若一面奏著死亡之音的大鼓，又怎能隱瞞得住？

每個月的初一、十五之夜，都會有十匹快騎從十個不同的方向疾馳入京城。

黑色的馬，黑色的人，黑色的絲巾蒙著面，在黑暗的街道上飛馳。急促的蹄聲踏碎了本就不清朗的月色，在暗夜中傳得尤為悠遠。

沒有人知道他們從什麼地方來，也沒有人知道他們何時會悄然離開。但所有人都知道他們來到京城後，必會先去一個地方——將軍府。

冬已將至，一場早雪紛揚而下。

正是三更時分，京城已寂。偶爾會傳來一聲小兒的夜啼，一聲更夫的梆子，然後便是萬籟俱靜，只有雪落的簌簌聲響。

而此刻的將軍府前依然燈火通明。一位四十餘歲、面容清臒的中年人傲然立於青石階前，雙目炯然望著已經趕到的六名黑衣騎士。

在將軍府中，這十名黑衣騎士人被稱為「十面來風」，無一不是久經戰事精明能幹之士，他們的任務只有一個：將來自武林中四面八方的情報收集起來，然後在每月初一、十五的三更時分趕到將軍府，把所探知的一切消息情報告訴面前這位中年人，風雨無阻。

而這個相貌敦儒、神態矜傲、如同一位熟讀史書卻又不屑應試功名的中年人，自然就是江湖中談之色變、又敬又怕的將軍府大總管——水知寒。

黑衣騎士中的領頭者略一欠身，朗聲道：「甲一啟稟水總管，還差乙二、丁四、庚七、壬九四人未到。」

「十面來風」以天干為代號，各稱為：甲一、乙二、丙三、丁四、戊五、己六、庚七、辛八、壬九、癸十，其中甲乙屬東，丙丁屬南，戊己屬中，庚辛屬西，壬癸屬北，分管五方。

水知寒卻只是淡淡地點點頭，不發一語。

又是一匹黑騎趕至，騎士翻身下馬：「壬九拜見水總管。」

水知寒低歎一聲，微微頷首，一雙眼睛仍是望著那無邊的黑夜中。六名騎士們互盯一眼，心中忐忑。以往縱是人未來齊，水知寒亦會開始詢問，而看今天的情景，他似乎還在等待著什麼人。

過了一會兒，又是一騎如飛馳來：「丁四拜見水總管。」

水知寒冷峻的面容上終於露出一絲笑意：「那就開始吧，丙三先說……」眾人恍然，原來水知寒等的是來自南方的情報。

隨之剩餘兩騎一一趕來，待十騎將各自消息皆稟報水知寒後，已過四更。水知寒輕輕拍手，喚來一名手下：「去通知將軍，知寒求見。」

那名手下愕然，按常理明將軍應該早已歇息，不知水知寒有何急事竟要深夜求見。但面對將軍府中實權在握的大總管，不敢多言，匆匆前去通報。

水知寒神情若有所思，默然趕往明將軍的住所——華燈閣。

做為朝中掌握兵權的明將軍的臥居，華燈閣絕非外人所想像的金碧輝煌、極盡奢華，而是出人意外地簡樸。兩邊牆上是青山翠竹的山水字畫，青紗素帳遮住並不寬大的臥床，室中央的大理石桌上不沾一塵。月色透過半掩的紗窗映在室內，與牆上兩盞長明燈清晰而溫暖的光線交織起一層光網，柔和而明亮，令室內有一種不同尋常的安靜。

明將軍並沒有休息，而是手執狼毫，揮墨於紙。望見水知寒進來，早有預料般微微一笑，顯然亦在等待水知寒的到來。

「暗器王已來了。」水知寒微一躬身，直言道。

「林青三日前由南門入京城，渾身浴血背受重創，徑往白露居而去。」明將軍執筆之手依然穩定，沒有一絲顫抖，眉梢輕挑，似笑非笑道：「如果知寒深夜來找我就為了通知這個消息，未必有些太過小題大做吧。」明將軍對水知寒一向以總管相稱，只有無外人在場的時候，方才直呼其名。而他話中的白露居正是京師三大掌門之蒹葭門主駱清幽的居所。

水知寒朗然道：「這個消息早已傳遍京師，而且將軍必也知曉乃是管平定下巧計，與葛公公、顧清風之弟顧思空等人聯手，方令暗器王遭到暗算，重傷而逃。但將軍一定不知道，十日前在君山，暗器王曾與厲老鬼交過手！」

明將軍聳然動容，筆鋒一頓，眼露神光，沉思良久，悵然一歎：「不能親眼目睹暗器王與厲老鬼之戰，實在是一大遺憾啊。」暗器王林青與鬼王厲輕笙皆是江湖上不世出的頂尖高手，他兩人之間的交手可謂是驚天動地，若能在場觀戰，必是得益匪淺。

水知寒續道：「丙三與丁四雖未親眼看到林青與厲輕笙那一戰，但曾詢問過那時正在山中砍柴的一名樵夫，詳細瞭解了當時的經過。據那樵夫說先是厲老鬼一早就等候在僅容兩人並行的棧道上，盤膝靜坐足有兩個時辰後，方見林青帶著一個小孩子而來，兩人就在棧道上相隔十餘步對峙……」

明將軍突然截口道：「厲老鬼必敗無疑。」

水知寒奇道：「厲輕笙身為六大宗師之一，揪神哭、照魂大法與風雷天動三大奇功震懾江湖數年，連我亦無必勝把握。何況厲輕笙提前凝神集氣，又憑踞棧道天險，將軍卻何以料定是暗器王取勝？」

明將軍淡然道：「厲老鬼怎會無緣無故找上暗器王？必是應某方勢力所請。厲老鬼自視極高，早對暗器王這些年譽滿江湖心生不忿，亦借此機會試試暗器王的斤兩。只可惜他勝負心太重，如此處心積慮搶先佔據天時地利，分明是缺少必勝把握。若是見到林青立刻動手或有一絲勝望，一旦對峙下去信心動搖，又如何擋得住偷天弓的鋒芒？暗器之王，豈是浪得虛名？」說到這裡，明將軍吸一口氣，沾墨提筆在紙上寫下了長長的一橫。

水知寒嘆服，明將軍雖未目睹那時的情形，但此判斷應該與當局者心態大致相符。所謂「狹路相逢勇者勝」，厲輕笙極重功名，又與林青無怨無仇，自不免考慮一旦落敗的種種後果，全無背水一戰的決心，所以被林青挫敗亦是情理之中。他注意到明將軍並不直呼「暗器王」，而是以林青的本名相稱，顯得極為尊重。

明將軍面色凝重，似乎全身心地投入手中那一管狼毫墨筆中。水知寒不敢打擾明將軍，靜靜看他用筆極工整地在紙上寫下兩橫一豎。卻聽明將軍徐徐問道：「卻不知林青用何方法勝之？」

水知寒道：「正如將軍所言。兩人對峙一柱香時分後，忽見暗器王大步前行，而厲老鬼隨之退後，直退到棧道盡頭，就此收手罷鬥。那樵夫雖然瞧得莫名其妙，但依我想來，必是暗器王藉偷天弓遠程攻擊的威脅，迫得厲老鬼不得不亦步亦趨。」

「面對厲老鬼的三大神功，林青竟也可不戰屈人，總算不枉我等他六年。」明將軍似是愣了一下，繼續揮筆寫下最後一橫，白紙上出現了一個大大的「王」字。雖僅是簡單的幾個筆劃，卻是力透紙背，如銀鉤鐵劃。

明將軍望著紙中所書，不怒而威的面容露出欣然一笑，也不知這笑意是針對林青而發還是滿意自己的書法，一字一句道：「我寫下這個『王』字，以敬林兄神功大成。」驀然伸指點在紙角，默運玄功，白紙若經烈火炙烤，漸漸蜷曲縮成一團，再被明將軍大掌握住，剎時化為片片碎屑。

水知寒心中暗凜，他做了近十餘年的將軍府總管，雖是極得信任，卻一直捉摸不透面前這位武功智略皆冠絕天下的朝中大將軍。六年前明將軍領兵塞外平亂，他則留守京師，明將軍在塞外大勝後班師回朝，僅擒回笑望山莊莊主容笑風，又放言天下日後將與暗器王約戰。水知寒雖對明將軍與暗器王林青在塞外幽冥谷一戰隱有所聞，卻知之不詳。明將軍亦對此事諱莫如深，絕口不提。

事後水知寒曾從機關王白石口中打探到當時明將軍執意撤去大軍的包圍，孤身一人面對林青、許漠洋、物由心、容笑風、楊霜兒五位高手，水知寒本以為是明將軍憑流轉神功震懾眾人，當場擒下容笑風，暗器王等人僥倖逃出重圍。但此刻看來，其中似乎另有別情，至少明將軍對於暗器王的態度若敵若友，令人難以揣測。

明將軍沉吟道：「暗器王林青是我平生最為看重的一個對手，所以這六年來有意不讓你告訴我他的消息，以免影響自己的心緒。不過如今他既然已來了京師，你不妨將他近期的行蹤告訴我。」

水知寒按下翻湧的心潮：「自從三個月前暗器王在擒天堡現身後，據說是與蟲大師一起去了滇南的焰天涯與媚雲教，其後有人再見到他時，卻是在湘西萍鄉府中……」說到「湘西萍鄉府」五個字時，明將軍神情略顯驚訝，水知寒看在眼裡，小心翼翼地輕聲道：「據說武林中最為神秘的四大家族就是在那附近的鳴佩峰中，不知暗器王此去萍鄉是否與之有關。」

明將軍沉聲道：「水總管難道忘了我一年前的吩咐麼？」

水知寒聽到明將軍突然以「總管」相稱自己，如何不明白他話中的警告之意，垂手謹立：「知寒怎會忘記，只是說起暗器王的行蹤，順便提及而已。」

明將軍冷哼一聲，不再說話。原來一年前水知寒在遷州小城伏殺蟲大師的弟子舒尋玉，曾與四大家族中蹁躚樓傳人花濺淚交手。明將軍得知此事後勃然大怒，嚴禁水知寒以後不可再與四大家族有所衝突，並下令全府上下皆不許再提及四大家族之事。

明將軍身為四大家族的少主，身懷奪取天下的重任，此乃禍滅九族的死罪，自然不會對人洩露半分，連水知寒這個將軍府二號人物亦毫不知情。

水知寒雖不知曉明將軍與四大家族的淵源，但他身為將軍府總管，何等精明，已瞧出其中蹊蹺，所以有意無意間用言語試探，此刻見明將軍微蘊怒氣，嘲然一笑轉移話題：「暗器王與蟲大師等五六人同赴萍鄉，分手後暗器王一路向北行，身邊卻多了一個身穿重孝，約莫十二三歲的小孩子，據我判斷極有可能就是曾與暗器王、蟲大師一起大鬧擒天堡、鬼失驚曾提及過的那個孩子。」

明將軍微微一怔：「鬼失驚說那孩子乃是冬歸劍客許漠洋的義子。許漠洋雖一意與我為敵，但他得巧拙師叔的傳功，算起來亦是門中我唯一的師弟，難道竟死了麼？」

水知寒點點頭：「不久前我才得到秘報，滇南媚雲教內亂，許漠洋曾染指其中，卻被叛出擒天堡的寧徊風乘隙暗算，傷重不支……」滇南畢竟離京師太遠，縱是以將軍府強大的情報網，亦是在兩月之後方才得到一些並不確切的零星消息。

「莫非許漠洋之死激起了暗器王的鬥志，方才入京麼？」明將軍喃喃道，目光忽然鎖在水知寒的面上：「你對寧徊風此人有何印象？」

水知寒從容一笑：「江湖上傳聞寧徊風『病從口入、禍從手出』，出名的難纏。但我從未見過此人，對其亦談不上什麼印象。」他講話的神態是如此輕鬆，似乎在說著一個與自己毫不相關之人。明將軍本以為水知寒會知道御泠堂與四大家族的一些恩怨，但以他的眼力，亦無法從水知寒的表情中瞧出任何破綻。

水知寒接著道：「暗器王在岳陽府停留一日，卻將全身銀兩都輸給了一位號稱『岳陽賭王』的江湖小角色。」

明將軍不解：「怎會如此？」

水知寒將當時的情形解釋一番，明將軍撫掌大笑：「好一個林青，直到今日我才確信總算沒有找錯對手！」相惜之情溢於言表。相比從前以往那個絕不肯輕易服輸的林青，如今寵辱不驚的暗器王無疑更令明將軍所看重。

水知寒沉聲道：「不過此次若非凌霄公子何其狂早早得到消息在京城外接應，縱有偷天神弓之利，暗器王亦難逃太子一系的追殺。經此重挫，將軍的這個對手只怕已不足懼。」

「不然。」明將軍緩緩搖頭：「林青的厲害之處並不在於其武功的機巧靈動，變幻無方，而在於對敵時能保持一份沉穩的心態。但他少年成名，不免略失於驕狂，只要經此挫敗而不倒，心志愈堅，才會變得更為可怕。」他低低歎了一聲，自言自語般道：「而我欲求一敗，亦難於登天啊！」

水知寒大生感懷，這句話從明將軍口中說出，絲毫不覺其狂，反令人生出一種獨覽天下寂寞蕭索的感覺。

明將軍眉梢一挑：「上次在飛瓊橋邊你曾告訴我追捕王已躡住林青，為何最後不見梁辰的蹤影，反是管平與葛公公出手？」這一問確是關鍵，京城將軍府、泰親王與太子三大派系明爭暗鬥，互有掣肘，如果追捕王參與管平襲擊林青之事，豈不是說明泰親王與太子已暗中聯手，針對將軍府？

水知寒胸有成竹，微笑道：「只要猜出請厲輕笙出山之人到底是誰，以及厲輕笙截住暗器王的原因，便可知答案。」對於請厲輕笙出手之人，剛才明將軍雖僅以「某方勢力」稱之，但彼此都心知肚明，除了泰親王與太子，又有誰能請得動六大邪派宗師之一的鬼王？

明將軍沉吟道：「厲老鬼孤身一人挑戰林青，周圍又並無埋伏，多半是相試武功之意。由此看來，應該是泰親王的手筆。」

水知寒點頭：「正是如此。將軍與暗器王戰約天下皆聞，泰親王亦知若是暗器王挑戰無功，只會令將軍聲望更盛，所以僅讓追捕王察觀暗器王的動向，又派出厲輕笙試探一下暗器王是否真有與將軍一戰的實力。而如果是太子請厲輕笙出手，只怕就不會輕易放過暗器王了。」京師中局勢複雜，三方勢力互相牽制勉強維繫著平衡，牽一髮而動全身，暗器王與明將軍一戰無論勝負都會帶來不可預知的變數。泰親王希望林青入京挑戰明將軍，趁亂奪權；而太子則一味隱忍，靜待聖上百年後登基，所以才要尋機會除掉林青，以絕後患。

明將軍攬鬚，冷笑：「泰親王唯恐天下不亂，他如今已是天子之下萬人之上，權高位重，到底還想做什麼？」

水知寒靜默。暗忖泰親王身為先帝正宮唯一嫡子，對於立太子之事早就心懷不滿，以他的野心，或許已在暗中策劃謀反，只是這些想法卻不敢隨便訴之於口。避開話題道：「梁辰顯然想不到暗器王可以如此輕易擊敗鬼王厲輕笙，忙於將此消息回報泰親王，一時未有行動。卻不料螳螂捕蟬，黃雀在後，管平借此機會巧施計謀，先在君山附近的平山小鎮中擄走那個孩子，然後故意在沿途留下痕跡，假意引暗器王入京，卻待其人睏馬乏之際痛施殺手。只可惜暗器王縱是重傷之餘，依然有能力破圍而出，再加上凌霄公子何其狂驀然現身，管平等人雖不甘心就此放虎歸山，卻也只得作罷。」

明將軍肅聲道：「凌霄公子如何能算好時間在京師外接應林青，難道僅僅無意路過，豈不是太過湊巧了？」要知林青由君山一路追襲管平，雙方人馬不歇、晝夜趕路，連太子本人都無法預知雙方抵達京師時間，何其狂的出現確是蹊蹺。

水知寒微怔，思索道：「凌霄公子絕非無意路過，在暗器王入京之前，他已在京師南門外等了足足三日。將軍提醒得好，我本來尚未注意此事，如今看來，管平對付暗器王的計畫雖然機密，但凌霄公子卻已早早得知，太子府中想必有與他通風報信之人。」

明將軍頷首而笑：「林青一來，各路人馬聞風而動，京師又將有一番熱鬧了。」忽對水知寒吩咐道：「六年前我擒下容笑風，這些年他一直閒居於將軍府中，你明日派人領他去白露居與林青會面，以全他們兄弟之誼。」

水知寒略有些迷惑：「將軍的意思可是要趁機察看暗器王的傷勢麼？」

明將軍搖搖頭：「你不必多生事端，順便送去上等傷藥，並替我問候林青。此事無需暗中進行，最好能令京師皆聞。」

水知寒一震，明將軍此舉無異是給太子一個警告：若是再對暗器王糾纏不放，便是與將軍府為敵了。他微微思索一下，謹慎地道：「有駱清幽與何其狂在場，管平等人縱想對暗器王不利，一時亦不敢輕舉妄動。還請將軍三思而行。」水知寒一向對明將軍唯命是從，少有違抗，但此事事關重大，稍不小心就會引起將軍府與太子一系的衝突，所以出言提醒。

明將軍淡然一笑：「管平身懷驚世謀略，豈會不知輕重。此人一向低調行事，不虞張揚，既然殺不了林青，必會想方法化解這段恩怨，這種心理倒可供我們利用一番。嘿嘿，林青入京可算是遂了某些人的願，只不過他們這如意算盤要打得響，還需看我同意不同意。」

水知寒望著霸氣隱現的明將軍，心中隱有所悟。明將軍豈會不知暗器王入京對局勢會造成什麼樣的影響，對此自然早就有了準備。泰親王可以利用林青挑戰明將軍的時機籌謀計畫，將軍府與太子一系亦可借此事大作文章，好戲才剛剛開場，鹿死誰手尚未可知。又想到一事：「今日午間，吐蕃使者宮滌塵送來請柬，十日後將在梳玉湖清秋院宴客。將軍、鬼失驚與我都在所請之列。」

明將軍一愣：「他倒會挑地方，卻不知還請了什麼人？」清秋院乃是京師三公子之一亂雲公子的居所，那亂雲公子郭暮寒雖然名列三大公子之一，卻是謙沖自抑，行事低調，只是閉門苦讀詩書，正因其向來少與人交往爭執，可謂是京師四派裡最為中立的人物，人緣極佳。此次宮滌塵的宴客之舉設在清秋院中，縱是瞧在亂雲公子的面子上，大家亦都不便拒絕。

水知寒道：「據說京師中稍有頭面的人物都請到了，也不知宮滌塵意欲如何？此人身為吐蕃國師蒙泊的嫡傳大弟子，虛實難測，外表雖然纖秀柔弱，胸中卻藏丘壑，這些日子交往了不少京中權貴，依我看必有所圖。」他語氣轉重，緩緩道：「那日將軍在飛瓊橋邊遭遇刺客時，宮滌塵正好被泰親王請去了凝秀峰，同行的尚有刑部五捕之一的高德言。這裡面似乎大有問題，卻不知那名刺客是否已招供……」

明將軍喃喃念著宮滌塵的名字，面色陰晴不定。隨口回答道：「前日刑部總管洪修羅專程來見我，說是那名刺客極是硬氣，雖是身負重傷奄奄一息，卻仍拒不招出幕後主使，無奈之下欲要請牢獄王黑山以酷刑相伺，特地來徵求我的意見。」

水知寒冷笑道：「牢獄王一向聽從泰親王的命令，又精於藥物，若是刺客落到他手裡，只怕過不幾天便會弄出個失心瘋來。將軍何不直接從刑部要人，把刺客帶回將軍府審問？」

明將軍呵呵一笑：「洪修羅既然客客氣氣地來問我，自然是要看看我對此事的反應。若是朝刑部要人，他也必有對策，我索性痛快答應他，反倒令其出乎意料。」

水知寒暗自佩服，明將軍行事風格一如他的武功與兵法，虛實相間，並無常法。恭聲問道：「十日後將軍是否會去清秋院？」

明將軍朗然一笑：「京師各路人馬齊至，這等場面久已不見，本將軍豈可錯過。你與鬼失驚亦與我同往吧。」話鋒一轉：「不過在此之前，我還要見一個人。」

水知寒正要相詢，明將軍一擺手：「知寒現在還不必多問，只需事先做好安排，必須在極其秘密的情況會面，絕不能走露半點風聲。待時機到了，自然會告訴你我要見的人是誰。」

水知寒聽明將軍說得如此鄭重，心頭大是好奇。聽口氣明將軍所要約見之人應該不會是暗器王，卻不知會是何人，垂手恭謹答應。

明將軍輕聲道：「知寒勞累了一夜，若是沒有其他的事情，便回去休息吧。」

水知寒躬身一禮，卻並不急於離開，而是欲言又止。

明將軍目光望向水知寒：「知寒還有何事？儘管直說無妨。」

水知寒猶豫道：「那日暗器王被管平率人圍攻時，曾說了事關將軍的幾句話，但我並不能判斷這幾句話的真假，所以也不知是否應該稟報將軍知道。」

明將軍大感興趣：「他說了什麼？」

水知寒神情古怪，緩緩道：「暗器王說被管平擄去的那孩子乃是昊空門前輩全力造就之材，與將軍命中相克，所以請管平莫要傷他。」

明將軍一怔，哈哈大笑：「難道你也會相信這無稽之談？」

水知寒正色道：「當時暗器王身中霹靂子，肩背重傷，面對包括管平、葛公公、顧思空等太子府中十餘人的圍攻，幾已是必死之局，卻說出了這番虛實難辨的話。雖有維護那孩子之意，但以暗器王的為人，或許並非妄言。這幾句話亦只有在場的十餘人聽到，其中恰好有一人是將軍府的內應，拚著暴露身分特意來告訴我……」

明將軍問道：「那孩子現在何處？」他的神情漠然，眼中卻隱隱閃動著一絲光華。

水知寒道：「管平一向行事謹慎，引暗器王一路追蹤時並沒有將那孩子帶在身邊，依我判斷應該是在半路上託付給他人。但這幾日我令手下暗中留意管平與太子府的動向，似乎並沒有派人離京去接那孩子。由此看來，恐怕管平當真是相信了暗器王這番話。」

水知寒此語看似矛盾，其實卻包含著極微妙的推斷。以暗器王林青遇強愈強的個性，一旦養好傷，豈肯對太子府善罷甘休？在這樣的情況下，管平原應該牢牢掌握人質要脅暗器王。但管平亦知道太子府中有各方勢力的耳目，林青那番話必然早已傳入泰親王與將軍府中，稍有行動便會被對方提前下手，索性按兵不動，令人無從察知隱藏人質的地點。若非相信了林青的話，管平原無需如此謹小慎微。

水知寒接著道：「在當時的情形下，暗器王如此說或許僅是為了救那孩子的性命，但何曾想一時權宜之言卻令得那孩子成為各方勢力爭奪的目標，豈不是反害了那孩子，當真是始料不及……」

明將軍微微一笑：「有趣有趣。尚未見面，林青已經給我出了一個小小的難題。」加重語氣道：「傳我號令，將軍府全力保護這孩子，務求將他安然無恙送回林青之手。」

水知寒不料明將軍下此命令，略微一愣。明將軍似是解釋，又似是自言自語道：「做為對手，林青可謂是十分瞭解我的行事風格，知道我絕不會聽任那孩子落入他人之手。所以他那番話雖是胡說八道，卻無疑是救那孩子的一個妙計。呵呵，林青為了這孩子用心良苦，連我都忍不住好奇，想見見這孩子到底是何方神聖。」

水知寒隱有所悟，卻猶不解道：「就算如此，莫非將軍就甘願替暗器王出頭救那孩子？」心想就算明將軍不相信那孩子會是他命中的剋星，卻也無需如此對暗器王示好，其中必有自己猜不透的原因。

明將軍正色道：「我與林青遲早會再度交手，在此之前我絕不會讓他因任何事情而分心。」輕輕一歎：「假若他處在我的地位，亦會同樣做。」

水知寒走出華燈閣時，大雪已在不知不覺中將整個京城鋪起了一層純白，玉屑般的雪花紛揚空中，在月色的照射下，幻映出絢燦的七彩，目眩神迷。

「十面來風」依然穩穩站在將軍府門前，在未得到明將軍或水知寒的命令前，他們都不能擅自離開，每個人的肩頭都已積起了半寸厚的落雪。

水知寒再囑咐幾句，揮手令十人退下，自己則抬頭望向漫天飛雪掩映著的一輪淡月，陷入沉思中。

一陣疾風吹來，天空與大地驀然混為皚皚茫茫的一體，令人恍然不知那飛舞的雪粉是傾天而降還是揭地而起。凝立雪中的水知寒忽歎了一聲，難以置信般搖搖頭，喃喃吐出三個字：「他信了！」

小弦走在荒無人煙的沙漠中，眼前都是無邊無際的茫茫黃沙，怎麼也望不到盡頭。日光如火，烤得他口乾舌燥，身邊卻沒有清水止渴。他想張嘴大叫，才發現連自己的聲音似乎都被那黃沙吸去，一點也發不出來。靜寂的天地間，卻傳來一種詭異的「咕咕」聲。

小弦心頭大懼，只想早些走出這片荒漠，拚力奔跑起來。林青忽然出現在他的身邊，一如往常沉靜地微笑著：「要想報仇，就要苦練武功。這點苦都吃不消麼？」看到了林青，小弦心中一定，這才發現那「咕咕」的聲音竟好像是從自己腹中發出的，一下子又感覺到十分饑餓，但接觸到林青充滿鼓勵的目光與笑容，咬牙強忍。

從那漫無邊際的黃沙中兀然冒出一人，身材極其高大，面目卻看不清楚，他的身體將斜射的日光遮住，長長的影子拉在地上不停跳躍，猶如噬人怪獸。林青一把拉住小弦：「是明將軍！」解下偷天弓，抽出長箭搭在弓上，凝神待發。

四周忽就出現了許多人，許漠洋亦在其中，與愚大師、蟲大師、水柔清、花嗅香、花想容等人並肩而立，替林青助威。而景成像、物天成、龍判官、厲輕笙等人則站在明將軍一方壓陣，決戰一觸即發，氣氛沉重。小弦乍見以為早已死去的義父許漠洋，欣喜若狂，嘴邊湧上千言萬語，卻又怕影響林青，不敢開口。只是一把牢牢抱住許漠洋，許漠洋微笑不語，面容一如往日的慈愛……

忽又見到水柔清出現在面前，翹著小嘴指著他道：「你既然向著林叔叔，我就偏偏與你作對，支持明將軍！」小弦想起莫斂鋒之死，心頭驀然一沉，知道水柔清絕不會原諒自己。正想要對她解釋幾句，耳中聽到林青一聲大喝，長箭已離弦而出。

一箭射出，黃沙撲天襲地，剎時眼中不見景物。待飛沙落盡，林青等人忽又消失不見，似乎那一箭已帶走了天地間所有生氣……僅餘小弦與明將軍隔沙相對。

小弦漸漸看清了對方的臉上戴著一張獰惡的青銅面具，原來竟是御泠堂的青霜令使！這一刻，他的心中湧起沖天鬥志，自己似乎已然練成絕世武功，面對四大家族數百年的強敵亦夷然不懼，大喝一聲衝了上去。

眼見小弦衝來，青霜令使一把揭開面具，卻變成了那面容白淨無鬚的朱員外。小弦微微一愣，雙手插腰哈哈大笑：「原來是你這老頭裝神弄鬼，還不快把銀子給『本大俠』拿出來。」

朱員外朝他古怪地眨眨眼睛，竟又從面上揭下一層薄薄的人皮，卻是擒龍堡的師爺、御泠堂的紅塵令使寧徊風。小弦大驚，這才想起剛才抱在懷中的父親已然不見，難道又中了寧徊風的毒手，戟指怒喝：「我爹爹在哪裡？」

寧徊風冷笑：「我殺了他，有本事就替他報仇吧。」

小弦目中噴火，只覺體內一股內氣流動不息，使一招少林羅漢十八手中的「排山運海」，疾拍寧徊風前胸。不料寧徊風隨隨便便一抬手便將他雙掌握住，面露獰笑，右爪如鉤，直朝他頭頂插下……

小弦心頭一涼，刹時萬念俱灰。卻猛然清醒過來，這才知道原來是發了一場大夢。冷汗已將衣衫浸透，濕淋淋地貼在背上，極不舒服。

眼前是一片濃重的黑暗，什麼也看不清楚。那細瑣的「咕咕」聲響仍是不絕入耳，彷彿是什麼小動物咬噬之音。空氣中還飄浮著一種古怪的氣味，就似是發霉的穀物，又似是一團浸了水放了數月的棉花……

小弦平躺著不動，腦中漸漸清明，想起在平山小鎮中自己去朱員外臥室中「劫富濟貧」，卻反被那朱員外制住，看此情形，恐怕是落在敵人的手中？而林青如今在什麼地方？他又怎麼會任自己遭擒？難道亦中了敵人的埋伏？想到自己一時逞英雄反而連累了林青，又悔又急。

輕輕一掙，發現自己全身並無禁制，只是渾身軟綿綿地沒有一點力氣，猶如大病一場。腹中饑餓也就罷了，更是滿嘴發苦，口渴難耐。幸好林青留在他體內的那股內氣依然竄行不休，足有一擊之力。小弦心神稍定，暗想就算落在敵人手中，也要找機會讓他們知道自己的「厲害」。

小弦伸個懶腰，手卻撞到硬物上，碰得生疼。他目不視物，只覺氣悶異常，彷彿處於一個封閉的環境中，緩緩抬起手朝上一摸，果然摸到一個蓋子，略用力一舉，蓋子紋絲不動，十分沉重，仿若石製，再摸摸四周，亦都是被石材所封。觸手處冰濕黏滑，忍不住打個冷戰。他身下鋪有被褥，十分柔軟，本還以為是睡在床上，誰知卻是被關在一個石箱中。

小弦驀然愣住：這石箱形狀方方正正，大小僅容一人躺臥，豈不就是一具「棺材」？

小弦這一驚非同小可，急忙雙手高舉拚力一撐，石蓋略略傾斜開了一條縫，隱隱透來光線，小弦深吸一口氣，用盡全力再一撐，「咣噹」一聲，總算把石蓋掀開，坐起身來。乍見周圍的情景，駭極欲呼，連忙用手掩住嘴巴，強忍著沒有發出聲音。

這是一間小小的、內方外尖呈三角形的石屋，尖角處是一條的走廊，走廊傾斜向上，僅露出兩三步距離的石階，此室多半是處於地下。走廊口一左一右懸掛著兩盞油燈，透過微弱的燈光，隱約可看到並不寬敞的室內中赫然擺放著數十具大小各異的「棺材」，室正中央還放著一張半尺寬八尺長的石桌，石桌上血跡斑斑，也不知做何用處，屋頂低矮，幾欲壓在頭頂上，油燈光搖晃著室內景物，充滿著陰森的感覺。牆角落有幾隻老鼠不知在啃著什麼東西，發出嘰嘰咕咕的響動，加上那一股聞之欲嘔的死屍氣味，令幽暗的室內更增添一份驚怖。

小弦呆呆坐著，動也不敢動一下，唯恐驚醒了其餘棺材中的殭屍，那可不是一件說笑的事情。

忽又從那走廊中傳來「篤篤」聲響，如木杖點地，由遠至近而來。小弦心中一緊，看此情景，與其說這是一間地下石室，倒不如說是一個修羅地獄。這條走廊莫非就是小鬼無常出入的通道？難道是閻王爺派人來抓自己？

游目四顧，只想找個地方躲起來，但小屋除了那數十具棺材與一張大石桌別無他物，實不知藏於何處才好，聽著那越來越近的木杖聲，小弦頭皮發麻，復又倒頭睡下，卻不敢再把石蓋蓋上，勉強閉上眼睛更覺害怕，只好大睜雙眸望著低沉的屋頂，唯希望來者把自己也當做一具無聲無息的死屍，就此放過……卻聽到自己心中怦怦亂跳，如若一面奏著死亡之音的大鼓，又怎能隱瞞得住？

木杖聲徑直來到小弦面前停下，伴著一絲若有若無的呼吸。小弦眼前驀然出現了一張枯瘦呆板、毫無生氣的面容，小弦再也忍不住強湧上的懼意，「啊」地低叫一聲，只想爬起身逃跑，卻又如中邪般無法動作。

那張僵硬的面容上無任何表情：「小娃娃終於醒了啊。」他的語音有種說不出來的古怪，如背書一般抑揚頓挫，每個音節都吐得極重，彷佛已經很久不開口說話。伸手輕輕一拽，他力氣極大，小弦難以抗拒，從石棺中坐起身來。

但見此人大約近四十歲的年紀，顴骨極高，眼眶深陷，不似中原人氏。右手執一根木杖，身體微躬，冥鬼幽魂般的淒厲目光盯住小弦，卻又帶著一絲莫名的惘然，似乎眼神已穿透過小弦身體望著不知名的地方……他的相貌如此駭人，卻偏偏穿著一身不沾一塵的白衣，束髮垂面，一絲不亂，身上還散發出新浴過的香味，那份乾淨清爽與這陰暗幽冷的房間絕不相容，十分詭異。

小弦嘴唇翕動，喃喃道：「你，是人是鬼？」

那人臉上擠出一絲笑意，眼睛裡似乎也有了些生氣，不答反問道：「你是人是鬼？」

小弦一怔：「我是人。」

那人喉中發出一聲笑：「你若是人，我也是人，你若是鬼，我亦是鬼。」

小弦聽他說了幾句話，心神漸定，此人雖是相貌可怖，多半還是一個人，何況若是自己也死了，豈不也變成了鬼，亦斷無怕他之理。膽氣略壯：「不管你是誰，快放我出去。若不然……我就放聲大叫引得人來。」他本想裝出凶狠的模樣，但越說心中越是發虛，最後那一句本意是威脅對方，卻實與哀求無異。

那人漠然道：「你若想叫就叫吧，這裡一向只有我與殭屍蟲鼠作伴，有些人氣倒也不錯。」

小弦心知此室多半深處地下，少有人來，所以他才如此有恃無恐，一時也不知如何是好。

那人見小弦神色驚惶，伸手撫著他的頭，柔聲問道：「小娃娃莫怕，你叫什麼名字？」

小弦被他筋骨虯結的大手撫在頭頂，直冒冷汗，卻又不敢掙脫：「我，我叫許驚弦，你呢？」

「許驚弦。」那人微笑：「這名字倒是不錯，我姓黑，大家都叫我黑二。」這一笑露出口中尖利的白齒，更令小弦膽戰心驚。

「黑大叔。」小弦顫抖著叫了一聲。

那人一皺眉，怒道：「我又不是黑大那個混蛋，你應該叫我黑二叔才對。」

小弦心想黑大想必是他的兄長，卻被他稱之為「混蛋」，此人行事如此不可理喻，難道是個瘋子？記得自己明明是被那朱員外擒住，怎麼又落到這怪人的手裡，難道他們是一夥？也不知對自己懷著什麼心思？體內雖還有林青留下的一股真力，但全力出手能否制住這個怪人並無把握，何況看他雖然相貌凶惡，對自己彷彿尚無惡意，萬一迫急了他豈不更是糟糕？諸般念頭紛遝而至，乖乖改口叫道：「黑二叔。」

黑二隨口答應一聲，目光閃爍，上上下下地打量著小弦，彷佛面前是一件極好玩的物事，小弦被他看得渾身不自在，只聽黑二問道：「你可是餓了，要不要吃些東西？」

小弦剛才雖是餓得肚中咕咕作響，但此情此景下哪還有半分食欲，搖頭不語。黑二也不勉強，自顧自地道：「我要幹活了，你先乖乖待在這裡，如果肚子餓了便叫我。先躺下吧。」

小弦不敢違抗，剛剛躺下，眼前忽然一黑，石棺竟被黑二重新蓋上。連忙張嘴大叫：「黑二叔不要嚇我，我……我怕黑。」

棺蓋又輕輕打開，黑二沉聲道：「我可絕非要嚇你，而是叔叔幹活的時候你最好不要看，以免害怕。」

小弦知道那石蓋十分沉重，自己剛才費了九牛二虎之力才抬起來，而黑二卻舉重若輕，看來本事亦不小，暗自慶幸剛才沒有貿然出手。瞧他對自己的態度頗為友好，似無敵意，坐起身央求道：「黑二叔你一邊幹活一邊陪我說說話，我就不會怕了。」

黑二盯了他半晌：「那也由得你。」一瘸一拐地轉身走開，他右腳似乎受過輕傷，全憑木杖撐地而行。那些石棺上都用白粉寫有編號，黑二來到第九號石棺前，輕聲自語道：「唔，就是這個了。」右手木杖挑起棺蓋，左手卻從棺材裡面抱出一人，放在那張長長的石桌上。

小弦大驚：「那人是活的還是死的？」

黑二嘿嘿一笑：「這房間裡除了我與你是活的，其餘都是死的。」

若是平日，小弦定要糾正對方那些老鼠也是活的……但此時哪還有心調侃，打個寒戰：「你，你把死人拿出來做什麼？」

黑二不答，將那具男屍平躺在石桌上，木杖輕輕一挑，已將死屍的衣衫劃破，露出淡青色、僵硬的肌膚來。

小弦越瞧越驚，大生懷疑，忍不住脫口而出：「難道，你要把屍體吃下肚中去？」心想這具屍體高大壯實，看黑二剛才的樣子，難道還是有意挑選出一個肉多的？

卻聽黑二淡然道：「死人有什麼好吃的。你若是覺得害怕，就閉上眼睛吧。」

小弦聽他並非食屍，稍稍舒了一口氣，雖仍是忐忑不安，口中卻不肯示弱，咬牙道：「我不怕。」

黑二緩緩道：「十多年了，你這小娃娃還是第一個看著我幹活的人，倒真是有緣了。」口中語聲未停，已從木杖中抽出一把寒光四射的短刀，那短刀長不過五寸，刃口極薄極鋒利，泛著冷森森的精光，不似是對敵的兵器，倒像是小孩子的玩物。黑二略一抬手，短刀刺入那死屍的胸膛，抬腕一挑，已將死屍肚皮劃開，露出五臟六腑……

小弦萬萬未料到黑二會給屍體開膛剖肚，想閉上眼睛已然不及，只瞅到那腸肚肝臟在腹中絞結成一團，胸腹內好一陣翻騰，幾乎張嘴嘔出。黑二瞥一眼小弦：「你這小娃娃確實夠膽氣，竟然此刻還大睜雙眼。」他不知小弦其實已被駭呆了，心中縱有閉目不看的念頭，眼部肌肉卻不受控制。

小弦如墜夢魘，張口結舌半句話也說不出來。大瞪著眼睛呆呆看著黑二將死屍的內臟一一掏出，在手中凝神細看，擺弄不休，口中尚念念有詞，不知在說些什麼。小弦驚懼至極，腦海中一片空白，對黑二的說話亦聽如不聞。

也不知過了多久，黑二又拿出針線，將那死屍胸腹縫合。他模樣看似凶惡，雙手卻極靈巧，細細的針在冰冷的屍體上下翻飛，不多時便已縫好。重新將死屍放入棺中，來到依然圓睜雙目的小弦面前，咧嘴一笑：「你覺得我的手藝如何？」看他心滿意足的神情，似乎剛才的所作所為絕非是殘忍之事，而是完成了一項藝術傑作。

小弦一震清醒過來，只覺平生看到最噁心的事物莫過於此，心頭一陣難受，乾嘔了幾下，卻吐不出任何東西。

黑二哈哈大笑，十分不屑地一撇嘴角：「我還當你是個有膽識的男子漢，原來也是個膽小鬼。」

小弦兀自嘴硬：「我才不是膽小鬼，只是……只是……」又驚又懼下，鼻子一酸，幾乎要滴下淚來，竭力忍住。縱然他平日自詡膽大包天，此刻面對神情陰惻的黑二，卻連半分反抗的念頭都生不出，只想早些逃離這比地獄冥府還可怕的地方。

黑二望著小弦似笑非笑地一歎：「看來果然是嚇壞了。」轉過身去，一瘸一拐地朝外走去。只看他佝僂的背影，誰又能想到剛才親手剖開死屍查驗內腑之舉？

小弦雖不願意與黑二在一起，卻更害怕獨自一人留在這陰森森的石室中。連忙叫道：「黑二叔且等等我，我們一齊走吧。」

黑二頭也不回：「你若不是膽小鬼，就乖乖地等著，我一會兒就回來。」木杖聲漸漸遠去。

小弦本想不顧一切跟著黑二，卻恐被他嘲笑膽小，索性心頭一橫，抱頭縮肩蜷在那冷冰冰的石棺中。已是冬季，天氣寒冷，此刻更凍得渾身發抖，又覺得石室中靜得可怕，低聲哼幾句小曲給自己壯膽，卻想到這些小曲都是昔日父親教給自己的，不由悲從中來，幾乎想大哭一場。恍惚中似見無數鬼魂在眼前晃動，咬緊顫抖的牙關，心想若是冥冥之中真有鬼魂，父親的在天之靈也一定在身旁保護著自己，一念至此，稍覺心安，更是加倍的思念許漠洋與林青。

隔了一會，忽聽走廊外隱隱傳來語聲。仔細分辨，卻是黑二在與另兩人的交談，只聽一人道：「我們就送到這裡，然後就麻煩黑二哥了。」另一人笑道：「這種地方黑二哥也吃得下東西，小弟真是佩服得五體投地。」黑二嘿嘿一笑：「我不喜女色，就喜歡這杯中之物，你若想湊個熱鬧，便與我一起下去。」那人忙不迭苦笑推辭：「黑二哥好意心領，小弟實是無福消受。」再寒喧幾句，兩人與黑二告辭。

小弦心想這裡既然有人來，應該不是什麼荒僻的處所，若是找機會趁黑二不在時高聲大叫一番驚動旁人，或可遇救，不過那兩人似乎與黑二是一夥，自己須得想個萬全之計逃走。

聽到「篤篤」的木杖聲緩緩傳來，越來越近，小弦不願讓黑二小看自己，東張西望故作輕鬆，然而等黑二進了石室，仍是不由自主地驚得張大嘴巴，倒吸一口涼氣。原來黑二竟又背來了一具死屍，木杖上還挑著一個食盒。

黑二將死屍放在石桌上，打開食盒拿到小弦面前：「我弄了些酒菜，快來吃吧。」

「我，我不餓。」這一具屍體上鮮血淋漓，四肢殘缺不全，似乎是被人亂刀砍殺，小弦只覺腹中又是一陣翻江倒海，哪還吃得下東西。

黑二也不勉強，低聲道：「那我便自己享用了。」就在那石桌上死屍邊擺起兩付碗筷，大吃起來，口中還不時發出「嘖嘖」聲響，那面目猙獰的死屍似乎絲毫也不影響他的食欲。

小弦忍不住道：「難道，你不覺得髒麼？」

黑二大笑：「你可知這世上最髒的東西是什麼？是活人的心，至於死人麼，清白身軀，得於父母，交還天地，何髒之有？」他的神情不見激動，語氣依然平淡，就似說著一件天經地義的事情。又將一杯酒倒在那死屍口裡，歎息道：「你年歲還不足十九，又何苦學人爭強鬥勝，如今命赴黃泉，豈不讓你父母傷心欲絕？」

小弦大奇，那屍體渾身血污，黑二卻如何能瞧出他的年紀？莫非是舊相識？

怔然問道：「那你為什麼要殺他？」

黑二微微一愣，喝口酒傲然道：「我從不殺人。」

小弦不解：「你既然不殺人，那這些死人又從何而來？你要來何用？」

黑二歎道：「這其中有些人或是惡貫滿盈，死有餘辜，但大多都是含冤而死，我自然要幫他們找回一個公道。」

小弦忿聲道：「他們死了也就罷了，你卻還要給他們開膛剖肚，連個全屍都不留，竟然還說是給他們找回公道，天下可有這個道理麼？」

黑二瞪一眼小弦：「這汶河城裡誰見了我黑二不是畢恭畢敬，你可知為什麼？」

小弦這才知道此處名叫汶河，接口道：「大家知曉你對死人都敢如此不敬，自然害怕。」

「小娃娃知道個屁。」黑二拍拍手裡木杖中的短刀，怒道：「百姓敬重我，那是因為這一把神刀令無數冤案昭雪；弟兄們敬重我，是因為有什麼小傷小恙遇到我皆可手到病除；就算是趙縣令見了我也要恭稱一聲『黑二兄』，若不是有我查明死因，他豈能破那麼多無頭命案，坐正縣令之位？」

小弦一呆，總算反應過來：「你是個仵作?!」

黑二哼一聲，算是默認。小弦恍然大悟，怪不得此處有這麼多的死屍，原來竟是縣衙中的殮房。而這個外表凶惡的黑二乃是個仵作，將那些死屍開膛剖肚只為查明其死因，低聲嘟囔道：「難道是我錯怪了你，竟然是個好人？」

小弦聲音雖輕，黑二卻聽得清楚，一拍胸口：「是不是好人我不敢自誇，但至少我黑二行事光明磊落，無愧於心。」

小弦聽他說得理直氣壯，扁扁小嘴：「你若是行事光明磊落，又為什麼把我關在這裡？」

黑二道：「你這小娃娃不知好歹，休得胡說八道。我只不過受朋友所托照看你，過幾日他便會派人接你走。」

小弦喜道：「原來你是林叔叔的朋友，他可說過何時接我去京城？」

「我可不知你的林叔叔是何人？」黑二淡淡道：「不過管兄倒是一向待在京師。」

小弦心中一冷，黑二既然是官府的仵作，多半是受追捕王梁辰的管轄，看來自己仍是落在了敵人手中。可是追捕王為什麼不直接把自己帶走呢？難道是怕路上不便被林青查覺？他抓住自己到底有何目的？若是以前，小弦必會繼續詢問林青的消息，但自從父親許漠洋死後，無形間成熟了許多，此刻多了個心眼：聽黑二的語氣似乎並不知道林青之事，看他態度頗為友好，只怕誤會了自己與追捕王有何關係，倒不必多此一問惹來麻煩。他只以為黑二口中的「管兄」乃是追捕王梁辰的手下，哪想得到擒住自己的另有其人。

黑二接著道：「我見管兄送你來的時候封了你的穴道，他卻說你乃是故人之子，生性頑劣所以才點你穴道以示懲戒，只因他身有急事一時不得分身，十日之內必會來接你。你這些天最好老老實實待在這裡，我可不似管兄那麼好脾氣，若是惹我生氣要你好看。」

原來管平心計深沉，既然定下毒計圍殺林青，只怕將小弦帶在身邊有變，恰好經過汶河城時便匆匆交給黑二。管平自然不會提及小弦的來歷，隨口編個理由，黑二卻深信不疑，只當小弦必是十分調皮，所以也不解他穴道，又放他睡到石棺中嚇唬一番，但礙於管平的面子，倒也不會讓小弦大吃苦頭。

小弦心想黑二既然與追捕王是一路，當然也不會是什麼好人，縱是吹噓自己十分有本事，最多亦不過是追捕王的狗腿子……想到這裡，鼻中頗為不屑地哼了一聲。

黑二喝道：「你哼什麼？」

小弦道：「我哼一下也不行麼？」說罷又連哼幾聲。

黑二停筷不食，寒聲道：「你剛才分明是在心中取笑我。」

小弦見黑二板起臉，心中也甚是害怕，面上卻一本正經道：「你又不是我肚子裡的蛔蟲，怎麼知道我心裡想什麼？」恰好想出個現成的理由：「我肚子餓得慌，哼幾聲好過些。」

黑二冷然道：「這裡有酒有菜，你怎麼不吃？」

小弦早就覺得饑餓難忍，又不願讓黑二小瞧，翻出石棺，小心避開那具死屍，拿起筷子大吃幾口，又端起一杯酒閉著眼睛倒下肚去，凍僵的身體剎時暖和了起來，搖頭晃腦歎道：「這一下舒服了許多。」一面揉著肚子，一面又裝模作樣地哼幾聲。

黑二拿小弦無法，他平日沉默寡言，與死屍打交道的時間更多於與人交往，本就是執拗的性子，被這個黃口小兒氣得怒火暗湧，偏偏又拿不住小弦的把柄，只好埋頭大吃。兩人賭上了氣，如比賽般一語不發，只顧搶吃酒菜。

小弦少年心性，耐不得沉默，何況在這殮房中若不說幾句話實是令人心頭發寒，本還顧忌那具死屍，幾杯酒下肚膽子似乎也大了許多，向黑二問道：「這個人是怎麼死的？」

黑二沒好氣：「當然是被人砍死的。」

小弦討個沒趣，又不敢當面頂撞黑二，自言自語般道：「原來做仵作這麼簡單，給縣太爺說一聲『他是被砍死的』，就完事大吉了。」

黑二心頭火起，大掌重重拍在石桌上，那具死屍亦隨之而震，差點撞在小弦身上，小弦嚇了一跳，下意識往後一縮。他是個吃軟不吃硬的性子，心裡雖怕，口中猶道：「你平日折騰這些死屍他們自然不會與你計較，現在拿我出氣，算什麼光明磊落？」

黑二惡狠狠地道：「這裡反正不缺死人，我若是把你宰了，只給趙縣令報一聲：『這個小鬼是被砍死的』，你說他能查出來嗎？」

小弦一驚退開兩步，盯著黑二，只覺得全身汗毛都豎了起來，顫聲道：「你，你不是說你從不殺人麼？」

黑二本是出言恫嚇，見小弦唬得不輕，氣消了大半，亦覺得對一個小孩子發火頗無風度，朝他擠擠眼睛，哈哈一笑：「你莫怕，我受人所托照管你，只要你乖乖的聽話，自然不會害你。」

小弦拍拍胸口，驚魂稍定：「我怎麼不乖了？是你自己小心眼，開個玩笑就發急。」

黑二指著那具血淋淋的屍體，緩緩道：「我做此行當時，旁人見我如避蛇蠍，受盡了白眼。從那時我就立下重誓，任何人都不可以侮辱我的技藝。只要你不提此事，就算罵我幾句也不會與你計較。」他這份工作確是令人畏懼，直到數年後以一把神刀贏得別人的尊敬，方才有揚眉吐氣之感，所以絕不容人出言相辱。

小弦聽黑二說得鄭重，倒也不敢造次，大著膽子望一眼那具死屍：「你為什麼要做仵作，難道不害怕嗎？」

黑二指著那具死屍歎道：「他不會說假話騙人，也不會背後暗箭傷人，為什麼要怕？比起這世上的大多數愚昧無知的人來說，我倒寧可與死人打交道，也不用處處防範，提心吊膽。」他語氣中飽含一份無奈淒怨，彷彿別有隱情。

小弦年紀雖幼，涉世亦不深，然而父親許漠洋之死卻令他親身體會到人世險惡的道理，對黑二此言大有感觸，再看那具屍體倒也不覺太可怕，只是屍體那一雙無神的眼睛似乎始終盯住自己，伸手想替他闔上，終於不敢。

黑二冷冷道：「你看看也就罷了，不要毛手毛腳的亂動，若是耽誤了案子，你擔當得起麼？」

小弦大是不服：「剛才你背屍體時一點也不管輕重，現在倒怪我毛手毛腳……」

「我手裡自然有分寸。」黑二悠然道：「你莫小看仵作這行當，其中可是大有學問，只怕你窮一生之力也難以學會。」

小弦最恨別人瞧不起他，挺著胸膛大聲道：「這有什麼了不起，我若想學，必能學會。」

黑二哧鼻：「要想做好一名仵作，不但要克服心中的恐懼，還需要有高明的醫術與精準的判斷，稍有差遲便會放過真凶冤枉好人，豈是你想的那麼簡單。」

小弦被黑二一激，仔細盯著那具屍體：「他左肩是被一柄沉重的開山刀所傷，右腿上是普通的劍傷，不過小腹那一道傷口呈鈍圓狀，難道是判官筆，不對不對，判官筆上並沒有倒鉤……我知道了，應該是極其少見的馬牙刺。看來這個人是被人圍攻而死的……」

黑二委實料不到一個小孩子也能講出這樣一番話，從屍體上判斷出刀傷、劍傷也就罷了，能將武林中的奇門兵器「馬牙刺」認出來，絕非常人能及，頓時刮目相看。他不知小弦自幼把《鑄兵神錄》背得滾瓜爛熟，對天下各種兵器的性能極其熟悉，越是奇形怪狀的兵器反而越是記憶深刻。

小弦瞅著黑二驚得瞪大眼睛的樣子，得意一笑：「我說得對不對？」

黑二哼一聲：「這也不算什麼。若你還能看出他是何時被殺，真正的致命傷是何處？殺他的人用何招式，有何特徵……才叫本事。」

小弦被難住了，噘著嘴道：「我又不是神仙，怎麼知道這麼多？」

黑二哈哈大笑：「你看，死者血流呈紫青色，尚未完全凝固，斃命時間應該在三個時辰以內；肩腿之處皆是皮肉外傷，小腹那一刺雖重，卻仍不足致命，真正的致命傷乃是腦後這一記重擊，應是用棍棒等鈍器所傷；此後腦的傷口並不在頭頂正中，而是稍稍偏右半寸，並且傷口處有磨擦的痕跡，可知當時使棍者並非用『泰山壓頂』、『力劈華山』等招式迎頭襲擊，而是用類似『橫掃千軍』之類的招式從左至右揮掃，由此可以判斷出使棍者應該是一名慣用左手之人，至少擅用反手棍法。這還僅僅是表面上所看到的，若是剖腹查驗，還可以檢查到是否有內家拳傷，是否曾中毒……」

黑二做了十餘年的仵作，從來都是一個人孤零零地擺弄死屍，只需將結果稟報上去，無人有心情聽他將這些驗屍的道理細細講述。剛才見小弦能看出死者所中的兵器，頗似個「行家」，此刻便不免有些炫耀的心理，加之小弦年幼好奇，越聽越有興趣，也忘了害怕，在死屍上指指點點不停詢問，黑二更是有意賣弄，亦不藏私，結合數年來破獲的奇案將心得一一道出，直講得口沫飛濺，良久方歇。

小弦聽得咋舌不已，又是好奇又是害怕，也懂得了不少知識：「原來這裡面竟有許多學問，黑二叔家學淵源，果然厲害。」

黑二瞪眼道：「我黑家祖上傳下的是懸壺濟世的醫術，你不懂就不要亂說。」

小弦的馬屁拍在馬腳上，撓撓頭：「醫術是用來治活人的，你卻是整日與死人打交道，當真是奇怪了。」

黑二根聲道：「家父醫術精湛，卻被那些無知百姓所害，所以我從此不再行醫。」

小弦奇道：「醫者受人尊敬，怎會如此？」

黑二長歎：「巴豆救人無功，人參殺人無過。世上許多事情原是這般不可理喻。」

小弦不解，追問道：「什麼叫『巴豆救人無功，人參殺人無過』？」

黑二冷笑：「巴豆乃是大毒之物，若遇肚腹結聚、臟腑沉寒時，便可做攻削堅積之藥。但巴豆性烈，雖可治病，卻令人元氣大傷，數日無力，所以雖有救人之效，卻無救人之功。而人參雖是大補之藥，一味多吃，陽氣過盛，亦足可致人於死。可笑愚昧世人只當人參是寶，巴豆是毒，豈會明白這些道理？」

小弦想起父親曾對他說過：武功就如用藥，以之救人謂是為醫，以之害人則為毒。隱有所悟，連連點頭。靈機一動：「那巴豆不知是什麼味道？」心想黑二既然懂醫，多半備有這些藥物，巴豆既然能令人數日無力，若找機會摻在酒菜中給黑二服下，自己豈不就可以趁機逃走。

黑二哪知小弦的心思，如實答道：「巴豆味辛，服用時可加入冰糖、芫花、柑皮等物，再以淡茶佐之，便無色無味。」

小弦暗暗記在心裡，本還想再問問巴豆是何模樣，又怕太露了痕跡。先轉移話題道：「那你父親怎麼會被人所害？你又如何改行做了仵作？」

黑二面色一黯：「那都是十八九年前的事情了，也不必再提。」

小弦被勾起了好奇心，央道：「黑二叔你告訴我吧，我保證不對人說。」

黑二拗不過小弦，加之這段往事在他心中藏了近二十年，卻無合適之人傾訴。此刻面對小弦這樣一個小孩子，亦不必有何戒心，歎了一聲：「也罷，左右無事，便告訴你吧。」

「我祖上的醫術傳於高麗，不重岐黃，最精刀功，尤擅替人剖腹取瘤、開顱散血。到了家父這一輩，已是塞外極有名望的神醫，口碑極佳。家父自小立下宏願，要醫遍天下窮苦之人，便動了去中原行醫的念頭，誰知這一去，反惹下了大禍。」說到這裡，黑二眼露怨毒之色：「塞外雖比不上中原物博地廣，塞外各族卻不似漢人小肚雞腸，趨小利而忘大義。」

小弦頗不以為然，心想既然如此你又何必還替漢人的官府做事？這些念頭當然不敢表現出來。

黑二繼續道：「家父帶著我們兄弟二人，一路治好不少疑難雜症，略有薄名。

有一日來到中原一個小城，恰好遇見一戶人家娶親。那時我才不過十三歲，亦是如你一般的年紀，也怪我少不更事，鬧著要去看新娘子，父親拗不過我，便帶我們去喜堂中。見到那新郎時卻是一驚，原來家父目光精準，瞧出他身患隱疾，乃是腦內有處淤血不散，一旦發作必有性命之憂，連忙將新郎拉著到一旁如實告知。那新郎平時身強體壯，連小病也不生，縱偶有頭疼亦無大礙，縱是家父將他症狀一一指出，如若親見，那戶人家仍是全然不信，反而指責家父借機騙財。家父倒不與他們生氣，只是報著醫者父母之心，指天發誓若有虛言不得好死，他們才略信了幾分，便問要如何醫治？家父實言相告，欲治此病須得開顱化血，極為凶險，自己也無十成把握，但若諱疾忌醫，少則三月，多則半年必亡。那戶人家一聽之下大怒，說開顱之事豈可兒戲，將我們轟了出去……」

小弦越聽越驚：「難道是後來那新郎果然死了，反而怪你父親咒他而亡？」

黑二歎道：「若是如此也就罷了，倒也不會搭上家父的性命。他性子固執，又擔心那新郎的安危，竟邀了小城中的數名大夫一齊再找上那戶人家，又將自己的診斷當場說出，那些庸醫全無主見，也皆隨聲附和。那新郎倒也豪爽，亦想一舉根除頭疼的毛病，便允家父相治。誰知，唉，那新郎本就病入膏肓，開顱治病本就是五五之數，竟然就此治死了他……」

小弦目瞪口呆：「你父親明知成功的可能性不大，卻還是毅然出手醫治，實是讓人佩服！」

黑二聳然動容，一把抓住小弦的手，嘴唇哆嗦說不出話來，雙目中卻射出濃烈的感激之色來。此事在他心中深埋多年從不對人說起，就是覺得父親亦難脫其責。哪知小孩子看待問題與成人的角度大不相同，小弦這一句無心童言聽在耳中，如遇知己！

小弦不料自己隨口一語竟讓黑二如此激動，又是害怕又是同情：「然後又怎麼樣？」

黑二道：「可恨那些庸醫根本瞧不出來什麼病症，又妒忌家父醫術高明，此刻見到醫死了人，便把責任都推在家父頭上。那戶人家喜事變喪事，不由分說便痛打我父子三人一頓，又吵著要去報官。我這條右腿便是那時被打瘸的，若不是黑大拚死相護，恐怕小命也難保了。家父又羞又慚，又見連累了我們兄弟被人毒打，一口氣咽不下去，瞅人不注意時便撞牆自盡了。那家人見家父慘死，亦只好不再追究，將家父身上的銀錢盡皆搜去，只留下三、五兩銀子，從此我兄弟二人流落江湖，受了許多苦……」說到這裡，黑二眼眶一紅，再也說不下去。

小弦怔怔聽完黑二的故事，心裡十分難過。黑二的父親本意是治病救人，誰知竟會落得這樣的結局，人世無常，由此可見一斑。算起來黑二如今年紀不過剛剛三十出頭，看模樣卻不下四五十歲，必是童年慘遇令其未老先衰，再念及自身遭遇，咬牙低聲道：「我父親也被人害死了，我現在也是孤零零的一個人。」

「你還可以找機會替父報仇，我卻毫無辦法，總不能也將那一家無辜之人給殺了。」黑二平日沉默寡言，喜怒不形於色，此刻重提昔日往事，隱忍多年的憤鬱之情如長堤決口，噴湧而出，再也忍不住放聲大哭起來。

小弦料不到看似兇神惡煞的黑二竟會如孩子一般大哭，頗有些手足無措。聽他哭聲淒慘，幾乎要陪著他掉淚，想起曾答應林青再不哭泣，竭力強忍。在他的心目中，一直以為黑二既是追捕王的同夥，必然是個無惡不作的壞人，定會殺了那家人替父報仇，想不到他模樣雖惡，心地卻是善良，自己只怕當真是錯怪了他。一面拍著黑二手背以示安慰，一面別過頭去輕拭微潮的雙目。

黑二哭了一會，情緒漸漸穩定下來，望著小弦赧然一笑：「這十幾年來我從未如此失態過，倒叫許、許小兄弟見笑了。」他經過一番傾訴後，不知不覺已把小弦當做極親近的朋友，連稱呼也改了過來。

小弦又問道：「你父親死後，你們兄弟兩人如何生活？」

黑二微微抬起頭，似乎在懷念那段艱辛的歲月：「那時我才十三歲，黑大長我兩歲，也只不過是個大孩子。我們埋了父親後，想回塞外卻無盤纏，心想也學了父親不少醫術，亦可掛牌行醫，誰知我們年紀太小，哪會有病人相請？眼看幾兩銀子將要用完，若是行乞為生，豈不壞了父親的一世英名？實在無法，黑大便將我送入一個大戶人家做小廝，他卻獨自去京城闖蕩，這一別就是五年的光景。我那時暗下決心，心想家父這一生治人無數，雖因此而死，我卻不能墜了他的名頭，五年裡苦學醫術，以待日後替父親爭一口氣。到了十八歲，便辭工去京師尋黑大。誰知再遇他時，他這個混蛋竟已變得令我不敢相認。」

小弦心想那黑大曾對黑二捨命相護，自然是兄弟情深，為何又成了黑二口中的「混蛋」？心頭疑惑：「難道他變成了壞人？」

「在那種情況下，為求生存做壞人也沒有什麼大不了。」黑二苦笑道：「像我父親那般好人，還不是落得一個慘死異鄉的下場？只是，我萬萬沒想到黑大這個混蛋竟然忘了祖訓，做了京城中的劊子手。」

「啊！」小弦吃了一驚：「難道就是那手執大刀砍下囚犯人頭的劊子手？」

「還不止如此，他還在牢中以酷刑迫人招供。」黑二痛聲道：「我家傳醫術特別對人體骨骼經絡有研究，本是為了治病救人，可他卻將此法用於害人。我與他大吵一架，卻無法勸其放手，自此兄弟反目。我見黑大墮落至此，亦是心灰意冷不願再行醫，每日只是借酒澆愁，卻遇見了管兄，他便推薦我來這汶河城中做仵作，這份行當雖不能救人一命，卻可令冤情昭雪，倒是正合我意，就在這汶河小城中一待就是十幾年……」

小弦恍然大悟，原來黑二做仵作竟有這樣的原因：「難道你們兄弟二人就再沒有來往？」

黑二歎道：「我本還盼著有一日黑大能回心轉意，過了這麼多年，心也涼了，權當從沒有這個兄長。哼，聽說他在京師還被稱為什麼『牢獄王』，呸，若是父親泉下有知，亦難瞑目……」

小弦一呆，原來黑二的大哥竟然就是八方名動中的牢獄王黑山！聽說黑山精通拷問術，任何犯人落到他手裡都是求生不能求死不得，最終只好屈服招供，乃是江湖上人人畏懼、談之色變的人物，想不到他那一身用刑的本事竟來自家傳的醫術。而他的親生兄弟竟在小城裡做一名默默無聞的仵作，不由感歎命運難測，每一個選擇都足以改變人生。

小弦不忍見黑二黯然神傷的樣子，拉起他的手：「黑二叔，你是個好人。」此刻再也不覺得他相貌可怕，反倒生出一份親近之意。

黑二聽小弦語出真誠，心中也甚覺感動，柔聲道：「管兄對我有知遇之恩，此次將你託付給我，我自然會盡力照看好你，你不用著急，過幾天他就會接你入京。」

小弦也不知黑二口中的「管兄」是何人，料想是追捕王的手下，氣呼呼地道：「我才不要跟他走。」

黑二一愣：「你若不願與他一路，要麼便留在這裡，我願將一身醫術相傳，保你此生受用不盡……」他剛才聽小弦說起亦是父親被人所害，同病相憐，不由起了傳承衣缽的念頭。

小弦搖搖頭：「我不學醫，我要學武功替父親報仇。」

黑二寂寞了十餘年，一心想留下小弦作伴，勸道：「我雖不懂武功，但你若學了我的醫術，修習武功時亦可事半功倍。」

小弦奇道：「醫術與武功有什麼關係？」

黑二正色道：「我祖傳的醫術名為『陰陽推骨術』，對人體骨骼構造的研究可謂是前無古人。試想與人過招，抬手動足皆與骨肉相連，提肩則動肘，擰腕而勾掌，你若能窮極骨骼變化，便可料敵先機，豈不是對武功修為大有助益？」

小弦心中一動，奕天訣的原理本就是故意露出破綻誘敵來攻，若能提前預知對方的出手方位，威力倍增。拍手叫道：「好啊，但我只學那些與武功有關的知識，可不要做大夫。」心想反正一時也逃不掉，倒不如學些本事。

黑二見小弦意動，呵呵一笑：「也罷，這幾日便先傳你陰陽推骨術。」

小弦想了想：「不知要學會這陰陽推骨術要多久的時間？」

黑二道：「這裡有許多死屍，恰好可以供你擺弄，若你有天份，幾日時光便可掌握。」醫道博大精深，窮一生之力也未必能有所成，但黑二只怕小弦不肯學，故意如此說。心想小孩子心性不定，等小弦學出了興趣，自然會再求自己傳授，倒不必急於一時。

小弦眼珠一轉：「這些死屍好不嚇人，要我學需要答應一個條件。」

黑二被他弄得哭笑不得：「你可知有多少醫師欲求一屍而不得，更有甚者掘墓求屍。如此好的機會擺在你面前，還要講什麼條件？」他說的確是實情，漢人迷信，豈願死後毀屍？若非塞外民俗較為開放，並沒有太多顧忌，他祖上也不可能將骨骼經絡之術研究得如此透徹。

小弦嘻嘻一笑：「我學一天，你要給我一兩、不，要給我三兩銀子。」他知道縱然黑二想留下自己，但追捕王一來，必會把自己帶到京師要脅林青，存著伺機逃跑的念頭，只是身無銀兩諸多不便，總不能再去「劫富濟貧」，索性趁機漫天要價。

黑二怒道：「我一月的俸銀才不過十兩……」

小弦對銀錢全無概念，連忙改口道：「那一天給一兩好了，以我的聰明才智，估計最多僅讓你破費小半個月的俸銀。」他與黑二混熟了，見他瞪起眼睛也不怕，昂起頭傲然道：「不能再減了，你若不同意我就不學。」

黑二拿小弦無法，又確實想收下這個古怪精靈的徒弟，只好勉強先答應下來。

說來也奇，黑二雖然一天到晚與死屍打交道，亦睡在殮房石棺中，本身卻有潔癖，每日都要去城中浴館中細細清洗一番，當下帶小弦去好好洗個澡，又陪他在汶河城中逛了一圈。

小弦人小鬼大，假意穩住黑二，心裡卻存下了等他每日洗浴時趁機溜走的念頭，暗暗記下逃跑的路線。又問起黑二，才知距自己在平山小鎮上被擄已過了四天，汶河城離京師亦僅只有三、四日的路程，想必遇擒後一路上被點了穴道，所以渾然不覺。看來還需要學幾日醫術，攢下足夠的銀子……

黑二哪想到小弦的心思，一心教他祖傳的醫術，回到殮房中便抱出一具屍體對小弦講解起來。

黑二這十餘年少與外人交往，潛心鑽研醫術，對人體骨骼的瞭解程度可謂是天下無人可出其右。他雖不通武學，但因時常要解剖那些江湖械鬥而死的屍體，亦需要瞭解各門各派武功招式與奇門兵器等。一般的武學高手皆稍通醫術，方可出手制敵要害。像「分筋錯骨手」、「大小擒拿手」等武功更是與之息息相關，只是從沒有一人能如黑二這般將屍體細細分解，逐一查看，對人體複雜的骨骼結構瞭若指掌。

正如黑二所言，習武者無論武功高低，畢竟是血肉之軀，跨步先動胯骨，出掌先擺肩骨，出手皆有跡可尋，懂得骨骼運動的道理確可有料敵先知之效。他對此研究多年，極有心得，加之寂寞多年，遇見小弦這樣一個活潑有趣的孩子，一意想讓他拜自己為師，從此留在身邊，教得更是盡心盡力，毫不藏私。

小弦學得頗有興致，再也不覺那些死屍可怕，不但親手將屍體全身骨骼摸了一遍，竟然還給每一具屍體起了名字，黑二亦不禁莞爾失笑。小弦本就極聰明，當初為了化去寧徊風的「滅絕神術」，在點睛閣中記下了人體全身穴道，此刻有十餘具屍體做標本，再與黑二所教一一印證，進步神速。僅兩三日的光景便已掌握了許多要點，更與奕天訣不戰屈人的心法相配合，得益匪淺。他倒不曾忘記每日找黑二討那一兩銀子的「教課費」，黑二權當小弦少年心性，覺得有趣，也不與他爭較錙銖。

到了第三天，小弦忽覺心神不寧，晚上不停做著惡夢，半夜驚醒，怔怔躺在石棺中，對林青的思念之情狂湧而來。算來與林青已分別七八日，卻一直沒有他的消息，也不知他現在何處？是否已經到了京師？追捕王或許隨時會來，若不逃走再無機會，但摸摸懷裡輕飄飄的三兩銀子，又覺得膽氣不足。心裡又抱著一絲僥倖的念頭：或許林青會先於追捕王找到自己，若是自己貿然逃走，豈不正好錯過？

在小弦的心目中，林青乃是天底下最厲害的大英雄，加之親眼見林青在君山挫敗六大邪派宗師之鬼王厲輕笙，認定普天之下唯有明將軍可算是暗器王的對手，其餘諸如追捕王之輩皆不足懼。

再想到黑二心地善良，待自己不薄，至少也應該把那「陰陽推骨術」學會了才算對得起他。記得媚雲教右使馮破天提過自己的生日是四月初七，便直覺自己與「七」字有緣，索性打定主意再等四天，湊足「七」兩銀子就逃走。其實小弦對黑二頗有些難捨之情，心底卻不肯承認，加上獨去京師亦是心中無底，順便找個這樣的藉口，這等孩童心思實不足為外人道。

小弦並不知這一天正是林青在京城外中伏受傷之時，卻隱有感應，亦算是天意。

自此小弦學得更是用心。只因管平並未告訴小弦的來歷，黑二對小弦全無防範之心，偶爾有事外出時亦留小弦單獨在殮房中，回來總見小弦一個人面對著死屍苦思，更不疑有他。

轉眼又過了四日，這天傍晚，黑二要帶小弦去浴室，小弦卻推說自己頭疼，不想外出。他畢竟是個孩子，既然打定了今日離去的主意，言語行動間不免露出些破綻，黑二本是略有懷疑，聽小弦說身體不舒服，反倒去了疑心，哪會想到其中有詐。經過七天的相處，與小弦感情漸深，十分關切，又替他把脈扣關，卻查不出什麼病症，只當是偶感風寒，逼著小弦喝下一碗藥，囑咐幾句方才離開。

等黑二走後，小弦立刻跳起身來，走到門口，忽又有一絲不捨。心想黑二對自己一片誠心，若是就此不告而別未免太過小氣，找支炭筆想在地上給他留幾句話，卻又不知應該如何解釋，思索良久，學著江湖好漢的口氣寫下幾個大字：青山不改，綠水長流，後會有期！

又覺語氣太過生硬，歎了一口氣，再寫下幾個字：黑二叔，你是個好人，我會記得你……一時頗為動情，眼眶微紅。他自小受《天命寶典》的潛移默化，性格上本就敏感重情，生離死別對心靈的衝擊尤勝他人，抬頭看看待了幾日的殮房，竟也覺得溫暖，若非時間緊迫、獨自一人亦有些害怕，真想一一打開石棺給那些死屍也告聲別。

正要起身離開，室內燈光驀然一暗，一個人影出現在門口的走廊上。

小弦一驚，只當黑二早早洗浴歸來，仔細看去，來人身形較瘦削，卻不是黑二。那人乍見滿屋石棺，一個小孩子蹲在地上渾若無事地寫字，饒是他久經風雨，看到這詭異至極的情景亦不由一愣。

來人的臉孔被隱約的光線罩上一層陰影，看不清楚，唯有一雙眼中卻露出懾人的精光，小弦脫口叫道：「你是——追捕王?!」

來人倒退了半步，強自鎮定的聲音中亦有些不由自主的顫抖：「正是梁某，你，你就是林青說的那孩子麼?」話音未落，只聽小弦大叫一聲，往門外衝去。

第六章

智鬥捕王

追捕王數度被小弦叫破，大覺驚詫，
再聯想剛才小弦看出自己的虛招，暗忖這小鬼果然有點門道。
起初他見小弦身無武功，又如何能是天下第一高手明將軍的「剋星」？
心想莫非是林青信口開河之語，這一來反倒堅信不疑。

來者正是京師中八方名動之首：追捕王梁辰。

八方名動不重功利，「良辰美景清風明月林青水秀黑山白石」這八人中，唯有追捕王梁辰在京中任職，他成名極早，雖掛職於刑部，卻是御用捕王，名義上僅有當今皇上有權調動，連刑部總管洪修羅亦無法派使。

追捕王在京師中屬於泰親王一系，在岳陽府中本已跟上林青，卻因奉有泰親王的密令，僅將行蹤告知鬼王厲輕笙，由厲輕笙在君山棧道上出手相試暗器王的武功。當林青不露聲色迫退厲輕笙時，梁辰就在山頂上觀戰，林青武功之高大出他意外，不敢擅自主張，當即趕回京師稟報泰親王。誰知管平借機巧施毒計重創林青，並迫得林青在生死關頭說出了那番有關小弦與明將軍關係的話。

太子府中亦布有泰親王府的暗探，這句話當晚便傳入了泰親王耳中。泰親王時刻想扳倒明將軍，雖對此事半信半疑，卻如何肯放過，命令追捕王立刻出京搶在太子之前找回小弦。

管平行事謹慎，加之事過數天，追捕王雖是精通跟蹤之術，卻也未能及時找到小弦，何況他根本料不到管平會把小弦托寄在汶河小城的一個仵作手裡，直到第四日後方才慢慢尋到些蛛絲馬跡，趕來此處。

小弦奪路而逃，以追捕王的身手，要想截住他可謂易如反掌。但他剛才乍見殮房中小弦安然寫字的模樣，實是唬得不輕，更預料不到小弦一開口就能道破了自己的身分，幾乎疑是鬼魅作怪。

其實小弦根本不知管平插手暗害林青之事，一直以為在平山小鎮中擄走自己的人就是追捕王，所以才脫口叫出他的名字。誰知誤打誤撞下反令追捕王吃驚不已，心想自己這一路秘密行事，身分掩藏得極好，這十二三歲的小孩子如何能一眼看出來，怪不得林青說他是明將軍的剋星，果有非常之能。疑神疑鬼之下，見小弦衝來，下意識地往旁邊一讓，竟被小弦逃了出去。

因殮房晦氣，所以並未設於縣衙中，而是在縣衙旁邊一條偏僻的小巷中。小弦衝出殮房，慌不擇路，直朝巷內奔去，跑了幾步，卻發現是條死胡同，轉身欲尋他路，卻見追捕王的身影已攔在巷口，緩緩逼近。但看他三十八九歲的年紀，直鼻闊口，濃眉細目，身材雖然瘦小，一張方臉上卻是神情冰冷木訥，似是不通言笑，令人見之心中生寒。

追捕王抓了無數逃犯，卻還是第一次讓人從自己身畔兩三尺處逃開，何況是一個乳臭未乾的小孩子，若是傳揚出去，威名大損，暗蘊怒火，望著小弦冷冷道：「若是讓你逃了，我的名字從此倒著寫。」

小弦眼見無路可逃，倒定下心來，勉強一笑：「其實『辰梁』這名字倒好聽得多。」忽又似想到什麼事情，搖頭道：「不對不對……」

追捕王微愣：「什麼不對？」

小弦道：「你是說將自己的名字倒著寫，可不是反著寫，倒過來的『梁辰』應該是什麼字，我可不認識……嘻嘻。」瞅準牆角邊一個狗洞，趁追捕王一愣神的工夫，貓腰鑽了進去。牆外乃是另一條巷子，出巷後便是大街。

追捕王見多識廣，受小弦調侃也不生氣，飄身過牆。小弦滿以為暫時可擺脫追捕王，誰知跑了幾步，忽覺頭頂有異，抬頭一看，卻見追捕王從半空落下，足尖輕點在自己腦門上，復又騰身而起，在空中一飄一蕩，渾如飛鳥。

小弦大驚，追捕王雖然身材瘦小，畢竟有數十斤的份量，腳尖點在自己頭上卻幾乎不覺，這份輕功實是駭人聽聞。想到林青曾說過追捕王的輕功名為「相見不歡」，果是厲害。加急步伐，想跑到大街上借人群的掩護脫身。

追捕王見小弦目露懼色，亦不願被人看到自己的輕功露了行藏，飄然落在小弦身邊，與他並肩而行，嘿然道：「你逃不掉的，我這名字倒著寫也罷，反著寫也罷，總之是不用改。」

小弦哼一聲：「那也不見得。」眼見已到了大街上，瞅著人多處鑽了進去。追捕王也不阻攔，負手冷笑。

小弦料想追捕王絕不可能如自己一般不顧身分在人群中左穿右插，此時已是傍晚，人影幢幢中並不容易分清自己，借著周圍遊客身體的掩護，又來到另一條小巷中，四顧一番不見追捕王的身影，找個角落藏起來，連喘幾口粗氣，思索下一步的對策。

眼前一亮，卻見牆邊放著幾個大籮筐，籮筐中放著一些雜物，心想若是躲在裡面，追捕王定然找不到自己。此刻彷佛又回到童年時與小夥伴捉迷藏的光景，也顧不得髒，小心搬開雜物，正要入內，耳邊忽被人吹了一口氣，追捕王的聲音悠然響起：「你覺得好玩麼？」

小弦大感氣餒，氣沖沖地回答一聲：「好玩！」抬眼看到追捕王似笑非笑地望著自己，臉上一副貓捉老鼠的可惡神情，忍不住一腳狠狠踢在那籮筐上。

追捕王悠然道：「你玩夠了嗎？」

小弦氣不過追捕王那胸有成竹的神態，咬牙切齒道：「才剛剛開始，怎麼會玩夠？」

追捕王淡然道：「既然如此，那你就繼續玩吧，我樂於奉陪。」他知道泰親王將小弦帶回京師絕不會借機要脅林青，反而會以此對林青示好共同對付明將軍，所以也不對小弦動粗，只想挫他的銳氣，免得他在回京路上惹事生非。

小弦這些日子把追捕王想像成窮凶極惡之人，想不到他如此好說話，反倒有些措手不及：「你到底想怎麼樣？」

追捕王道：「暗器王讓我來接你去京師。」

小弦懷疑道：「林叔叔在哪兒？你是他的敵人，他怎麼會讓你來接我？」

追捕王一本正經道：「誰說我是他的敵人，我與林兄同列八方名動，雖沒有太深的交情，但在我心中，一向是極佩服他的。你被管平擒住藏在這小城中，他一時找不到你，知我精於追蹤之術，所以請我來相救。」

小弦早聽父親許漠洋說起過京師中「半個總管，一個將軍，三個掌門，四個公子，天花乍現，八方名動」之事，此刻聽到管平的名字方才明白過來，怪不得黑二絕口不提追捕王，而是一口一個「管兄」，原來擒下自己的人竟是太子御師、黍離門主管平，倒對追捕王的話信了幾分。隨口道：「如果騙我，你就是小狗。」

追捕王一怔，頓時語塞。這本是小孩子之間信口開河，卻當真比任何鋒刀利劍都管用。其實追捕王這番言語亦不完全是假話，至少他對林青能於萬軍叢中公然下戰書挑戰明將軍之事不無敬意，但暗器王請他相救小弦之事確是虛言。他雖明知小弦定會因此再不信任自己，卻自重身分，難以將謊話一編到底。若是自認小狗豈不成了天大的笑話？

小弦看到追捕王臉上的神情，立知有詐。轉身要跑，卻聽追捕王冷冷道：「你想繼續玩也可以，但我再捉住你一次，便痛打你一下屁股。」

小弦立時停步，不敢再動：「僅是打屁股麼？你會不會殺人滅口？」

「林兄與我相識多年，我豈會害你性命？」追捕王失笑，傲然道：「我身為天下捕王，對犯人都從不動私刑，何況是你這樣一個小孩子。」

小弦一想也是道理，略略放心，偏著頭問：「此話當真？」

追捕王道：「當真！」

小弦又道：「騙我是小狗？」

這一次追捕王毫不猶豫地點頭，看到小弦眼露頑皮之色，方才醒悟過來自己堂堂追捕王竟與他玩這小孩子的把戲，狠狠瞪了小弦一眼。

小弦心頭暗笑，卻也不敢把追捕王惹急了：「好吧，我現在累了，休息一會再玩。我們去哪裡？」

追捕王冷哼一聲：「你且跟著我走，只要這一路乖乖的，便不會吃苦頭。」

小弦眼珠一轉：「這麼晚了趕路不便，先住一晚吧。」

追捕王道：「往北二十里便是昭陽鎮，今晚我帶你去那裡住下。」當先往前行去。

小弦無奈，只好隨著追捕王。走出幾步，眼見他盡挑行人不多的僻靜處走，忽又道：「梁大叔，在汶河城幾日我幾乎沒有出過門，你陪我逛逛街好不好？」

追捕王本不願多事，但聽小弦這一聲「大叔」，心中一軟：「也罷，便陪你逛半個時辰。」料想這孩子也玩不出什麼花樣，何況泰親王欲與暗器王合作扳倒明將軍，也不能太過得罪他。

小弦蹦蹦跳跳地來到大街上，找個行人最多的地方，忽然站在街中心停步不前。追捕王心頭疑惑：「你想做什麼？」

小弦抱頭蹲在地上，放聲大哭起來，頓時引來不少行人圍觀。

小弦一面拚命用手抹著並無淚水的雙眼，一面指著追捕王大叫：「他是人販子，要拐我去賣，救命啊！」

追捕王氣得滿嘴發苦，真想上去一掌打翻小弦，但那樣一來勢必承認了他的「誣告」，強按怒氣對周圍拱手打揖：「小孩子不懂事胡說八道，諸位不要聽他亂講。我若是要賣他，豈會給他開口說話的機會？」

小弦大叫：「他想要把我賣三百兩銀子，但買家只肯出二百兩，一時談不攏，他就讓我唱歌說笑話，好多賺些銀子……」

追捕王此刻才算領教了小弦的急智，一時驚訝於他的應變，微微皺眉，心頭的震驚遠甚於憤怒。

旁人見小弦說得煞有其事，追捕王卻氣定神閑並不心虛，難辨真假，議論紛紛。有好事者出言問追捕王道：「你與這孩子是何關係？」

追捕王呵呵一笑：「我是他表叔，這孩子一向頑劣，倒讓諸位見笑了。」

小弦道：「我才沒有你這樣的表叔，你可知道我叫什麼名字？」

追捕王低頭對小弦陪笑道：「小弦你不要胡鬧了，叔叔給你買那件新衣服就是了。」他身為天下捕王，一向是別人看他眼色，此刻迫於形勢能如此對小弦低聲下氣，當真是難為了他。小弦一怔，未想到追捕王竟然知道自己的名字，想來多半是偷聽林青與自己的對話，心頭暗恨。眾人見追捕王果然說出了小弦的名字，只當是小孩賭氣胡鬧，哄然而笑。

小弦眼見此計不通，索性耍起賴皮：「我不要新衣服，我要那匹小馬，我還要吃燕窩粥。」記得上次追捕王給林青留書贈銀，想必他十分有錢，不趁此刻敲詐更待何時，只可惜他從小生活清苦，一時倒想不起什麼貴重之物。

有人便笑道：「這孩子果然頑皮，須得好好管教一下。」

追捕王連聲答應，又對眾人一歎：「這孩子自小沒了父母，也都由他便是。」此語贏得諸人的好感，又說到了小弦的傷心處，反倒令小弦頗難為情，悻然起身。

忽聽人群中傳來黑二的聲音：「閣下是何人，為難小孩子又算什麼本事？」

小弦大喜：「黑二叔，你總算來了。」

原來黑二擔心小弦的身體，匆匆洗畢就趕回殮房，誰知已是人去樓空，望著小弦的留字，既生氣他不願留下陪自己，又感受到他對自己的一份不捨之情，料想一個小孩子應該尚未走遠，急急出來尋他，可巧正撞見小弦當街大鬧。

追捕王已暗中打聽到黑二的姓名，沉聲道：「黑二兄請了。在下羅勇，奉管師之命接這孩子去京，這幾日虧得黑兄照看他，羅某在此多謝了。」追捕王名滿天下，但這汶河小城中卻無人相識。泰親王畢竟不便與太子公然衝突，所以他報上假名，又謊稱是奉管平之命。這本是追捕王早就想好的對策，只是萬萬想不到才一照面就被小弦叫破了身分。

小弦急忙道：「黑二叔不要信他，他是……」「追捕王」三字尚未出口，但覺一股勁風逼來，喉頭一窒，再也吐不出半個字。耳中聽到追捕王低低的傳音：「你最好不要公開我的身分，不然恐有性命之憂。」

追捕王此言確實不假，小弦是明將軍命中剋星之事只怕早就暗暗傳遍京師，若是被各方勢力知道他落在泰親王手裡，出於各自的原因皆不會袖手旁觀，比如將軍府就極有可能殺之滅口。以常理推測，追捕王自然猜不到明將軍竟會下令將軍府全力保護小弦。

小弦一呆，聽追捕王語氣不似作偽，倒也不敢造次。何況在追捕王的神功催迫下，縱想再張口分辯亦是有心無力。

黑二瞧出蹊蹺，略一思索道：「既然如此，羅兄可執有管兄的信物？」

追捕王呵呵一笑：「臨行匆忙，倒忘了此事。不過管御師亦有相請黑二兄之意，不如與我一同赴京。」若以泰親王的行事風格，必會殺黑二滅口，但堂堂捕王豈會知法犯法，僅打算將黑二誘入京師軟禁起來，令管平追查無門。

黑二冷笑：「你錯了，管兄與我並無約定什麼信物，你若當面找我要人必不會生疑。但你擄人於前，先兵後禮，分明是假冒。」

周圍百姓皆認得黑二，一向敬重他，聽他如此說，頓時紛紛出言相幫，已有人吵著要去報官了。管平當初將小弦交予黑二時根本未想到過小弦的重要性，僅隨口說會派人來接。追捕王卻不知其中關鍵，本想直接抓走小弦了事，誰曾想小弦機靈過人，反將事情鬧得不可收拾。

追捕王面色不變，腦中思索對策。他自然不怕官府糾查，卻擔心被太子或將軍府知道此事，黑二上前欲抱小弦，追捕王退開半步，趁著背對黑二，手指輕拂，欲神不知鬼不覺地封住了小弦的啞穴，免得這小鬼胡亂說話。

誰知追捕王指尖剛觸及小弦的身體，黑二已驚呼道：「你做什麼？不要傷害小弦。」

追捕王一凜，他出手如此隱蔽，更是背對著黑二，想不到竟也被他瞧破，難道此人是深藏不露的高手？心念電轉，指尖僅在小弦啞穴上一觸即回，淡然道：「黑二兄說笑了，我豈會傷害一個孩子？這裡人多不便，黑二兄可願借一步說話？」他怎知黑二並不通武功，卻因身懷陰陽推骨術，從他肩後的動作看出了欲對小弦不利，所以才出言喝止。

黑二道：「有什麼話但請直說，男子漢大丈夫何必吞吞吐吐？先把孩子還給我！」周圍眾人齊聲附合，更有人上前欲幫黑二搶回小弦。

追捕王眼蘊怒意，猛然吸氣大吼一聲：「都給我住口！」這一吼聲若行雷，勢壓全場，每個人的耳中都是嗡嗡作響，良久不息，有一兩人幾乎被震倒在地。汶河城的百姓何曾見過這等神功，齊齊退開幾步，難以置信地盯著追捕王，不明他那瘦小的身軀裡如何能發出這麼大的聲響。

黑二亦是渾身一震，雖早看出追捕王身懷武功，此刻才知竟是武林中的一流高手。黑二因父親羞愧自盡後，先流落江湖吃盡了苦頭，後來又做了幾年小廝，被人呼來喝去，雖身負精湛醫術，性格卻是懦弱，從不與人爭執，見到追捕王神威凜凜，心頭大懼，但接觸到小弦可憐巴巴的眼光，勉強鼓起一絲勇氣，對追捕王囁嚅道：「你，你到底想如何？」

追捕王淡然道：「這個孩子我必須帶走，黑二兄若想與我談些條件，就請跟我來。」抱著小弦大步往前行去，眾人懾於他的神功，不由自主讓開一條道路，眼睜睜地看著他揚長而去。

黑二望著眾人，搖頭長歎：「難道我們這許多人竟然會怕了他一個？」眾人不敢接觸他的眼光，紛紛垂下頭。黑二來自塞外，本就因父親之死對漢人成見極深，見狀反而激起一腔蟄伏多年的血氣，朗然大喝道：「小弦莫怕，黑二叔絕不會拋下你不顧。」緊緊隨著追捕王而去。

追捕王不明黑二虛實，有意顯露武技，抱著小弦看似在人群中閒庭信步，已暗暗運起「相見不歡」的輕功，似慢實快，瞬息來到郊外無人處。看黑二追得氣喘吁吁，大汗淋漓，心頭詫異。

追捕王停下腳步，將小弦放在地上，黑二趕來一把抱住小弦，惡狠狠地擋在追捕王身前：「我不管你是誰，總之決不能帶走他。」卻聽小弦亦同時急聲道：「黑二叔不要管我，這個壞蛋十分厲害……」他一路上被追捕王以無上玄功憋住氣息，此刻才能開口。

追捕王負手而立，冷然看著他二人。此刻已知黑二身無武功，忽右腿輕挑，將一塊雞蛋大小的石頭握於手中，淡然道：「此子與黑二兄非親非故，何苦糾纏不休？我帶他去京師絕無惡意，不然縱是想殺你滅口，亦是易如反掌。」隨著他的說話聲，那塊石頭已被捏成粉末。

黑二眼中懼色一閃而逝：「受人之托，忠人之事，我黑二就算拚了這條命，也斷不容你搶他去。」

追捕王大笑，驀然踏前一步，左掌虛幌，右掌已無聲無息地拍向黑二前胸。卻聽小弦急聲道：「小心他的右手。」

黑二精通陰陽推骨術，見追捕王左肩暗沉、右肘微提，早已知他左手發出虛招，右掌才是致命一擊，然而追捕王身法如電，根本不及閃避，眼睜睜地看著右掌印在前胸。

追捕王右掌按在黑二胸前，剎那間化掌為指，封住他的膻中大穴。心中驚訝不已，這一招名為「銀河夜渡」，乃是他獨門所創的得意招式，左手誘敵，右掌實擊，屢試不爽，小弦卻如何能一眼瞧破虛招？

黑二軟倒在地，小弦大叫一聲朝追捕王撲來，追捕王有意相試，抬腿欲踢忽收，右手卻閃電抓向小弦的後腦。誰知這一下小弦卻全然不管他出手是虛是實，直衝入懷，張嘴就往他右腕上咬去。追捕王食、中二指疾張，分抵小弦的上下顎，小弦大張著嘴拚命咬下，卻怎麼也無法合攏，眼中滿是憤怒。

追捕王道：「你不是我對手，乖乖隨我去京師吧，我帶你去找暗器王。」卻見小弦頭往後仰脫出雙指，伸腳往追捕王小腹上踢來，追捕王隨便一伸手，已把小弦右腿撈住，輕輕一抬，小弦身不由己在空中翻個跟斗，頭下腳上往地面栽倒，眼看腦袋就要撞在大石上，腰間一輕，又被追捕王扶正身形。

追捕王試出小弦毫無武技，微笑道：「信不信我把你摔得頭破血流？」話音未落，小弦張嘴噴出一口唾沫，追捕王大怒，卻勢不能任這無賴小兒的口水沾身，疾往後退。以他的身手，對付這樣一個孩童原是不費吹灰之力，但這一退卻用上了十成的功力，如臨大敵。

小弦逼退追捕王，上前抱住黑二，見他神色如常，只是被點穴道身不能動，剛剛鬆了一口氣。後頸已被追捕王拿住，不假思索回頭又是一口唾沫。追捕王豈會再令小弦得逞，使一個旋字訣，小弦如陀螺般原地轉個五六個圈子，那口唾沫也不知噴到了何處。勉強定下身子，甩甩發昏的小腦袋，認準追捕王的方位，喉中格格有聲，又要施展「口水大法」。

追捕王一把將黑二提起來，寒聲道：「你若再使這等卑鄙招式，我就先殺了他。」

小弦不敢妄動，口中卻道：「你用黑二叔要脅我，更加卑鄙。」

「我要脅你？你這小鬼真是不知天高地厚。」追捕王氣極反笑：「那我們約法三章，你乖乖與我去京師，我便饒他一命。」

小弦道：「你先解開他的穴道。」追捕王依言解開黑二的穴道，誰知黑二禁制一解，一聲虎吼，往追捕王腿上抱去，口中猶大叫：「小弦快跑。」小弦見狀亦是再度撲上，口舌還不停蠕動，看來又在準備唾液。

追捕王不欲與他們糾纏，閃身避開。小弦與黑二緊緊抱在一起，齊聲歡呼，神色儼然如打了一場勝仗。這一大一小都是性情中人，熱血上湧什麼都不管不顧，明知實力與對方相差懸殊，卻絕不肯低頭認輸，一副拚個你死我活的模樣。

追捕王大是頭疼。泰親王認定小弦這個「明將軍剋星」奇貨可居，一再強調要好言好語將他誘來，無法痛下辣手傷人，但這兩人雖不通武功，卻冥不畏死，死纏爛打，須得想個什麼方法才好……撚鬚沉吟，靈機一動，已有了計策。卻聽小弦與黑二同聲道：「右手。」然後一齊哈哈大笑起來。

追捕王一呆，才知道兩人指的是自己抬右手撚鬚的動作，實不明白有何好笑之處。上前欲語，才一動念頭，又聽小弦與黑二一起道：「右腿。」如同聽著兩人指揮般，他的右腿已然邁出。

追捕王停步，眉頭一皺，假意欲出左足，忽又收回變為右足。這次卻只有小弦一個人的聲音：「左……不對，還是右腳。」黑二欣然一笑，輕撫小弦的頭頂，以示讚許。他二人都是一般的癡性，見過追捕王的神功後自知不敵，早將生死置之度外，索性活學活用陰陽推骨術給自己打氣壯膽。

對於武功高手來說，料敵先知本就是動手過招的第一步，觀察對方肩臂腿腳的移動預料出手方位原是平常，甚至可根據敵人的一個眼神做出相應的判斷，但畢竟僅是憑經驗大致推測。何曾想精通醫術、每日與死屍打交道的黑二竟然由人體骨骼的變化著手，研究出陰陽推骨術這等奇學，加之黑二不懂武功，眼中所見根本不是對方繁複的招式，僅是骨骼肌肉的運動，大有佛法中見山仍是山、見水仍是水的意境。所以追捕王縱然是天下少見的高手，每一個動作都極為隱蔽，令人難以揣測，卻依然被黑二與小弦瞧破意圖。

小弦自幼修習《天命寶典》，對環境的變化極其敏感，追捕王任何精微的動作都難逃他的眼光，加上奕天訣本就是故意暴露破綻誘敵來攻的心法，對陰陽推骨術的領會較黑二更深，雖僅短短七日光景，料敵先知的本領已絕不在任何一位當世高手之下。只是小弦與黑二尚不自知有這等驚世駭俗的本事，空有利器，卻不懂如何去加以運用。

追捕王數度被小弦叫破，大覺驚詫，再聯想剛才小弦看出自己的虛招，暗忖這小鬼果然有點門道。起初他見小弦身無武功，又如何能是天下第一高手明將軍的「剋星」？心想莫非是林青信口開河之語，這一來反倒堅信不疑。

黑二見追捕王緩緩逼近，心知難敵。長歎道：「不管閣下有任何吩咐，我黑二都願聽從。只請你不再為難這孩子。」他父親早亡，兄弟反目，一生鬱鬱寡歡並無知交，唯有與小弦的七日相處，此刻只覺眼前這孩子是自己生命中最重要的人，忍不住低聲哀求。

「黑二叔不要求他。」小弦對追捕王道：「你不要害黑二叔，他是牢獄王黑山的兄弟。」他只道追捕王必會殺黑二滅口，忽想起聽父親許漠洋說過追捕王與牢獄王黑山都是泰親王的手下愛將，希望追捕王得知此事後放過黑二。

黑二反被激怒：「我就算死也不會藉那個混蛋的名頭庇護……」

追捕王怔住，一個人是京師八方名動中的牢獄王，一個人卻是小縣城中的仵作，實難相信這兩人會是同胞兄弟。何況他與牢獄王黑山頗有交情，亦從未聽他說過此事。但看黑二與小弦的神態顯非作偽，緩緩道：「黑二兄盡可放心，我絕非濫殺無辜之人，無論你是否牢獄王的兄弟，今日都不會有事。」又對小弦道：「你林叔叔身受重傷，難道你不想去看他麼？」

小弦哧鼻：「你騙人，林叔叔武功天下無敵，決不可能受傷。」

追捕王正色道：「你林叔叔是否天下無敵暫且不論，但他如今確實身負重傷，藏於白露院中養傷。」只恐小弦又會說出「騙人是小狗」之類的言語，加上一句：「此言如有半分不實，教我天誅地滅，不得善終。」

追捕王立下重誓，不由小弦不信，連聲追問：「是明將軍傷了林叔叔麼？」

黑二聽到明將軍的名字，渾身一震，喃喃道：「原來小弦口中的林叔叔竟然是暗器王林青？怪不得，怪不得……」直到此刻，他才明白管平交給他的是一個燙手山芋。

追捕王對小弦道：「此事與明將軍並無關係，乃是管平設計相害暗器王。我與林兄相識以久，敬他為人，自然要相幫。」又轉頭望向黑二：「實不相瞞，在下乃是京師御捕梁辰，此次奉命特來接小弦入京，還望黑二兄莫要讓我為難。」以他堂堂追捕王的身分，能對不通武技的黑二如此說，實已是給了十二分的面子。

黑二雖是心有不甘，但自知無力相抗名動江湖的追捕王。他本以為小弦不過是普通人家的孩子，只要願意拜自己為師，管平也不會阻攔，現在得知小弦來歷不凡，又牽連到明將軍與暗器王林青這等名動天下的人物，自己一個小小的仵作定然留不住他……但經過幾日相處，萬分不捨。

小弦呆呆咬著嘴唇，忽對黑二道：「黑二叔，你不必管我。林叔叔受傷，我一定要去京城見他。」語聲還未脫稚氣，卻流露出無比的堅定。

黑二長歎一聲，垂頭不語。

追捕王抱起小弦，走出幾步又回頭道：「黑二兄雖並不知太多內情，但既然陷身其間，當好自為之。我今日放過你，其餘人卻未必會如此，最好從此隱姓埋名換個地方生活，更要守口如瓶，以免徒惹事端。」他感於黑二與小弦之間的真情，忍不住出言提醒。

黑二搖搖頭：「我哪也不去。」

追捕王歎道：「我言盡於此，黑二兄保重。」大步離開。

黑二高叫道：「小弦，有機會要回來看我。」

小弦知道黑二之所以不願意離開汶河城，是擔心自己以後找不到他，眼眶泛紅，望著黑二重重點頭，心裡湧上無數話兒，卻一句也說不出來。唯見夜色下黑二的影子越來越模糊，終於消失不見。

追捕王展開身法，半個時辰後就趕到昭陽鎮，尋家客棧住下。一路上小弦不停打聽林青的消息，追捕王盡其所知將林青中伏之事細細說出，卻隱瞞了有關小弦與明將軍關係的那句話。

小弦半夜睡不著，睜著眼睛望著屋頂沉思。他倒是對林青信心十足，料想他就算受了重傷，亦會及時復原，回想從平山小鎮被擒後的一系列遭遇，原以為敵人是追捕王，誰知竟半路殺出一個太子御師管平，到最後仍是陰差陽錯地落在追捕王手裡，當真是令人哭笑不得。雖然追捕王看似並無惡意，不但答應帶他去找林青，亦沒有傷害黑二，卻仍覺得他言語中有許多不盡不實之處，絕非表面上那樣。

原來小弦深受《天命寶典》的影響，不但對世情萬物皆極敏感，與人交往時更有一種本能的直覺。所以黑二雖是面相凶惡，又相識於殮房中，卻能與之安然相處、結交莫逆；而追捕王儘管對他客客氣氣，卻隱隱感應到他笑裡藏刀，暗懷禍心。

小弦自小聽許漠洋大致說起過京師人物與派系，卻也知之不詳，想當然認定泰親王與明將軍都是一丘之貉，而追捕王既然屬於泰親王一系，自然也會對付林青，帶自己入京多半不安好心，難道要趁機要脅林青？

小弦越想越驚，他對自己的安危還不怎麼放在心上，卻絕不能容忍他人借此傷害林青，心想三十六著走為上計，有機會還是逃跑為妙。反正自己懷裡還有七兩銀子，只要到了京師打聽到什麼「白露院」就可找到林青。

想到這裡，小弦更不遲疑。聽著追捕王呼吸深沉，似已睡熟，悄悄起身，誰知才一動作，追捕王的聲音已傳來：「你這小鬼想做什麼？」

小弦略吃一驚，隨口道：「我有起夜的習慣。放心吧，我不會逃跑的。」

追捕王冷笑：「你可不要忘了我說的話，跑一次，打一次。」

小弦停頓一下，忽道：「梁大叔，我們來談談吧。」

追捕王嘿嘿一笑：「你想談什麼？」

小弦一本正經地發問：「你可知道什麼叫約法三章？那是漢高祖劉邦的故事，話說漢高祖入關時……」

追捕王忙不迭打斷他：「我知道這典故，莫非你也想與我約法三章？」

小弦撫掌笑道：「是啊是啊。我答應與你一起走，但你也要答應我三個條件。」

追捕王不動聲色：「你先說來聽聽。」

小弦清清喉嚨：「第一：路上不許打我罵我……」

追捕王冷然道：「你若是乖乖的，我自然不會打罵你，但你若是頑皮淘氣，當然要略施懲戒。」

小弦良久不語，追捕王問道：「還有兩個條件是什麼？」

小弦道：「第一個條件就談不攏，後面也不必說了。」

追捕王啼笑皆非：「你先說出來，我們再商量。」

「不行不行。」小弦嘟起小嘴：「先要談好第一個條件。」

追捕王忍不住微笑，心想那些窮凶極惡的逃犯見了自己都是噤若寒蟬，這樣一個小孩子竟也敢對自己賣起關子，倒也感到有趣：「好吧，一人讓一步，你淘氣時我只罵不打，但若你逃跑，仍是要打屁股。」

小弦猶不肯讓步：「你說過逃一次打一下，不許多打。」

追捕王大笑：「看來你早就報著逃跑的念頭是不是？就算只打你一下，也足讓你記一輩子。」

「我可沒想過逃跑。」小弦振振有詞：「但既然是講條件，就要把一切都說明白，免得到時候夾纏不清。嗯，那你算是同意第一個條件了？」

追捕王點頭。

小弦伸出手來：「拉勾。」

追捕王笑嘻嘻地與他勾指為誓：「還有什麼條件？」

小弦道：「第二：不許暗中找人去害黑二叔，就算那個什麼親王下令也要阻止。」

追捕王心中微凜，他本無此意，但深知泰親王心狠手辣，所以才會在臨走時出言提醒黑二。但小弦不過一個十二三歲的小孩子，竟能想到這一點，思慮之周密實是令人驚歎。鄭重道：「你盡可放心，我與他兄長牢獄王黑山私交甚密，定會盡一切力量保護他的安全。第三個條件是什麼？」

小弦想了想：「第三：到了京城不許耽擱，立刻帶我去見林叔叔。」

追捕王心想這一點可不能隨便答應你，剛要開口拒絕，卻看到小弦目光閃動，知道若不滿足這小鬼的條件，一路上不知要想出多少花樣來，權且騙他一次：「我本就是要帶你去見林兄，只要一進京師城門，我們就立刻去白露院找他。」追捕王極重承諾，深怕小弦最後會說什麼「騙人是小狗」，這一句話中給自己留有餘地，心想京師耳目眾多，自然不能直接帶小弦入城，而只要不進「城門」，便不算違諾。

小弦笑道：「這樣我就放心了。睡覺吧！」其實他故意提出第三個條件，意在先穩住追捕王，只要他稍稍放鬆警惕，自己就有機會逃走。

追捕王哪知小弦故布疑兵，見他並不追究自己話中破綻，倒是鬆了口氣。兩人各自倒頭安睡，直至天明。

第二日一早追捕王帶小弦上路，他只恐夜長夢多，山野無人處便抱著小弦施展輕功飛奔，遇到有人時便放緩腳步，以免惹人生疑。小弦這一路上果然十分乖巧，幾乎閉口不語，反是追捕王略嫌氣悶，逗他說幾句笑話。一上午趕了百多里路，來到個小集，挑家乾淨的酒樓吃飯。

小弦想起在涪陵三香閣的情景，一心要讓追捕王多破費些銀子，搶過菜單只挑最貴的點，追捕王一瞪眼：「這許多菜你吃得完麼？」

小弦擠擠眼睛：「我趕了半天的路，肚子太餓了，能吃好多好多。」

追捕王不願多生事端，不再多言，好在這集鎮不大，酒樓中亦沒有多少山珍海味，倒也花不了幾兩銀子。一時擺了滿桌的菜肴，追捕王每樣菜只是淺嘗輒止，小弦卻是狼吞虎嚥，著實吃了不少，撫著肚皮滿意一笑：「現在舒服多了。」

追捕王道：「吃飽了那就走吧。」

小弦一皺眉頭，捂著肚子叫道：「哎呀，吃太多了，我去……嘻嘻，梁大叔要不要一起去？」

追捕王冷眼望著小弦：「快去快回。」

小弦連聲答應，一溜煙往茅房跑去。眼見追捕王並不跟來，心頭得意：此時不走，更待何時？

他早就計畫好，到了茅房中看裡面無人，先脫下外衣卷成一團藏在懷中，只穿著夾襖，又抬手解開髮髻，解到一半忽又止住：如此披頭散髮反而太過顯眼。再從牆上抓一把牆灰把捏在手心中，只可恨現在是快入冬的季節，不能找頂草帽戴在頭上。打扮好後小心翼翼走出茅房，從酒樓後門繞出，來到街上。

小弦知道追捕王就算一時半會找不到自己也絕不肯甘休，這小鎮不大，遲早會被他發現。所以並不急於找個藏身之地，而是在人群中左顧右盼。忽然眼睛一亮，看到了他要找的目標……

幾個十餘歲的小孩子正在一旁玩陀螺，冷不防小弦衝來，一把搶著陀螺就跑，幾個小孩大呼小叫，緊追小弦而去。小弦並不跑遠，如捉迷藏般繞幾個圈子，等跑得全身發汗，再用手一抹，把手中的牆灰抹在臉上。停下腳步，對那幾個孩子叫道：「我們一齊玩好不好？」

「你是誰啊，我們又不認識你。」一個孩子揮揮小拳頭，氣呼呼地道。

小弦嘻嘻一笑：「我叫小龍，也很喜歡玩陀螺，卻怎麼也不能像你們一樣玩得那麼好，教教我吧。」他以己心度人，知道小孩子最喜被同齡人崇拜，以往在清水鎮玩陀螺時，若有小孩子這樣對他說，必是洋洋得意地點頭應允。此法果然奏效，那幾個小孩子也不再計較小弦方才強搶陀螺的「惡行」，一板一眼地教起來。

小弦心頭得意，幾個孩子在街邊圍著陀螺高呼小叫，這情形實在太過平常，就算追捕王看見了也不會放在心上，何況自己除下外衣，又把臉容塗得一塌糊塗，一副玩得忘形的模樣，追捕王豈會料到逃走的人會在眼皮底下如此放肆？按下面的計畫是與這幾個小孩子套套交情，最好能去某家住一晚上……剛想到這裡，眼角已瞅見追捕王瘦削的身影，連忙低下頭看著旋轉不休的陀螺，壓住嗓子叫好。

一雙大腳出現在陀螺邊，就此定住不動。小弦心頭一跳，只聽到追捕王渾若無事的聲音在耳邊響起：「我們該走了，你若喜歡玩陀螺，我去京師流星堂專門給你訂一個。」

小弦心裡大罵，抬起頭裝出興高采烈的樣子：「好啊好啊，梁叔叔說話算話，騙人是小狗。」看他的表情，彷彿根本早就知道梁辰會找到自己一般。

追捕王冷哼一聲，提步前行。小弦無奈，垂頭喪氣地跟著他。猶聽那群小孩子高叫：「小龍要走啦，下次再來玩哦……」

小弦加快步伐與追捕王並肩而行，偷眼看追捕王臉色，自嘲一笑，喃喃道：「好久不玩陀螺了，可累死我了，熱得把衣服都脫了。」

追捕王不置可否地呵呵一笑：「玩得很開心吧，竟然連名字都改了。」

小弦臉上一紅，本還想分辯說對那些鄉村孩子無需報上真名，卻知道實在瞞不過，心中一橫，跑前兩步，撅起小屁股：「你打吧。」

追捕王一愣，本來確是想狠狠教訓一下小弦，看他負荊請罪的樣子，反倒樂了：「這次先記下，若下次再犯，絕不輕饒。」

小弦咬牙道：「既然約法三章，就不能更改。想當年漢高祖入關時……」

追捕王懶得聽他囉嗦，不輕不重地拍了他屁股一下：「這樣你可滿意了？」

小弦直起身來，揉揉屁股：「還好，不是很疼。現在我們兩不相欠了。」

追捕王大是後悔，早知如此還不如給他一下重的，免得他沒記性。只得以言語亡羊補牢，冷冷道：「你也不想想我是誰，多少江洋大盜都逃不掉我的利眼，何況你這個小鬼。」

小弦沮喪至極，心想可不能讓你威風，揚臉問道：「聽說梁叔叔有兩個人一直追不到，不知誰有那麼大本事？」能提提追捕王的糗事亦可安慰一下自己。

追捕王面色不變：「一個是墨留白，一個是靜塵齋的紅袖裁紗。」

小弦喜道：「墨留白可就是蟲大師琴棋書畫四大弟子中的畫麼？」乍聽到與蟲大師有關的人物實是喜不自禁，醒悟到可能會激怒追捕王，連忙用手掩住嘴巴。

追捕王豈會與小弦一般見識，淡淡道：「你這小鬼倒知道不少武林人物，正是他。」

小弦很想問問墨留白是如何逃過追捕王的跟蹤，終於不敢，喃喃念道：「靜塵齋的紅袖裁紗，這名字好怪，難道是個女子？」

追捕王低低歎了一聲，隨口答道：「靜塵齋中自然都是尼姑。」

小弦注意到追捕王神情頗有些不自然，心想他必是吃了大虧，頗覺快意，暗暗記下紅袖裁紗這名字。他並不知南嶽恒山的靜塵齋與祁連山的無念宗、東海的非常道、滇南的媚雲教合稱為天下僧道四派，行事詭秘，少現中原。

當晚來到靈州城住下，小弦心知追捕王跟蹤術天下無雙，縱是借尿而遁亦難逃過他那一雙利眼，卻又實不甘心，眼見離京師越來越近，想逃走的念頭卻越來越強。倒不僅僅是為了不讓泰親王利用自己對付林青，而是好勝之心大起，既然墨留白與那個紅袖裁紗能從追捕王眼皮下脫身，就說明他的跟蹤術仍有隙可乘，自己未必不能做到，反正大不了被他打一下屁股，忍一下痛也就過去了。

一路上小弦苦思：林青留在自己體內的那股真氣尚在，但比武功無論如何也勝不過追捕王，自己有什麼長處是他難以應付的呢？想想自己所學的本事：《天命寶典》說服不了追捕王；《鑄兵神錄》亦派不上用場；奕天訣加上陰陽推骨術縱然能提前判斷出追捕王的動作，卻又無力抵擋；讓他和自己下一盤棋亦是癡人說夢……忽然靈機一動，已有了對策！

吃完晚飯，小弦打個飽嗝，怯生生地道：「梁叔叔，我好悶啊，我看這靈州城不小，能不能去城裡玩？」

追捕王抬眼望來：「你又想耍什麼花樣？」

小弦連連搖手：「我屁股還隱隱作痛，怎麼敢玩花樣？何況我一個小孩子怎麼逃得過你的眼睛。嗯，對了，林叔叔告訴過我，你的眼神叫做『斷思量』，總算是見識了。」

追捕王生出警惕：「你這小鬼怎麼會大拍我的馬屁，定是想出了什麼鬼點子。」

他這一說倒給小弦提個醒，心想下次有什麼計畫一定要不動聲色，免得從神情上露出破綻。卻聽追捕王柔聲道：「好吧，叔叔累了就不陪你，你自個去轉轉吧，記得認清道路，可不要迷路。」

小弦料不到追捕王不但答應自己的要求，竟然還讓自己單獨出門，喜出望外。轉念一想，追捕王多半會暗地跟蹤自己，今天恐怕是不能完成自己的「大計」了，面上努力裝出無所謂的樣子：「既然叔叔不去，那我也不去了。」

追捕王道：「不必因我壞了興致，你還是去玩一會吧。」

小弦半信半疑地出了客棧，在街上走走停停，不時突然回首張望，希望發現追捕王的影子，至少可以譏諷他兩句，卻從未如願，心想莫非追捕王真是對自己卸了疑心？

逛了半個時辰，小弦終於按捺不住，閃身進入一家藥鋪，掏出懷中的銀子：「我要半斤巴豆！嗯，還要些冰糖、芫花與柑皮……」原來他想到黑二曾提過吃了巴豆大泄不止，渾身乏力，若能給追捕王服上一劑，自己再逃跑可就方便了許多。

店家吃了一驚：「你為何要那麼多的巴豆？」

小弦編個謊話：「我家裡的小馬病了，爹爹說是……便秘，買些巴豆給牠治治。」

店家笑道：「原來是馬兒腹脹，只需兩三錢便是，何用得著半斤？」原來小弦從未見過巴豆，只當是如平日吃的蠶豆一般，開口就要半斤。

小弦臉上一紅，卻是聽到店家說「腹脹」，頓覺得「便秘」二字太不文雅，暗暗記下。又怕追捕王武功高強，巴豆份量不夠：「我家有三匹馬兒都病了，那就買……七錢吧，哈哈。」想到追捕王縱是神通廣大，吃下三倍於馬兒份量的巴豆，不怕他不變成病貓。

稱好藥物，又讓店家將巴豆、冰糖、芫花、柑皮一併研磨成細細的粉末，小心包好放在懷裡，小弦哼著小曲往客棧而去。路上見到有賣蓮子羹的，聞起來十分香甜，心想追捕王對自己還不算太壞，至少打屁股時手下留情，便買下兩碗，回到房中。

追捕王從床上探出頭來：「你回來了。」

小弦看追捕王早已歇息，並未跟蹤，暗笑自己疑神疑鬼，拿出蓮子羹：「梁大叔吃點宵夜吧。」

「嘿嘿，你這小鬼倒是有心。」追捕王也不客氣：「先擺在桌上吧，待我明早起床後再吃吧。」

小弦只覺追捕王笑聲古怪，卻也未曾多想：「快起來快起來，涼了就不好吃了。」把兩碗蓮子羹放在桌上。貓腰瞇眼：「這碗多一些，給梁大叔吃，這碗少一些，就是我的啦！」話音未落，耳根一痛，已被追捕王一把揪住，大駭道：「做什麼？」

追捕王冷笑：「你知道我最恨什麼人？」

小弦不明所以，捂耳大叫：「我管你恨什麼人，為何拿我出氣？」

追捕王寒聲道：「我最恨的是那些下藥害人的小賊，必會讓他自食其果！」右手端起那碗份量稍多些的蓮子羹，左手卡在小弦喉嚨上，微一用勁，小弦不由自主張開嘴，一碗蓮子羹已囫圇滑落腹中。

追捕王鬆開手，小弦捂喉大跳，幸好天氣寒冷蓮子羹已不再燙口，但被幾顆蓮子卡在喉間，不停乾嘔，卻吐不出來。追捕王越看越氣，又一把拽過小弦，打橫放在膝上，動手脫他褲子。

小弦大驚：「你要做什麼？咳咳……」一口嗆住，涕淚狂流，狼狽萬分。

追捕王怒喝道：「竟然想用巴豆害我，今日非給你一個教訓不可。」

小弦這才恍然大悟，追捕王確實跟蹤自己，自己卻一無所覺，買巴豆的情景全都落在他眼中，只是這碗蓮子羹中並未下藥，當真是冤枉透頂……猶豫著是否應該說出真相，忽覺屁股一涼，褲子已被脫了下來，拚命掙扎：「你要打就直接打好了，為什麼脫褲子……」羞慚交加，正要奮力回頭吐出口水，「啪啪啪」地幾聲脆響，小屁股上一陣火辣。

追捕王輕身功夫極高，眼力又好，跟蹤小弦不被他發覺，直看到他入藥房買藥，遠遠已瞅見店家拿藥的櫃子上寫著「巴豆」二字，如何不明白小弦的用意，心頭火起，先趕回客棧。

本想裝睡看小弦如何行動，誰知小弦卻拿回兩碗蓮子羹，理所當然認定下了巴豆在其中，又見他還裝出一副「關心」自己的樣子，笑嘻嘻地說把份量多的一碗給自己吃，若非知曉內情，中了毒手豈不還要感激他？越想越是氣不打一處來，再不治治這個「陰險」的小鬼，只怕下次碗裡放的就是砒霜了。

當即先逼小弦喝下那碗「巴豆羹」，再脫下他褲子，連打了十幾掌方才收手。他雖未用真力，但心頭憤怒出手亦不輕，十餘掌下去小弦的屁股上指印縱橫，高高腫起渾如小丘。

小弦起初還嘶聲大叫，漸漸不出聲，追捕王只道他疼昏了，把他翻過臉來，卻見小弦大睜著雙眼望著自己，目光出乎意料地篤定，一字一句道：「士可殺不可辱，此仇不報非君子。」在小弦的心目中，冤枉打十餘下也還罷了，被脫下褲子當真是奇恥大辱，這一刻真是恨透了追捕王。

追捕王冷然道：「我們約法三章，你給我下藥就是想逃跑，打你也是應該。」

小弦恨恨道：「就算如此，說好逃一次打一下，可你剛才一共打了我十七下，還倒欠我十六巴掌！」

饒是追捕王怒火中燒，也不由被小弦逗笑了。想到剛才那一刻他竟然還能數著自己打了多少下，倒也佩服他的硬氣，放軟口氣半開玩笑道：「也罷，假若以後你是我追捕的犯人，我便饒你十六次。」

小弦道：「才不要你饒，總有一天我會連本帶利讓你還給我。哎喲……」終是忍不住疼痛，慘呼出聲。

追捕王哈哈大笑：「你若有那份本事，我就等著，而且絕不事後再報復你。」

小弦也不說話，只是死死地望著追捕王，噴火的目光幾乎要將他吃下肚去。看著小弦鎮定中隱現殺氣的神情，追捕王莫名地心頭一悸：他若真是明將軍的剋星，只怕日後真有這本事也說不定。旋即按下這心思，這孩子雖有些異於常人的地方，但身無武功，多半是林青為了讓管平不致害他，誇大其詞。抬手把小弦從膝上扶起。

小弦忙不迭地穿上褲子，磨擦到傷處，只覺屁股上火燒火燎，似萬針插刺，好不容易費力穿好褲子，勉強站直身體又痛呼一聲彎下腰去，「啪」地一聲，一物從他懷裡掉了出來。

追捕王面色一變，從地上撿起那物，卻是一本薄薄的書冊，扉頁上四個燙金的大字：天命寶典！

小弦驚呼：「還給我。」欲去搶奪，屁股上又傳來一陣鑽心的疼痛，只得住足不動。

追捕王聽說過《天命寶典》與明將軍的流轉神功是昊空門並列的兩大絕學，雖與武功無關，卻是道學極典，據說有洞悉天機之能。他自重身分，強壓貪念，將《天命寶典》穩穩放在小弦手心裡：「我梁辰豈會貪你這小鬼的東西？」心中卻是一凜，至少林青說小弦乃是昊空門前輩全力打造之材並非虛言，一時竟也生出一絲天機難測的惶惑之感。

小弦將《天命寶典》收入懷中，他最忌別人嫌自己小，這一路上不知聽追捕王說了多少句「小鬼」，平日也還罷了，此刻被冤枉痛打一頓，更是氣得發昏，心道：若是不報此仇，就讓我把懷內那包巴豆全吃下去。想到這包尚未曾動用的巴豆，心生一計，強忍痛苦，捂腹大叫：「哎呀不好，要拉褲子了。」一瘸一拐地往門外飛奔而去，追捕王嘿嘿冷笑：「自作孽，不可活。」

小弦跑進茅房，捂著屁股直吸冷氣。手探入懷裡摸著那包巴豆粉，咬牙切齒道：「這一包東西遲早會讓你吃下去。」他剛才故意裝出吃下巴豆的樣子，就是要讓追捕王失去戒心。按一般人的想法，自己吃了大虧後必然會另想辦法，不會再用藥物，他卻偏偏要讓追捕王重新栽在這包巴豆上！

這一晚小弦輾轉反側，睡得極不安穩。偶爾清醒過來又掙扎下床裝做去茅房，當真是苦不堪言。追捕王亦覺自己出手太重，只是礙於面子不肯向小弦道歉，何況亦自覺並無錯處。有幾次追捕王見小弦實在是辛苦，開口說扶小弦去茅房，小弦對他全不理睬，也只好一歎作罷。

第二日小弦賴著不肯起床，追捕王知他屁股疼痛，加之「巴豆」作怪，亦不逼他趕路，反是主動將飯菜端到他床前。小弦也不道謝，有飯就吃，無事就睡，不時裝做腹痛去一下茅房，心裡卻是想著捉弄追捕王的方法。

直到了晚上，小弦方覺屁股疼痛稍減，料想一日後巴豆效力已過，不再裝模作樣，熟睡一夜，總算恢復了元氣。

第三日清晨，追捕王重新帶著小弦上路。他雖是名動天下的御捕，江湖上各種毒藥都略有瞭解，卻對似毒似藥、有利有弊的巴豆毫無研究，僅知吃了巴豆後會腹泄不止乏力數日，食下後的具體症狀知之不詳，見小弦一日便好，還當他下的份量並不重，全無疑心。

一路上兩人皆是默然少語，低頭趕路，小弦固然是賭氣，追捕王亦覺餘怒未消，心道就算多打你這小鬼幾下，但堂堂追捕王給你這小鬼端茶送飯，莫非還嫌不夠麼？

來到一片山林中，小弦忽叫一聲：「等一下。」走到一棵大樹前，默立半晌，又自顧自朝前走去。

追捕王心頭奇怪，強忍著不去問他，走了一會，小弦又是高叫：「停！」如同剛才一般在一棵樹前靜立良久，然後繼續行路。

如此三番五次，追捕王疑心大起，喝道：「你鬼鬼祟祟地又想做什麼？」

小弦白他一眼，揉揉屁股，欲言又止。追捕王以為他怕自己再打他，放緩口氣，柔聲道：「有什麼事就告訴叔叔，只要你乖乖的，我豈會胡亂打你？」

小弦道：「那你先要答應我一件事。」

追捕王點頭：「你先說出來，凡事都好商量。」

小弦道：「我去那邊林子一會，你不許跟著我，也不許偷看。」

追捕王沉聲道：「你到底想做什麼？」

小弦垂下頭：「你先答應我，等我回來就告訴你我去做什麼？不用多久，半柱香的工夫。」

追捕王實不知小弦又有什麼念頭，眼望山林，料他也逃不了：「好，我答應你。」

小弦一臉肅容：「騙我是小狗？」

追捕王這次答應得爽快：「我絕不跟蹤，也絕不偷看，你放心去吧。」

小弦臉上喜色一現，旋即收起，苦笑著慢慢走入密林深處。

追捕王果然站在原地不動，等了一會也不見動靜，回想剛才小弦的神情，大覺蹊蹺。叫一聲：「小弦，你好了麼？」

小弦的聲音遙遙傳來：「還有一會兒，馬上就來。」

又是良久無聲，追捕王略有些不耐：「半柱香時間早過了，我數十聲，你再不回來就去找你了。」

小弦的聲音傳過來，似乎頗為惶急：「你不要過來，我就快好了。」

追捕王心中起疑，大聲數數：「十、九、八……三、二、一！我來了。」騰身往小弦的方向衝去，他有意要看看小弦做什麼，身法極快，眨眼即至，卻見小弦慌慌張張地從樹林中跑出來，口中還嘮叨不休：「好了好了，你這個人真是性急。」

追捕王眼利，已瞅見小弦指縫中全是泥土：「你做什麼了？」

小弦一面往前走，一面結結巴巴地道：「我……我們快走吧，路上我再慢慢告訴你。」

追捕王冷笑一聲，他循聲辯位，早已判斷出小弦現身的地點並非剛才發聲時的方位，直朝林中深處走去。小弦大驚：「你去那裡做什麼？」

追捕王不理他，來到林中，游目四顧。

小弦把追捕王往林外拉：「你來這裡幹什麼，快走吧。」望一眼左方五步外的一棵大樹，又急忙別開頭去。

追捕王將小弦的神情看在眼裡，朝那棵大樹走去。凝神細看，立刻瞧出那大樹上有泥封的痕跡，上前用手一抹，泥沙簌簌而下，露出一個樹洞口。

「不要……」小弦大叫，神情緊張。

追捕王抬手虛指小弦，臉色陰沉：「站在那裡不要動，不許開口。」小弦似是十分害怕，果然不敢動彈，小嘴緊閉。

追捕王探手入樹洞內，裡面極深，觸不到底，料想小弦必是放了什麼重要的東西在裡面，回頭看時，只見小弦已轉過身去，渾身抖個不停，彷彿怕到了極點。

追捕王心裡更是好奇，暗運神功，逆運真氣，使一個吸字訣，驀然提掌，洞底一物已被他吸在掌中。哈哈大笑：「你這點小把戲豈能瞞過我？」只覺那物被一片大樹葉包裹著，因他掌中吸力極大，樹葉已碎，那物正撞在手心裡，觸手極軟，微溫，且頗有黏力。

「奇怪，這是什麼東西？」話音未落，一股臭氣已直沖入鼻端，追捕王驀然怔住，已想到一件極可怕的事情，右手放在樹洞裡，幾乎沒有勇氣拿出來。

小弦再也忍不住，捂著肚子在地上打滾，原來他剛才渾身顫抖並非害怕，而是強忍笑意。一面笑，一面還頗委屈地道：「不要怪我，人家實在是忍不住了嘛……哈哈。」

追捕王出道至今，從未受過這等侮辱，何況剛才一意取物，掌中吸力十足，那團「可怕的東西」結結實實黏在掌心，又是狂怒又是噁心，若非尚存一絲理智，小弦就算有十條性命，也必會被他斃於掌下。

小弦笑得滿頭大汗，看到追捕王神情可怖，心頭亦有些發虛，勉強收住笑聲：「我又不是故意的，本想在路上慢慢告訴你，可你非要自己來取，還不讓我提醒你……」說到這裡，幾乎又要笑出聲來，苦苦忍住。

追捕王怔愣了半晌，忽放聲大笑起來：「好小子，真有你的。這一次我梁辰輸得心服口服，絕無話說。」

從樹洞中提起手掌，實不忍看那「慘況」，瞇起眼睛閉住呼吸去找水源淨手。他當然知道小弦不但是「故意」，而且是算準了自己必會來查看，面上做戲的天份也還罷了，更還把自己當時的心理與應變揣摸到了十足，這份縝密的心思縱是精於算計的成年人亦遠遠不及，何況只是一個十二歲的少年……

如果說之前追捕王還對林青的話稍有懷疑，此刻已是確信無疑。假以時日，小弦不但足可成為明將軍的剋星，天底下任何人只怕都難以望之項背！

小弦總算出了一口惡氣，只道必會挨一頓痛揍，誰知追捕王回來後僅淡淡說了聲：「走吧。」再無多餘的言語。

小弦心頭忐忑，不知追捕王會想什麼方法報復自己，乖乖跟著他，大氣也不敢出。

走了幾里路，忽聽追捕王長歎一聲：「我前晚的話能否不算？」

小弦奇道：「你前晚說了什麼？」

「前晚我曾說可以饒你十六次，現在我改變主意了。」追捕王一字一句道：「如果你日後是我的敵人，一旦落在我的手裡，絕不會留活口！」

這句話聽得小弦膽戰心驚，心底深處卻有一種斜睨天下的自豪與驕傲感，層層翻湧而起。

第七章

宿敵初逢

那人飛落潭邊，小弦僅看到他的側面，
但見他身材瘦小，面色白皙，猶如凝脂，
最觸目的是那挺直如峰的鼻樑；
淋濕的烏亮濃厚的長髮斜垂肩膀，卻並無柔軟、嫵媚之感，
而是別有一種健美、灑脫的魅力。

再行了兩天，這日下午到達一個名為潘鎮的小城。

追捕王帶著小弦到一家酒樓中，叫一壺茶，幾碟小菜，慢慢品茶吃菜，狀極悠然。

小弦奇道：「現在才是申時初，根本不到用飯的時候，為什麼突然不走了？」

追捕王淡淡道：「再往北行五里，就到京師。」

小弦一驚，原以為遠在天邊的京城居然就已近在眼前。追捕王經過那日在樹林中的「暗算」後，雖沒有找小弦的麻煩，但這兩天裡處處小心提防，根本找不到下藥的機會，難道就這樣被他「押」往京師麼？縱然能平安見到了林青，亦是灰頭土臉毫無面子。口中道：「你答應我一入京師就去找林叔叔，可不能說話不算數。」

追捕王點點頭：「我答應過的話，必會做到。」

想到馬上就可以見到林青，小弦心癢難耐：「那我們快走吧。」

追捕王低聲歎道：「你可知許驚弦如今已是京師中的風雲人物，人人欲得之而後快。你若是就這般入京，只怕還不等見到暗器王，就被人撕成幾塊了。」若是以往，追捕王定會對小弦以「小鬼」相稱，並且隨著一絲不屑的冷笑，但經過上次「樹洞取物」的教訓，對小弦大大尊敬起來，甚至內心深處還有一絲莫名的畏懼，所以用他的大名「許驚弦」相稱。

小弦驚喜交集，只當追捕王諷刺自己：「梁大叔不要笑話我。」追捕王一笑不語，他所說的確是實情，但現在還不到對小弦攤牌的時候，須得想個方法先通知泰親王，神不知鬼不覺地把小弦藏在京師郊外某處，既免得引起京師各勢力的懷疑，亦不必違自己的誓言。只不過小弦古怪精靈，不敢稍離他半步，實是分身無術。所以先到這個京城外郊的小鎮上，最好能遇見泰親王的手下替自己通風報信。

小弦猜不透追捕王的心思，望著桌上那壺清茶發呆：這或許就是自己下藥的最後機會了，但在處處防範的追捕王眼皮底下，又如何能做到？

忽聽酒店外一陣喧嘩，一位胖和尚出現在店門口，手中托著一個斗大的缽盂，身後還跟著十餘位衣衫襤褸的叫花子，把店門堵得嚴嚴實實。

店小二連忙迎出來：「這位大師有何指教？」

胖和尚雙掌合什：「貧僧給施主請安了。」他看樣子三十餘歲的年紀，身軀既高且壯，普通人不過到他的胸前，一個人就幾乎堵住了整個店門，卻是一臉謙恭，聲音亦是平和有禮，極慢極穩，若只聞其聲，斷然不會想到竟是從這樣一個魁梧的身體中發出來的。

店小二連叫不敢當：「大師是要化緣，還是要做法事？」

胖和尚淡然道：「貧僧化酒肉緣。」

店小二一呆，從未聽說過不食葷腥的出家人化什麼「酒肉緣」，一時不知如何是好。一旁的店主人頗有見識，瞧出這和尚有些來歷，舉手相請：「呵呵，本店素食酒肉俱全，還請大師堂內相坐。」

胖和尚搖搖頭：「出家人不便公然破戒。」他說得心平氣和，似乎只要不是「公然」，出家人破戒就是理所當然、天經地義之事。

店主人略皺眉，吩咐店小二道：「去切兩斤牛肉，再拿一壺好酒來。」又問胖和尚道：「大師請稍待，卻不知大師如何稱呼？」

「名號皆空，施主無需知曉。」胖和尚並不報上法號，又搖搖頭道：「施主太過小氣了。」

店小二再也忍不住開口斥道：「你這和尚忒貪心，吃酒吃肉不說，我家掌櫃好心施捨，還要嫌少麼？」

「阿三不得對大師無禮。」店主人喝住店小二，又對胖和尚陪笑道：「不知大師要多少酒肉才夠？」他精於世故，早瞧出這胖和尚絕非善類，不敢開罪。

胖和尚道：「門外這十幾位皆是深具慧根之人，亦要請施主化緣。」他口中所指得「深具慧根」之人竟就是那十餘位形貌猥瑣的叫花子。

店主人無奈，只好又命人多拿三十斤牛肉與一壇好酒來。那店小二在一旁神情不忿，口中猶是嘟囔不休。胖和尚忽望定他：「施主要小心。」

店小二沒好氣：「我小心什麼？」

胖和尚低聲道：「小心近日有血光之災。」

店小二先一怔，兩道眉毛漸漸豎了起來，微蘊怒意。那店主人連忙喝住他，對胖和尚拱手道：「大師不必與他一般見識。」

胖和尚卻只盯住店小二不放：「施主如願破財，就可消災。」

店主人以眼色止住幾乎要破口大罵的店小二：「還請大師指點，如何破財，如何消災？」

胖和尚緩緩伸出右手：「三兩銀子。」他的右手赫然只有三根指頭，食指與無名指俱都不見，而且每根指頭都極短極粗，似是被切去了一節。

店小二本還要再說，看到這隻可怕的右手，面色微變，不敢開口。

店主人連忙掏出三兩銀子，陪笑道：「還請大師笑納。」

胖和尚卻仍是不依不饒：「破財的應該是他，不是你。」

店主人歎道：「大師放心，這三兩銀子必會從他下個月的工錢中扣除。」又一拉店小二：「還不快謝謝大師。」

店小二無奈，躬身一禮：「多謝大師指點。」

胖和尚微微點頭：「此乃出家人的本份，施主不必客氣。」從頭至尾，他都保持著那不疾不徐的聲調，態度亦是始終如一的謙恭，但在場的每個人都能感覺到他從骨子裡發出的驕狂之氣，似是天下萬物皆不瞧在眼中，又或是萬生平等，並無尊卑貴賤之分。

堂中食客面面相覷，連說話聲音都不由放低了三分。

送來了牛肉與美酒，胖和尚卻不分給那些叫花子，而是拿起牛肉放在他手中的大缽裡。說來奇怪，那缽雖然不小，看樣子最多僅能放下十餘斤牛肉，也不知胖和尚用什麼方法，這邊拍拍那裡按按，竟將三十斤牛肉盡皆放於缽中。然後才伸出那只有三隻指頭的右手，輕輕一勾，將一大罈酒挑在小指上，施施然走到酒店外的一堵破牆邊，盤膝坐下，將一大罈酒放在身前，對那些叫花子招呼一聲：「開始吧。」

那些叫花子頓時一擁而上，爭搶那一罈酒。只要能搶到一口酒喝，便可從胖和尚手中分得一塊肉，看來是與胖和尚早就有言在先。胖和尚不急不燥地望著一群乞丐爭酒，渾如講經說法般端然靜坐，面相端嚴。

小弦看完這一幕，忍不住低聲道：「這和尚倒是有趣，就是化緣時好像太囂張了一點。」

追捕王卻是一臉凝重：「無念宗的和尚皆是這個模樣。」眉頭略略一沉，喃喃道：「暗器王此次入京，天下武林聞風而動，竟然連祁連山的無念宗也來湊熱鬧了。」

小弦似有所悟：「嗯，是了。林叔叔與明將軍都是武林中的絕頂高手，誰都想親眼目睹他們的決戰好增長一份見識。」想到自己也會參與到其中，興奮得手舞足蹈。

追捕王一歎不語，京師形勢複雜，派系林立，暗器王與明將軍一戰不但關係著兩人的聲望，諸方勢力亦都想趁此機會擴充實力，獨攬大權，可謂是牽一髮動全身。或許有些江湖客確是為了一睹暗器王與明將軍的風彩而趕赴京師，但更多的只怕是為了「名利」二字，伺機投靠某方勢力，絕非小弦想像的那麼簡單。這道理卻不必對小弦明言了。

小弦又問道：「我從未聽說過什麼無念宗，看那店掌櫃一副息事寧人的樣子，莫非很了不得？」

追捕王隨口道：「行走江湖，最忌得罪僧、尼、道等出家之人。那店主人見多識廣，江湖經驗豐富，何況那和尚所要不多，何苦生事？」

小弦嘻嘻一笑：「我看那胖和尚又喝酒又吃肉，還道是個狠角色。瞧他伸出三個指頭以為要敲詐三百兩銀子，誰知只是區區三兩。恐怕他也頗為心虛，不敢獅子口大張，漫天要價……」

「無念宗不信神佛，不守戒律，所以才有『無念』之名。每次『化緣』皆是看人行事。遇見王公貴族，要價成千上萬，若遇見普通百姓，有時不過幾枚銅錢便了事。」追捕王漠然道：「無念九僧，各有驚人藝業，卻偏行那詭秘之事，常常借化緣之機勒索百姓，雖然每次皆適可而止，若不答應他的要求卻絕不肯甘休。記得那年碧寒山莊少莊主娶親，卻有一個癩頭和尚以重塑佛像金身為名，說什麼佛像差一隻右眼，唯有新娘子頭上的那顆夜明珠才最有佛緣。先不說那顆夜明珠乃是少莊主贈與新娘的訂親之物，只憑碧寒山莊威震陝甘的名頭，又如何肯給他？那癩頭和尚也不動粗，卻在喜堂上坐起禪來，那碧寒山莊中十餘名武功高強的弟子合力也抬不動他。這一坐就是大半天，眼見吉時將過，又不能把他一刀殺了，豈不沖了喜事？無可奈何之下亦只好把那顆夜明珠給了他，親事方才如期舉行。那名癩頭和尚正是無念宗的三僧談劍，無念宗的行事難纏，由此可見一斑。」

小弦聽得又是好笑又是心悸，當真是天下之大無奇不有，遇見這樣不講理的和尚，也只好忍氣吞聲。繼續問道：「他又怎麼把那三十斤牛肉都塞到那……大碗裡？」小弦不識僧人化緣的缽盂，權以「大碗」相稱。

追捕王嘿嘿一笑：「無念宗的『須彌芥納功』僅用於一盤牛肉上，倒也算是稀奇。」

小弦也不懂什麼叫「須彌芥納」，眼珠一轉：「看來這個胖和尚果然很厲害？梁大叔可打得過他麼？」

追捕王傲然道：「總不會輕易輸給他。」

小弦聽追捕王的語氣亦無必勝把握，計上心來：這胖和尚看來也不是什麼好人，若能讓他與追捕王打一架，自己便有機會混水摸魚了。喃喃道：「你不是號稱捕王麼？便由他這般飛揚跋扈，欺負百姓？」

追捕王隱隱察覺到小弦的心思，面色一沉，低喝道：「我們正事在身，豈可不分主次？你若是想惹事生非，我可不饒。」小弦吐吐舌頭，連吃幾顆花生米堵住小嘴。

門外那些叫花子分完了酒肉，一哄而散。胖和尚鼾聲大作，閉起眼睛呼呼大睡起來。他說話斯文，鼾聲卻著實配得上那魁梧的身材，滿店皆聞，食堂皆暗暗皺眉，卻無人敢上前理論。

追捕王見小弦用手撥弄著碟中的花生米，一顆顆地數，似乎並無藉機生事的念頭，放下心來，暗暗尋思想什麼方法找人通知泰親王，若是亮出追捕王的名號，自有人通風報信，只歎不能輕易洩露身分，不然人人皆知小弦落在泰親王手裡，豈不麻煩。

忽聽小弦歡叫一聲：「哎呀，有隻好漂亮的小鳥，我打……」手一揚，手中一把花生米已脫手飛出。這一擲不但使出了林青教給他的暗器手法，更用上了林青留於體內的那股真氣。

追捕王奇道：「哪有什麼鳥兒？」卻見小弦擲出的幾顆花生米悠悠穿過酒店大堂，不偏不倚地朝著店門外呼呼大睡的胖和尚頭頂上落去。

小弦體內那股真氣雖然已是勁道大減，傷人無力，擲花生米卻是準頭力度絲毫不差。以追捕王「相見不歡」的輕功，若是及時跨步尚有可能後發先至、搶在擊中胖和尚之前截住那幾顆花生米，但萬萬想不到不通武功的小弦竟有這本事，心想難道他平日都是裝出來迷惑自己？一時大感愕然，再也不及出手。

若是林青見到這場面只怕更會驚詫不已：按理說真力渡體最多滯留三四日便散，誰曾想小弦身懷自損經脈、激發潛力的嫁衣神功，更被景成像出指破去丹田後，反令體內經脈對外來真力的容納力大增，所以這道真氣足足在他體內十余日後尚有這等神通。其中機緣巧合變化微妙處，連小弦這個當局者亦渾然不解。

眼看那幾顆花生米端端正正將要擊在胖和尚的光頭上，看似沉睡的胖和尚驀然睜開雙眼，鼻中彷彿還殘留著鼾聲，一道若有若無的白氣已從鼻端噴出，正撞在那幾顆小小的花生米上。

「波」的幾聲輕響，花生米盡數粉碎。胖和尚一躍而起，炯炯目光朝小弦的方向看來。

追捕王心頭暗恨，不虞多生事端，正要開口說句場面話，卻見小弦一個箭步擋在自己身前，口中猶大聲道：「好漢一人做事一人當，這個和尚好厲害，梁大叔不要管我。」

追捕王一愣，如何猜不出小弦的心思。奈何周圍食客皆望著自己，若是讓一個小孩子去出面硬扛，這一張臉真是沒地方擱。望著面色依然沉靜的胖和尚道：「大師不要誤會，小孩子一時頑皮……」

小弦卻嘻嘻一笑，對著追捕王的耳邊道：「梁大叔教的本事果然好使，一擊就中。」他的聲音不大不小，足令滿堂食客聽得清清楚楚，更遑論那個身負武功的胖和尚。

追捕王氣得咬牙切齒，眾目睽睽之下又不能痛打小弦一頓，若是與這樣一個黃口小兒分辨真相，豈不顯得怕了那胖和尚。

追捕王尚未想好對策，只見那胖和尚目光已從小弦身上移向自己。胖和尚眼中精光一閃，顯是發現追捕王絕非庸手，卻仍是雙掌合什，淡然道：「阿彌陀佛，施主要小心。」左手托缽，緩緩抬起那隻僅餘三指的右手。

無念宗一向是看人行事，既要索取足夠的代價，亦不會令對方太過難堪，所以對那店小二僅要三兩銀子作罷。如今估計追捕王並不好惹，不免猶豫應當報出三十兩還是三百兩的價格……

小弦聽到胖和尚這一句「施主小心」，已知妙計得逞。退到桌邊坐下，忽閃著大眼睛望著追捕王，似是委屈，又似是得意，口中猶道：「大師不要生氣，我們有得是銀子。破財消災就是了，三百兩也成。」

胖和尚被小弦搶先把話說了出來，右手悻悻伸在空中：「便如這份小施主所言吧。」

追捕王目光一沉：「你是談舞還是談歌？」

胖和尚被追捕王一語道破來歷，面色如常，仍是那彬彬有禮的神情，站定於酒店門口並不入內：「小僧談歌，請問施主高姓大名？」無念宗九僧的法號皆以「談」字當頭，這位胖和尚正是七弟子談歌。

追捕王心知自己絕無可能給他奉上三百兩銀子，騎虎難下，此事已無法善了，偏偏又不能報上姓名懾退談歌，倒不如速戰速決，免得小弦乘機又弄出什麼花樣。他身為捕快，亦不必遵循什麼武林規矩，驀然跨出兩步，瞬間到了談歌身前三尺，右掌疾出，往那大缽上按去。

談歌見到追捕王靈動無比的輕功，已知遇上勁敵，微退半步，大缽一旋，罩往追捕王的右掌，右手三指斜插追捕王的雙目與眉心，僧袍下左腿已無聲無息地踢向追捕王的下陰。無念宗講求隱忍不發，出手必傷敵，這一招「足卷珠簾」乃是無念宗的不傳秘學，端是狠毒。

誰知談歌身形才動，小弦已大叫一聲：「小心他的左腿。」談歌一愣，這一腿便不敢踢出去。

追捕王早看破談歌此招，卻料不到小弦會幫著自己，心中疑慮稍減：原來這孩子雖然鬧事，卻還是與自己一致對外的……右掌陷入缽中，只覺被一股大力吸住，不假思索反掌劃出。談歌本就略失先機，變招不及，追捕王反掌正擊在缽沿上，才知這看似無奇的大缽竟是鐵鑄。

「啪」地一聲，這一下是兩人內力硬碰，全無取巧餘地，談歌踉蹌退開三步，顯然內力比起追捕王差了一籌。

追捕王身法猶如鬼魅，電閃而至，左肘橫擊前胸，右掌劃個圓弧襲向談歌右肩。談歌口中大喝一聲，左手拋缽撞向追捕王襲來的左肘，右指駢如劍戟，徑刺對方右肘曲池穴。同時右膝無聲無息地頂向追捕王小腹，誰知又聽到小弦叫道：「右腳又來了。」

談歌心中懼意大生，右膝再收，才欲動念變招，追捕王肘壓鐵缽已撞至胸前……

一聲悶響，兩人身形分開。談歌騰身而起，口噴鮮血，疾速朝外掠出：「施主近日必有血光之災，還請好自為之……」縱是重傷嘔血而退，他的聲調竟仍是那般悠然。

追捕王也不追趕，望著談歌逸去的方向，歎一口氣：「小弟在京師靜候談歌大師。」

小弦瞧得眼花繚亂，他本意想先叫破談歌幾招，到關鍵時候再故意說錯，好讓追捕王吃個大虧。誰知追捕王武功如此強橫，兩三招便迫退這不可一世的胖和尚，暗悔自己不應該急於開口。

追捕王返身回酒店中，他雖不懼談歌的報復，但沒來由地得罪死纏不休的無念宗，心頭氣惱，惡狠狠地望著小弦這個肇事者，若非礙於旁人眼光，必是揪過來痛打一頓。

小弦反應敏捷，當先鼓起掌來：「大叔神功蓋世，為民除害，佩服佩服。」那些食客大多對談歌的行為敢怒不敢言，此時亦一併鼓掌而賀。

店小二剛才吃了談歌的暗虧，巴掌拍得猶為響亮。

追捕王縱是見慣了這等場面，亦不免有些飄然，對眾人拱手作謝。又見小弦並未趁機逃跑，反是眼露怯意，轉過身去指指小屁股，一副甘願受罰的樣子，想到他剛才畢竟出言幫自己，微微一笑坐回原位。

小弦雙手捧茶遞上：「梁大叔你好厲害。」這一句確是肺腑之言，事先絕未想到追捕王如此輕易就打發了那胖和尚談歌。

追捕王哈哈大笑，舉杯一飲而盡：「現在你知道我打你屁股的時候手下留情了吧。」

小弦連連點頭，忙不迭地再給他斟滿茶杯。追捕王心情極好，只覺得這杯茶亦甘甜如飴，連飲幾杯，又想到剛才小弦擲花生米的手法：「瞧不出你這小鬼還有點本事。」

小弦笑道：「比起大叔來差得遠了。」

追捕王也不再追究。心想露了行跡，還是早早離開此地為妙，當下叫來店小二付帳。店主人口稱「大俠」，堅辭不收。追捕王平日大多都是在窮山惡水中追捕逃犯，難得有這等做「大俠」風光的機會，自不肯落下白吃白喝的口實，爭論一會，強行留下二兩銀子。起身欲離，忽覺腹中微微一痛，一股濁氣直沉下陰，幾欲奪路而出。追捕王這一驚非同小可，若是大庭廣眾下當場放個響屁，豈不大大玷辱了「大俠」的名頭，手按酒桌，急運十成功力，方才令這股氣緩緩散出。

小弦看到追捕王臉上的古怪表情，忽手指門外驚叫：「哎呀，那個胖和尚又回來了？」

眾人齊齊回頭去看，哪有半個人影？一失神間，小弦已一溜煙般往門口跑去，追捕王喝道：「你又想做什麼？」剛要去追，腹中又是一陣絞痛。直到此刻，方驚覺又中了這小鬼的毒手，大怒道：「你莫跑！」氣沉丹田，運功欲壓住那一股翻騰之氣，奈何畢竟是血肉之軀，這等情形全然無力控制，縱是追捕王身負絕世武功，此刻亦是身不由己。才奔出兩步，下腹如墜千斤，望著店主人口唇蠕動，臉上漲得通紅。

店主人不明所以：「不知大俠有何吩咐？」

追捕王苦忍良久，終於逼出一聲大叫：「茅房在哪裡？」

眾人面面相覷，只覺這位「大俠」的行徑當真是鬼神莫測，勢難預料！

小弦一路狂奔，回憶追捕王剛才臉上哭笑不得的神態，越想越是好笑。剛才趁追捕王與談歌動手過招之際，他已將那一包巴豆粉盡數放於茶壺中，眾人都留神看兩人相鬥，而追捕王身陷戰局中，竟是誰也沒發現。追捕王大勝而回得意洋洋，如何能想到桌上這壺茶中已被小弦做了手腳，連飲數杯「巴豆茶」，加上經過剛才的一番劇鬥，氣血翻騰，藥力散發得極快。終被小弦趁機逃走。

小弦只恐追捕王神功驚人，一會兒便將追來，慌不擇路，只挑僻靜處走。不多時已出了鎮子，眼見不遠處有一座小山，心想追捕王必會以為自己直奔京城而去，不如先到山中躲起來，慢慢再伺機入京。當下更不遲疑，往小山中跑去。

小山不高，少有人至，雖並無上山的小路，但樹林密佈足可供人攀爬，小弦手足並用，一口氣爬到半山腰，喘著粗氣坐下休息。回頭卻看到自己這一路上山，留下了不少痕跡，以追捕王的跟蹤術，縱是腹痛幾日後也必能沿跡找到自己，不知要想個什麼方法才好。若是下一場大雪，倒可掩去足印，但看看天穹中晴空萬里，一時也沒有要下雪的跡象，大覺頭疼。

小弦找來一根枯枝，欲拂亂自己留下的腳印，卻更是弄得地面上亂七八糟，愈加顯眼，只好作罷。心中後悔當初沒有跟愚大師學一些機關消息學，若能在此布下什麼奇門八卦的陣法，再設幾處機關埋伏，就算不能讓追捕王著道兒，至少也可延緩他的追蹤。

山中積雪未化，小弦手上沾了不少雪水，凍得通紅，加之滿身大汗，一陣凜冽山風襲來，不由打個哆嗦。抱頭縮足，到底人小體弱終耐不住寒冷，起身四顧，先找個山洞避寒再做打算。

小弦眺目遠望一會兒，周遭地勢盡收眼中，卻也未發現什麼山洞，只好悻然原地小跑，藉以驅寒。忽微微一愣，覺出一絲不對勁。仔細想想，悟出剛才眼中彷彿瞧見了一片青色，抬頭再看，果然在斜前方一處小山谷中有片綠林。若是一般人縱然見到此景亦會錯過，但小弦受《天命寶典》的影響，對世間萬物環境變化極為敏感，心想冬季已至，滿山皆是黃葉枯林，何以那片獨青？頗不尋常，當下往那片林地的方向走去。

走了半柱香時分，已入那片山谷中，果然不但綠葉滿樹，翠然如春，腳下亦是青草覆地，野菌叢生，山風吹面也不覺寒冷。小弦大奇，實不明白何以會在寒冬臘月間有這般豐草長林的地方。

谷中並無半個人影，小弦悠悠穿過林子，其後卻是一片空地。但見幽泉自山縫間湧出，滴落而下，玲瓏有聲，泉水匯成一泓井口大的小潭，潭面上雲氣橫生，恍若一幅明麗的畫卷。

小弦驚得大張嘴巴，疑似來到了仙境洞府。猶豫良久方才踏前一步，心裡忽泛起一種奇怪的感覺：這裡恐怕是什麼山精花妖的住所，最好還是不要擅闖，以免惹來禍端。

這感覺來得如此突兀，又是那般不容置疑，就如有人在耳邊明白無誤地告訴他……

小弦定定神，甩甩頭，暗笑自己胡思亂想。再往前走幾步，此刻看得清楚，那潭上的雲氣乃是從水面上蒸騰而出，又感覺到一股暖意迎面而來，原來這裡竟是一個溫泉。

水流沖刷著山壁，不時令小石子落下擊在潭中，蕩起一層細碎的漣漪，潭上飄著的青苔浮萍亦因此而晃漾，宛若被切割的碧玉。

小弦大喜，跑到潭邊沾水而戲，只覺觸指暖潤，極為舒服，溫度不冷不熱恰到好處，若非顧忌追捕王隨時會追來，真想跳下去痛痛快快洗個澡。

這一剎，忽又莫名泛起一絲懼意，似乎那水下正藏著什麼噬人的怪物，隨時可能衝出來。小弦不由退開半步，怔怔瞧著那並無異常的潭水，深深吸一口氣，強按雜念，果然再無什麼感應。

小弦膽子極大，好勝心又極強，雖知這潭中有古怪，卻偏不信邪。再來到潭邊，垂頭往下看去，卻被水面上的浮萍青苔遮住視線，不見虛實。小弦用手輕輕撥開青苔，露出一線，驀然怔住……

只見潭水清澈，一輪午後的淡日在水中搖曳不定。而在倒映的陽光裡，卻有一雙比那泉水更清澈更深邃的眸子，眨也不眨地望著小弦。

縱然小弦有無數想像，也料不到會乍見這樣一雙不知是人是鬼、如夢如幻的眼睛，大吃一驚，還未想好應該繼續看個究竟或是扭頭逃跑，潭水激揚而起，如一張水幕朝他湧來。小弦下意識緊閉雙眼，往後疾退。抬腿欲跑，心口忽然一麻，軟倒在地。

恍惚間只見一人從潭底沖天而起，在空中不停旋轉，一張純白色的袍衫攸然裹在身上。動作乾淨俐落，姿勢美妙至極，渾如天外飛仙。

那人飛落潭邊，小弦僅看到他的側面，但見他身材瘦小，面色白皙，猶如凝脂，最觸目的是那挺直如峰的鼻樑；淋濕的烏亮濃厚的長髮斜垂肩膀，卻並無柔軟、嫵媚之感，而是別有一種健美、灑脫的魅力。他猛一甩頭，髮間細碎的水珠漫天飛舞，在陽光下映出七彩，瞧得小弦目眩神迷，心搖意馳，眼前這幕景象一世也不會忘記。

那人緩緩轉過頭來，殺氣滿臉，卻是一個年僅十七八歲，相貌極為俊美的年輕人，望見小弦，微微一怔，面色稍緩，上前解開他被封的穴道，沉聲道：「你是誰家的孩子？為何來此？你父親呢？」他的聲音纖細柔弱，微含沙啞，若非看到他長袍披身，再聽到他的說話聲音，只憑那一對修長入鬢的鳳目，小弦定會以為他是個易釵而弁的女子。雖然穴道被解，仍是怔怔地望著他，說不出半句話來。

年輕人洒然一笑，眉頭微沉，似是想到了什麼不可思議的事情。這一笑就如堪破世情般不帶半分煙火氣，那一沉眉卻又似一個悲天憫人的苦行之士，兩種矛盾的表情自然而然地合為一體，令他舉手投足間流露出一種蠱惑人心的力量，直看得小弦目瞪口呆。平生所見雖有與之類似的人物，但相較之下，林青多了一份殺氣，花嗅香多了一份世故，寧徊風更多了一份陰險，唯有面前此人方可用道骨仙風四個字來形容。結結巴巴地問道：「你是神仙麼？難道是鬼？」又見他面色潮紅，猜想大概是溫泉之故。

年輕人眨眨眼睛：「你看我像哪一路的神仙？」

小弦一時頭腦發昏，忽覺得他極似童年時看過一齣戲裡的人物，呆頭呆腦地道：「你，是花木蘭？」

年輕人嘴角輕揚，莞爾一笑，柔聲道：「你先告訴我你的名字，我就告訴你我是誰。」小弦本見他的模樣俊美，神態間更有一股王者之氣，令人難以接近，但這一笑卻十分俏皮，加之看他年齡只不過大自己五六歲，頓覺距離拉近了許多。

小弦穩住心神：「我叫……」驀然住口，心想知人知面不知心，這裡靠近京師，這神秘的年輕人必與之有關，追捕王既然說什麼京師中人人欲得自己而後快，可不能輕易洩露身分。本想編個假名，忽又見年輕人清澈的目光直射而來，猶若刺透了自己心中所想，一時語塞。

年輕人也不追問小弦的身分，淡淡道：「你一個人來這裡做什麼？」

小弦道：「我無意來到這裡，你又在潭底下做什麼？難道是洗澡麼？」

小弦本是無心稚語，那年輕人面上卻又紅了一分。半嗔半怒道：「你看到什麼了？」

小弦愣愣地道：「我什麼也沒看見啊。」忽又跳起身來，拉著年輕人往林外走去：「我們快跑吧，有個大壞蛋在到處找我，若是被他發現可不得了。」

年輕人輕輕脫開小弦的手，淡淡道：「他找的是你，我又何必跑？」

小弦一想也是道理，他對這年輕人極有好感，雖是有些捨不得，卻怕連累了他：「那好吧，再見。」轉頭往林外跑去。

年輕人微一跨步，攔住小弦的去路，似笑非笑地道：「我叫宮滌塵。」

小弦一呆：「我可沒打算告訴你我的名字。」喃喃念著這個陌生的名字，又覺「滌塵」二字用在他身上真是太合適不過，學著大人的口氣讚了一聲：「宮兄果然好名字。」

這個年輕人正是吐蕃國師蒙泊的大弟子宮滌塵，他來京師半月，結交各方權貴，又約好京師各路成名人物五日後在清秋院中相聚。這一日左右無事，便來到京城外郊的潘鎮遊玩，恰恰見到那潭溫泉。他生性好潔，住於清秋院中頗為不便，此刻見周圍無人，一時動心便下潭洗浴，誰知小弦鬼使神差闖到這裡，幾乎被他撞破。

宮滌塵行事亦正亦邪，來歷尊貴，從未讓人見過自家身體，一時羞憤交加，若非發現面前只是一個十二三歲的小孩子，早已痛下殺手。

宮滌塵看到小弦裝腔作勢的樣子，忍不住嘻嘻一笑：「你也不必告訴我你的名字。因為我是神仙，已經猜出來了。」

小弦乍見宮滌塵時還當真以為他是神仙，此刻不免半信半疑：「那你說我叫什麼名字？」

「你叫楊驚弦，對不對？」看到小弦吃驚的神情，宮滌塵渾若無事地拍拍手，略偏過頭不讓小弦看到他眼中閃現的一絲疑惑，淡淡道：「現在你相信我是神仙了吧。」

剛才雖在潭底，但早在小弦踏入林地之時宮滌塵就已發覺，當即運起獨門心法「明心慧照」，令來人不敢擅入，誰知小弦竟然不為所惑，已是一驚，再看到對方竟然只是一個十二三歲的小孩子，更是大奇。

原來蒙泊大國師的「虛空大法」講究識因辨果，最擅察知對方心態變化，尋精神薄弱處而入，往往令敵人不戰而潰。「明心慧照」由其衍生而來，著重影響對方的判斷力，所以小弦剛才在林中會有立刻離開的衝動，最後又生出恐懼的念頭，若非自幼修習《天命寶典》，對這等迷惑精神的異功有一種天生的抵抗力，早已拔腿逃之夭夭了。

宮滌塵心思機敏，見這小孩子不懼自己的獨門心法，已推斷出他與昊空門的《天命寶典》有關，再一聯想這些日子裡京師的傳聞，立刻就猜出了小弦的身分。

小弦雖奇怪宮滌塵能叫出自己的名字，但更驚訝於他叫的是「楊驚弦」而非「許驚弦」，他雖從小就用「楊驚弦」的名字，但自從知道楊默僅是義父許漠洋的化名後就捨之不用，連追捕王亦稱呼自己「許驚弦」，宮滌塵又從何得知？一時百思難解。

宮滌塵見小弦呆怔不語，只當他真以為自己是神仙，微笑道：「你放心吧，有神仙大哥在此，什麼人追你也不必怕。」

小弦隨口道：「他可是追捕王梁辰啊。」

宮滌塵心思電轉，剎那間已想到泰親王派追捕王尋小弦入京的用意，心想追捕王精擅跟蹤術，倒不能小窺，只怕立刻就能找到這裡來，沉吟道：「你又是怎麼逃出來的？」

小弦對宮滌塵極有好感，不知不覺把他當做極信任的人，加之捉弄追捕王乃是他的得意之舉，便眉飛色舞地將自己一路上與追捕王如何鬥氣，如何給他下藥之事細細講來：「他現在吃了巴豆，大概一時半會還不會尋來，我們最好先到什麼地方躲一下，只要到了京師，找到我林叔叔就什麼也不必怕了。」

宮滌塵聽得又是吃驚又是好笑，追捕王身為八方名動之首，多少窮凶極惡的要犯都難逃他的追捕，竟然被這小孩子從手中逃出不說，還被害得吃下了腹泄不止的巴豆，實是令人難以置信，面前這個小孩子絕不簡單。又聽到追捕王自己伸手從樹洞中取出小弦的「暗器」，縱是宮滌塵一向矜持，亦忍不住彎腰捧腹，笑得淚水直流。

小弦亦是樂不可支，好不容易收住了笑，眉間又掠上一絲憂色：「那個追捕王武功十分厲害，我可不能連累宮大哥，後會有期。」轉身就走。

宮滌塵也不阻攔，只是不疾不徐地跟著小弦：「你這一聲大哥不能白叫，我就幫你這一回。」

小弦吃驚道：「難道你不怕追捕王？」

宮滌塵笑道：「追捕王雖然厲害，我卻不放他在眼裡。」

若是別人說這話，小弦必會哧之以鼻，但剛才在潭邊乍見宮滌塵實是印象太深，雖知他仍是個凡夫俗子，卻相信他必有過人之能。喜道：「那你能不能幫我去找林叔叔？嗯，我的林叔叔就是暗器王林青。」說到林青的名字，忍不住一挺小胸膛，自豪之情流露無遺。

宮滌塵想了想，緩緩道：「我不但可以幫你找到暗器王，還可以助你對付明將軍。」

請續看《明將軍傳奇之絕頂》中卷

附錄：明將軍大事記

明將軍〇年	明宗越本為遺腹子，而母親亦在生他時難產而亡。半歲前，他不哭不鬧，令於當屆行道大會中勝出、得以親手撫育少主的四大家族中人嘖嘖稱奇。昊空門苦慧大師在明宗越抓周時洞悉了他的命運，建議四大家族暗中尋一個家有半歲男嬰的人家，將他偷偷與農家子互換。四大家族從之，將農家嬰兒接回族內精心養育，成為日後名動天下的白道殺手之王蟲大師。
明將軍一四年	明宗越長大成人，其間由四大家族傳他文治武功。苦慧將《天命寶典》交給四大家族，並在留下幾句禪語之後坐化。其徒忘念遵先師遺命收明宗越為徒。明宗越始修流轉神功，蟲大師離開四大家族。
明將軍二六年	明宗越流轉神功修至五重，功成叛門而出，投身京師，聚眾江湖，刀兵四海。其師叔巧拙幾欲除之而不得。
明將軍二八年	明宗越崛起京師，擊敗關睢門主包素心，一戰成名，被尊為天下第一高手。
明將軍三三年	明宗越擊敗刀王秦空，並與之定下二十年再戰之約。
明將軍三四年	明宗越流轉神功修至第六重。忘念暴斃，明宗越獨闖靈堂，被巧拙借九曜陣困住。兩人約定只要巧拙終身不動武，明宗越便不對他出手。

明將軍三七年	四月初七小弦誕生。巧拙在修習《天命寶典》三十餘載後，悟出可破解明宗越流轉神功的神器。
明將軍四三年	明宗越流轉神功修至第七重。東歸城守許漠洋聽從巧拙遺命，會同笑望山莊莊主容笑風、無雙城主之女楊霜兒、英雄塚棄徒物由心、兵甲傳人杜四，合五行三才之力煉成唯一能擊破流轉神功的神兵——偷天弓。而暗器王林青亦介入其中，在執偷天弓力斃登萍王顧清風之後，與明將軍初戰告負，二人遂定下七年之約。（詳情請見《偷天弓》）
明將軍四五年	第一面將軍令現身長白派，長白派被明宗越所滅，至此江湖除名。
明將軍四七年	明宗越政敵魏公子亡命天涯，於峨眉金頂死於天湖傳人楚天涯與北城王之女封冰的聯手一擊。封冰在滇南成立焰天涯，成為江湖中唯一正面對抗明將軍的白道勢力。（詳情請見《破浪錐》）
明將軍四八年	蟲大師懸貪官魯秋道之名於五味崖殺手榜，與明宗越將軍府大總管水知寒與黑道第一殺手鬼失驚相鬥。最終魯秋道身死，將軍府遭遇首次挫敗。（詳情請見《竊魂影》）
明將軍四九年	許漠洋隱身滇北，收養孤兒小弦。其後因緣種種，小弦巧識林青，且身中絕毒，只得前往四大家族療傷。幾經曲折，小弦學會弈天訣，助四大家族在行道大會上大破御泠堂。而後林青來到四大家族，終於明白了原來小弦就是他找尋已久的將軍剋星——換日箭。（詳情請見《換日箭》）

明將軍五〇年	元宵之夜，明宗越離京前往泰山赴約，泰親王乘機造反。絕頂一戰爆發！蒙泊法師逆天而行，妄圖幫助林青獲勝，卻不想反而害死林青。為幫林青報仇，小弦投入蒙泊門下，遠赴邊荒。（詳情請見《絕頂》）
明將軍五三年	北雪傳人葉風義助蘇州五劍聯盟對抗將軍令，卻愛上五劍盟盟主雷怒的夫人祝嫣紅。最終五劍山莊瓦解，雷怒投降明宗越，祝嫣紅隨葉風遁走。刀王秦空出山，助葉風練成忘情七式，令之足有與明宗越一戰之力。明宗越惜英雄重對手，與葉風定下七年之約，可惜葉風與祝嫣紅一場不容於世情的驚天之戀，卻仍以悲劇告終……（詳情請見《碎空刀》）

明將軍傳奇之 **絕頂**〈上卷〉

作者：時未寒
發行人：陳曉林
出版所：風雲時代出版股份有限公司
地址：10576台北市民生東路五段178號7樓之3
電話：(02) 2756-0949
傳真：(02) 2765-3799
執行主編：劉宇青
美術設計：吳宗潔
行銷企劃：林安莉
業務總監：張瑋鳳

初版日期：2020年8月
版權授權：王帆
ISBN：978-986-352-857-9

風雲書網：http://www.eastbooks.com.tw
官方部落格：http://eastbooks.pixnet.net/blog
Facebook：http://www.facebook.com/h7560949
E-mail：h7560949@ms15.hinet.net
劃撥帳號：12043291
戶名：風雲時代出版股份有限公司

風雲發行所：33373桃園市龜山區公西村2鄰復興街304巷96號
電話：(03) 318-1378
傳真：(03) 318-1378
法律顧問：永然法律事務所 李永然律師
　　　　　北辰著作權事務所 蕭雄淋律師

行政院新聞局局版台業字第3595號 營利事業統一編號22759935

定價：299元

國家圖書館出版品預行編目資料

明將軍傳奇之絕頂 / 時未寒著. -- 臺北市：風雲時代, 2020.07　冊；　公分

ISBN 978-986-352-857-9 (上卷：平裝) --

857.7　　109007702